SUSAN MALLERY
CUANDO *nos* CONOCIMOS

Editado por Harlequin Ibérica.
Una división de HarperCollins Ibérica, S.A.
Núñez de Balboa, 56
28001 Madrid

© 2014 Susan Macias Redmond
© 2015 Harlequin Ibérica, una división de HarperCollins Ibérica, S.A.
Cuando nos conocimos, n.º 83 - 1.6.15
Título original: When We Met
Publicada originalmente por HQN™ Books

Todos los derechos están reservados incluidos los de reproducción, total o parcial. Esta edición ha sido publicada con autorización de Harlequin Books S.A.
Esta es una obra de ficción. Nombres, caracteres, lugares, y situaciones son producto de la imaginación del autor o son utilizados ficticiamente, y cualquier parecido con personas, vivas o muertas, establecimientos de negocios (comerciales), hechos o situaciones son pura coincidencia.
® Harlequin, HQN y logotipo Harlequin son marcas registradas por Harlequin Enterprises Limited.
® y ™ son marcas registradas por Harlequin Enterprises Limited y sus filiales, utilizadas con licencia. Las marcas que lleven ® están registradas en la Oficina Española de Patentes y Marcas y en otros países.
Imagen de cubierta utilizada con permiso de Harlequin Enterprises Limited. Todos los derechos están reservados.

I.S.B.N.: 978-84-687-6156-5
Depósito legal: M-9749-2015.

Hay pocas cosas en este mundo tan increíbles como mis lectoras. He de admitir que suceden montones de milagros maravillosos, pero en el ámbito de lo increíble, mis lectoras ganan con diferencia. Aquí tenéis un ejemplo.

Durante cinco años, Fool's Gold ha sido «La Tierra de los Finales Felices». Por motivos argumentales decidí hacer un cambio, y cuando leáis este libro, veréis por qué. Espero que las circunstancias os resulten tan graciosas como a mí. Pero esa semana no me sentía especialmente brillante y no se me ocurría nada remotamente factible. Así que pedí ayuda por Facebook, como suelo hacer, y mis increíbles lectoras respondieron con fabulosas sugerencias para un nuevo eslogan.

El más increíble fue el de Crystal B. Así que este libro está dedicado a ella. Por ser brillante y encantadora. Gracias, Crystal. ¡Y la alcaldesa Marsha también te las da!

Capítulo 1

—Los dos sabemos adónde nos lleva esto.

Taryn Crawford levantó la mirada hacia el hombre que había de pie junto a su mesa e ignoró los nervios que la invadieron al ver quién era. Alto, con los hombros anchos y los ojos grises. Pero su rasgo más llamativo era una cicatriz en el cuello, como si alguien hubiera intentado rajarle la garganta. Se preguntó qué habría sido de la persona que lo atacó y falló.

Suponía que habría montones de mujeres que se sentirían intimidadas por el hombre que tenía delante. Esa masa de músculo puro podía inquietar a más de uno. Pero a ella no, por supuesto. Y ante la duda, se ponía un traje impactante y unos taconazos. Si eso no le servía, simplemente se limitaba a trabajar más y mejor que los demás. Hacía lo que hiciera falta para ganar. Y sí, aunque conllevaba un precio, no le importaba.

Precisamente esa fue la razón por la que pudo mirarlo fríamente y preguntar:

—¿Ah, sí?

La boca de él se curvó ligeramente en una media sonrisa.

—Claro, pero si te sientes más cómoda fingiendo que no, también puedo hacer que eso funcione.

–Un reto. Intrigante. No esperarás que eso me haga ponerme a la defensiva y empezar a decir más cosas de las que tenía pensadas, ¿verdad? –se aseguró de estar totalmente relajada en su silla porque estaba segura de que ese hombre estaría prestándole tanta atención a su lenguaje corporal como a sus palabras. O tal vez más. Esperaba que no le pusiera las cosas fáciles. Estaba cansada de cosas fáciles–. Odiaría que te sintieras decepcionado –murmuró ella.

El hombre esbozó una sincera sonrisa.

–Yo también lo odiaría –retiró la silla que había frente a ella–. ¿Puedo?

Ella asintió. Él se sentó.

Eran poco más de las diez de un martes por la mañana. El Brew-haha, la cafetería del pueblo a la que se había escapado en busca de unos minutos de soledad antes de volver al caos actual de su oficina, estaba relativamente tranquila. Había pedido un café con leche y había sacado la *tablet* para ponerse al día de las últimas noticias financieras. Hasta que la habían interrumpido. Qué bien saber que iba a ser un buen día.

Se fijó en el hombre que tenía enfrente. Era mayor que los chicos, pensó. Mayor que los tres hombres que trabajaban con ella. Jack, Sam y Kenny, también conocidos como «los chicos», no pasaban de los treinta y cinco. Su invitado rondaba los cuarenta; lo suficientemente mayor para tener la experiencia necesaria para hacer que las cosas resultaran intrigantes.

–Nunca nos han presentado –dijo ella.

–Ya sabes quién soy.

Fue una afirmación, no una pregunta.

–¿Ah, sí?

Él enarcó una oscura ceja.

–Angel Whittaker. Trabajo en CDS.

También conocida como la escuela de guardaespaldas,

se recordó ella. Para ser un pueblo pequeño, Fool's Gold estaba bien servido de negocios poco habituales.

–Taryn Crawford.

Esperó, pero él no se movió ni un ápice.

–¿Es que no nos vamos a dar un apretón de manos? –le preguntó antes de levantar su taza de café con ambas manos. Solo por el hecho de mostrarse difícil, porque ser difícil hacía que las cosas fueran más divertidas.

–Había pensado que nos guardaríamos el roce para más tarde. Creo que es mejor que esa clase de cosas pasen en privado.

Taryn había fundado Score, su empresa de Relaciones Públicas y Publicidad, ocho años atrás. Había tenido que soportar comentarios desagradables como que era una idiota, que le preguntaran quién era su jefe, que le dieran palmaditas en el trasero y que algunos dijeran que si trabajaba con tres antiguos jugadores de fútbol americano, debía de haber conseguido el puesto por acostarse con ellos. Estaba acostumbrada a no perder la calma, a guardarse sus opiniones y a salir victoriosa ejecutando una jugada sorpresa.

En esa ocasión había sido Angel el primero en marcarse el tanto. Era bueno, pensó intrigada y solo ligeramente molesta.

–¿Se me está insinuando, señor Whittaker? Porque aún es por la mañana, un poco temprano para esa clase de cosas.

–Cuando me insinúe, lo sabrás –le informó–. Ahora mismo solo estoy diciéndote cómo están las cosas.

–Lo cual nos lleva a tu comentario sobre eso de que los dos sabemos adónde nos lleva esto. He de admitir que estoy confusa. Tal vez me has confundido con otra persona.

Descruzó sus largas piernas para volver a cruzarlas. No intentaba ser provocativa, pero si Angel se distraía con el movimiento, no era culpa suya.

Durante un segundo se permitió preguntarse si habría

sido muy distinta de haber crecido en una casa más tradicional, una casa con dos o tres hijos y unos padres normales. Lo que estaba claro era que no habría sido una mujer con tanta iniciativa. Ni tan dura. A veces no estaba segura de si eso era bueno o malo.

Él se inclinó hacia ella.

—No creía que fueras de las personas a las que les gusta jugar.

—Todos jugamos.

—Es verdad. En ese caso iré al grano.

Ella dio un sorbo de café y tragó.

—Por favor.

—Te vi el otoño pasado.

—Qué bien —murmuró.

Cuando había estado buscando locales. Trasladar una empresa requería tiempo y esfuerzo. Se habían instalado en Fool's Gold hacía un par de meses, pero había estado en el pueblo el otoño anterior y, sí, ella también lo había visto a él. Se había enterado de quién era y se había planteado... posibilidades. Aunque eso no se lo diría.

—Te observé.

—¿Debería preocuparme que seas un acosador?

—No, porque tú también estuviste observándome.

¿Se había dado cuenta? Mierda. Había intentado ser sutil. Pensó en mentir, pero decidió mantenerse en silencio directamente. Al cabo de un segundo, él continuó.

—Bueno, entonces ya hemos terminado de evaluarnos, así que ya es hora de pasar a la siguiente fase del juego —dijo él.

—¿Es que hay fases? —preguntó. No tenía sentido mencionar lo del juego, sabía muy bien qué estaban haciendo, pero, aun así, resultaba divertido fingir que no.

—Varias.

—¿Y hay instrucciones o tarjeta para ir anotando los puntos?

Sus ojos grises se mantuvieron clavados en ella.
-Tú no juegas así.
-Ten cuidado con tus suposiciones.
-No es ninguna suposición.
Tenía una voz atractiva, grave y con un toque de... no era un acento profundo del Sur, pero sí tenía cierta cadencia. ¿Virginia? ¿Virginia Occidental?
Dejó la taza sobre la mesa.
-Si hago caso a lo que has dicho, lo cual no admito estar haciendo...
-Por supuesto que no.
Ella ignoró su comentario y el gesto de diversión de su boca.
-¿Adónde crees que nos lleva esto?
Angel se recostó en su silla.
-Esto es un juego de apareamiento, Taryn. ¿O es que no lo sabías?
Ah, su primer error. Ella se quedó mirándolo fijamente a los ojos sin dejar que se reflejara en su mirada su sensación de triunfo.
-¿Es que quieres casarte conmigo?
A Angel se le tensó un músculo de la mandíbula.
-No me refiero a esa clase de apareamiento.
-Si no eres preciso, es complicado estar seguro. Entonces es que quieres acostarte conmigo.
-Sí, pero hay algo más que eso.
Ella bajó la mirada hasta su torso y de ahí pasó a los brazos. A pesar de las frescas temperaturas de finales de abril, llevaba una camiseta sin cazadora. Pudo ver un tatuaje de una rosa junto con varias cicatrices en sus brazos. Tenía unas manos fuertes e igual de maltratadas.
Volvió a centrar su atención en la cicatriz de su cuello y decidió hacer la pregunta obvia.
-¿Qué le pasó al otro?
Él se tocó el cuello y se encogió de hombros.

–Tuvo un día muy malo.

Taryn vivía en el mundo de los negocios. Podía hablar de finanzas y de proyecciones de ventas, pero su verdadero don era diseñar campañas de publicidad que fueran innovadoras y de gran éxito. En Score, el trabajo estaba dividido entre los cuatro socios. Kenny y Jack eran como los hacedores de lluvia. Encontraban clientes potenciales y los atraían. Sam manejaba el dinero. Pero Taryn era el motor creativo que gobernaba el barco.

Estaba acostumbrada a tratar con ejecutivos, diseñadores gráficos, banqueros y demás profesionales. En su mundo, era un peso pesado y nadie podía con ella. Pero Angel pertenecía a un mundo completamente distinto. Su poder no provenía de una sala de juntas ni lo transmitía un buen traje. Lo llevaba en el cuerpo. Formaba parte de él.

Sabía alguna que otra cosa de él, ya que las personas a las que respetaba y en quienes confiaba lo apreciaban. ¿Pero los detalles? Seguían siendo un misterio. Un misterio que le gustaría resolver.

–¿Qué te hace pensar que estoy interesada lo más mínimo?

–Que sigues aquí.

Buena apreciación. Ella no quería otro ejecutivo porque se parecería demasiado a ella, y en cuanto a figuras del deporte, trabajaba con tres y la agotaban. Angel era distinto y ahora mismo la palabra «distinto» era exactamente lo que necesitaba.

–Hará falta un esfuerzo –le dijo ella.

–Lo mismo digo.

Taryn se rio ante el inesperado comentario.

–No te pensabas que fuera a ser fácil, ¿eh? –le preguntó él.

–Aparentemente no.

Él se levantó.

–No te preocupes. Se me da bien planear las fases de

una misión y llevarla a buen término –fue hacia la puerta y se volvió hacia ella–. Y se me da bien esperar.

Se marchó dejándola con un café que se enfriaba rápidamente y con un artículo sobre la confianza del consumidor que de pronto le resultó mucho menos interesante que su encuentro con un hombre intrigante llamado Angel.

Tanta petulancia le había sentado bien, pensó Angel al cruzar la calle en dirección al ayuntamiento. Había estado esperando al momento adecuado para hablar con Taryn, y cuando la había visto tomando café sola había decidido actuar. Le había parecido tan intrigante como había esperado: inteligente, segura de sí misma y tremendamente sexy. Una combinación a la que le habría costado resistirse en las mejores circunstancias. Pero en ese pueblo, teniéndola cerca constantemente... Había querido acercarse desde el primer día.

Pero esperar había sido mejor, se dijo mientras subía corriendo las escaleras del edificio gubernamental. Ahora podía poner en marcha su plan. Un plan que lo conduciría por un camino de tentaciones y con un objetivo final que los satisfaría a los dos.

Subió más escaleras hasta el segundo piso y siguió las indicaciones hasta el despacho de la alcaldesa.

La alcaldesa Marsha Tilson era el alcalde de California con más años de servicio. Servía bien al pueblo y parecía conocer los secretos de todo el mundo. Angel aún tenía que averiguar de dónde sacaba toda esa información, pero, por lo que había visto, tenía una red de contactos que avergonzaría a la mayoría de los gobiernos.

Entró en su despacho exactamente quince segundos antes de la hora a la que habían quedado.

La secretaria de la alcaldesa, una mujer mayor con una chaqueta negra, lo miró con unos ojos enrojecidos e hinchados. Inmediatamente, Angel percibió una emoción desbordante y miró a su alrededor en busca de una salida.

La mujer, alta y morena, resopló.

–Debe de ser el señor Whittaker. Pase. Está esperándole.

Angel hizo tal como se le indicó esperando encontrar una atmósfera más tranquila en el despacho de la alcaldesa. Y su cauto optimismo fue recompensado. La alcaldesa Marsha tenía el aspecto de siempre: perfectamente competente. Llevaba un traje verde claro, perlas, y tenía su cabello canoso sujeto en un cuidado recogido. Sonrió y se levantó al verlo.

–Señor Whittaker. Ha venido.

–Angel, por favor –cruzó la sala y le estrechó la mano antes de sentarse frente a ella.

El despacho era grande y con varias ventanas. Detrás del escritorio colgaban banderas de los Estados Unidos y del estado de California junto con un gran sello que, suponía, representaba al pueblo de Fool's Gold.

–Su secretaria parece disgustada.

–Marjorie lleva años trabajando para mí, pero sus hijas gemelas se han instalado en Portland, Oregón, y las dos están embarazadas. El marido de Marjorie se ha jubilado, así que van a mudarse más cerca de su familia. Y aunque está emocionada por ir a vivir junto a sus hijas y sus futuros nietos, está muy triste por dejarnos a todos aquí.

Era más de lo que habría querido saber, pensó Angel manteniendo una expresión educada.

La alcaldesa Marsha sonrió.

–Ahora tendré que encontrar a otra persona. Contratar empleados es relativamente fácil, pero lo de los secretarios es otra cuestión. Tiene que haber química y confianza. Una no puede confiarle a cualquiera los secretos del pueblo –su sonrisa aumentó–. Aunque eso no es por lo que has venido hoy a verme –se inclinó hacia delante y agarró una carpeta que tenía sobre la mesa–. Bueno, Angel, a ver qué tenemos por aquí –se puso las gafas de leer–. Estás interesado en participar en algún proyecto que te implique en la comunidad.

Angel había estado en algunos de los lugares más peligrosos del mundo desempeñando distintas funciones. Después, había llevado su experiencia como francotirador al sector privado y ahora diseñaba programas de estudio para gente que se estaba formando para ser guardaespaldas profesionales. No muchas cosas le sorprendían, pero juraría que no le había contado a nadie la razón de su cita con la alcaldesa, lo cual generaba una pregunta: ¿Cómo lo sabía ella?

La alcaldesa lo miró por encima de sus gafas.

–¿Es correcto?

Angel decidió que no tenía más opción que asentir y responder:

–Sí, señora.

La alcaldesa volvió a sonreír.

–Bien. Posees una formación única y una cantidad inusual de habilidades. Le he dado muchas vueltas al tema y creo que serías un perfecto Guardían de la Arboleda.

¿Un qué?

–¿Cómo dice, señora?

–¿Sabes algo de la historia del pueblo? –le preguntó cerrando la carpeta–. Esto es California, así que por aquí pasaron los exploradores españoles en el 1700, pero mucho antes de eso, Fool's Gold la fundó la tribu Máa-zib.

Angel había oído algo.

–Una rama de los Mayas –murmuró él–. Un matriarcado.

–Sí –sonrió de nuevo–. Imagino que respetarías a un grupo de mujeres que solo quieren a los hombres por el sexo.

Angel no estaba seguro de si debía esbozar una mueca

de disgusto o darle unas palmaditas en la espalda a la mujer felicitándola por el comentario. En lugar de eso, se aclaró la voz y dijo:

–Vaya. Interesante.

–Sí que lo es. Llevamos mucho tiempo celebrando nuestra cultura Máa-zib y eso incluye a un grupo de jóvenes. La Futura Legión de los Máa-zib. Empiezan con una introducción de dos meses sobre lo que supone pertenecer a la FLM y, a continuación, cuatro años de membresía. Tenemos Bellotas, Brotes, Plantones, Árboles que Tocan el Cielo y los Robles Poderosos. Cada grupo o tropa se conoce como Arboleda y la persona al mando es el Guardián de la Arboleda.

Se quitó las gafas.

–Tenemos una arboleda sin guardián y creo que te necesita.

Niños, pensó sorprendido. Le gustaban los niños. Su objetivo había sido implicarse en la vida de Fool's Gold porque había decidido quedarse allí y lo habían educado para entregarse a la comunidad. Se había planteado trabajar como voluntario en algún comité consultivo o impartir algún tipo de clase, aunque sus habilidades no encajaban exactamente en el mundo normal. Aun así, niños…

Vaciló un segundo y entonces entendió que había pasado mucho tiempo desde que había perdido a Marcus. El dolor seguía ahí, siempre formaría parte de él, como una cicatriz, pero se había vuelto algo controlable. Creía que a esas alturas ya sería capaz de trabajar con adolescentes sin querer discutir con el Cielo sobre lo injusto que había sido todo.

–Claro. Puedo dirigir una Arboleda.

Los azules ojos de la alcaldesa se iluminaron con una sonrisa.

–Me alegra oírlo. Creo que te resultará una experiencia gratificante a varios niveles. Me aseguraré de que recibas el material en los próximos días. Después podrás reunirte con el Consejo de Arboledas.

Él sonrió.

—¿En serio? ¿Es que hay un Consejo de Arboledas?

Marsha se rio.

—Por supuesto. Estamos hablando de la Futura Legión de los Máa-zib, ¿qué iba a haber si no? —se levantó y él la siguió—. Gracias, Angel. Normalmente tengo que salir a intentar convencer a los nuevos residentes para que participen, así que te agradezco que hayas venido tú —lo observó—. Imagino que tu interés por dar algo a la comunidad es el resultado de tu educación. Creciste en un pueblo minero, ¿verdad? ¿En Virginia Occidental?

Aunque esa información no era ningún secreto, tampoco era algo que compartiera con frecuencia.

—Usted da un poco de miedo, lo sabe, ¿verdad?

La alcaldesa sonrió más aún.

—No mucha gente tiene el valor de decírmelo a la cara, pero espero que sea eso lo que dicen a mis espaldas.

—Lo es —le aseguró él.

Se dieron un apretón de manos y Angel salió. Al ver que Marjorie seguía llorando, pasó apresuradamente por delante de ella y bajó las escaleras corriendo. Tal vez se pasara la tarde buscando campamentos, pensó animado. Tenía montones de habilidades de supervivencia que podía transmitir a su Arboleda. Formas de ayudarlos a crecer y a convertirse en hombres seguros de sí mismos. ¡Sí, la cosa iría bien!

—Jack, para —dijo Taryn sin levantar la mirada de los papeles que tenía delante.

El sonido paró, aunque comenzó de nuevo cinco segundos más tarde. Ella respiró hondo y miró al otro lado de la mesa de reuniones.

—Lo digo en serio. Eres peor que un niño de cinco años.
Jack McGarry, su socio y exmarido, giró el hombro.
—¿Cuándo llega Larissa?
—Ya te lo he dicho. Llega mañana. Dentro de veinticuatro horas la tendrás a tu lado otra vez. Y ahora, ¿podrías centrarte, por favor?
Sam, el único socio tranquilo y racional, se echó atrás en su silla.
—Te esfuerzas demasiado y sabes que eso nunca funciona.
Porque su trabajo era esforzarse mucho. Tenía a «los chicos» bien atados porque, si no, se desmadraban.
Jack era al que conocía desde hacía más tiempo. Tras su fugaz matrimonio y divorcio igual de rápido, él le había montado la empresa. Le había facilitado el dinero, ella había aportado su saber en el mundo de la Publicidad y Score había sido un éxito instantáneo... ayudado por todo el negocio que Jack había puesto en su camino. Había sido un acuerdo fantástico.
Por desgracia, cuatro años después, Kenny se había lesionado la rodilla y su carrera deportiva había terminado ahí. Sam había estado planteándose salir de la Liga Nacional de Fútbol Americano y, por razones que Taryn no podía entender, Jack también se había unido a ellos. Su marido había dejado atrás su puesto estrella como quarterback de los L.A. Stallions. Había dicho que quería retirarse estando aún en lo más alto, pero ella sospechaba que su marcha había tenido más que ver con sus amigos que con ninguna otra cosa. Aunque eso era algo que Jack no admitiría.
Y ahí estaban, tres exdeportistas, con montones de dinero y fama y sin perspectivas de futuro. Pero entonces recordaron algo: Jack poseía la mitad de una empresa de Publicidad. Y así, antes de que ella se hubiera podido dar cuenta de lo que estaba pasando, él se había llevado a Kenny y a Sam y ahora los cuatro eran socios.

En un principio había estado segura de que fracasarían, pero mucho antes de lo que habría creído posible se habían convertido en un equipo y después en una familia. Jack y Kenny se encargaban de las cuentas. Ellos atraían a los clientes y eran el rostro público de la empresa. Sam se ocupaba de las finanzas, tanto de la empresa como de cada uno de ellos personalmente. No solo era inteligente, sino que además había estudiado en la universidad.

Taryn se ocupaba de todo lo demás. Dirigía el negocio, mandaba a los chicos y creaba las campañas que habían ido aumentando su patrimonio. El suyo era un acuerdo poco convencional, pero les funcionaba.

Jack se movió de nuevo y se le tensó el músculo de la mejilla. Taryn se recordó que no podía evitarlo, tenía dolores. Nadie podía aguantar una década en la Liga Nacional de Fútbol Americano sin tener el cuerpo hecho polvo para demostrarlo. Larissa, la asistente personal de Jack y masajista de los chicos, no había podido mudarse a Fool's Gold tan rápidamente como ellos, y después de casi un mes sin sus sanadoras manos, los tres estaban sufriendo.

–Mañana –repitió.

–¿Estás segura?

–Sí –se detuvo–. Podrías tomarte algo.

Pronunció la frase con su voz más delicada, esa que sus compañeros casi nunca oían. Porque sabía que Jack iba a negarse. Con lesiones crónicas y la angustia que estas generaban, los analgésicos podían suponer un camino directo al infierno. Y ninguno de los chicos quería pasar por ahí.

–¿Y ahora qué? –preguntó él ignorando sus palabras.

–Jack y yo hemos tenido una segunda reunión con el director ejecutivo y fundador de Living Life at a Run –dijo Kenny abriendo una carpeta. Después, agarró el mando a distancia que estaba en el centro de la mesa y pulsó un botón. La pantalla situada en el extremo opuesto de la sala se encendió y en ella apareció un logo.

Taryn observó las letras angulares y el peculiar acrónimo. LL@R. Quería decir que faltaba una «a», pero sabía que no serviría de nada. El director de la empresa tenía fama de excéntrico y complicado, pero les ofrecía la oportunidad de probar con el tradicional comercio al por menor, un área en la que Score nunca había tenido mucha suerte de encontrar clientela.

–Están creciendo rápido –dijo Kenny–. Están de moda y muchos famosos llevan su ropa.

–La ropa es un mercado secundario para ellos –añadió Jack–. Se centran principalmente en equipos deportivos. Si pudiéramos conseguirlos, podríamos pasar a empresas más grandes como REI.

A Taryn le encantaría echarle mano a una empresa de primera como REI, pero el viejo cliché era cierto. Tendrían que aprender a caminar antes de aprender a correr.

–¿Siguiente punto? –preguntó.

–Yo tengo una reunión dentro de unos días –dijo Kenny.

Taryn esperó y Jack miró a su amigo.

–¿Yo? ¿Yo? ¿Así que en esas estamos? ¿Cada uno por su lado? ¿Qué ha pasado con el equipo? ¿Qué ha pasado con eso de que somos una familia?

Kenny, con su metro noventa de puro músculo, gruñó.

–No te pongas así. Ya sabes qué quería decir.

–¿Lo sé? Pues a mí me parece que todo esto gira exclusivamente en torno a ti.

–Tienes que ser más específico –dijo Sam con suavidad, claramente satisfecho de sumarse a la discusión fingida. Taryn sabía que en cualquier momento atacaría a Jack porque eso era lo que pasaba siempre que se ponían así.

Eran hombres de éxito, guapos y ricos. Y aun así había momentos en los que eran tan rebeldes y traviesos como una camada de cachorritos. Sam y Jack eran morenos. Sam, que había sido pateador, era esbelto y medía poco más de metro ochenta. Jack lo superaba por unos cuantos centímetros y, al menos, trece quilos de músculo. El clásico físico de quarterback de Jack, hombros anchos, caderas estrechas y largas piernas, le había venido muy bien tanto dentro como fuera del campo. Y después estaba Kenny, el delicado gigante del grupo.

Sus chicos, pensó mientras ellos discutían. Eran los responsables de que se hubiera mudado a Fool's Gold, algo que no estaba segura de estar dispuesta a perdonarles todavía. El pueblo no estaba tan mal como le había resultado en un principio, pero en absoluto era como Los Ángeles. Adoraba L.A.

—¿Entonces estoy al mando? —preguntó Jack con una sonrisa.

—Tu mamá —contestó Kenny.

—No rompáis nada —dijo Taryn mientras recogía sus papeles y se dirigía a la puerta. Porque siempre que oía «tu mamá», después venían los golpes.

Sam salió con ella.

—¿Es que no vas a intentar detenerlos? —le preguntó animadamente mientras salían al pasillo.

—Eso tendrías que hacerlo tú.

Algo golpeó la pared. Sam siguió andando.

—No, gracias.

—Nunca vais a crecer, ¿verdad?

—No soy yo el que se está peleando.

Ella lo miró.

—Esta vez no.

Él le guiñó un ojo, se marchó, y Taryn continuó hasta su despacho. A lo lejos oyó otro golpe. Lo ignoró y miró su agenda. Tenía una teleconferencia a las once y el departamento gráfico le había pedido un momento para charlar.

—Gracias —dijo Taryn al sentarse en su mesa. Miró el ordenador—. Un día más en el paraíso —y adoraba cada minuto.

Los chicos eran su familia y por muchas sillas, mesas,

ventanas y corazones que rompieran, estaría a su lado. Por mucho que de vez en cuando fantaseara con la vida mucho más serena que tendría si se hubiera metido en ese negocio con un par de tipos pacifistas que creían en el poder de la meditación para la resolución de conflictos.

A lo lejos se rompió un cristal. Ella siguió mirando la pantalla del ordenador y tecleando.

Capítulo 2

Taryn apilaba platos sobre la estrecha encimera. La cocina era diminuta; una miniatura con un horno y una nevera de tamaño pequeño. Los colores eran bonitos y los electrodomésticos modernos, pero aun así no había sitio ni para dos personas.

–Explícamelo –dijo desenvolviendo vasos y colocándolos junto a los platos–. Yo firmo los cheques y sé que podías permitirte un lugar más grande.

Larissa Owens sacó una cafetera de la caja que había puesto sobre la mesa. Se había recogido su larga melena rubia en una coleta y no llevaba ni una gota de maquillaje. Era muy delgada, tenía la piel bronceada y estaba increíble con esos pantalones de yoga y esa camiseta. Si no fuera porque Taryn ya la adoraba, le habría resultado muy fácil odiarla.

–No necesito un lugar más grande –le dijo su amiga–. Con una casa de una habitación tengo suficiente. Y como el alquiler es baratísimo tendré más dinero para destinarlo a mis causas.

Y eso era exactamente lo que pasaría, pensó Taryn sacando unas tijeras para cortar la cinta adhesiva de la caja vacía y poder plegarla. Larissa era gran defensora de ciertas causas, en especial, de las que tenían que ver con animales.

Además de su trabajo a tiempo completo, trabajaba como voluntaria en algunos refugios, casas de acogida para perros, gatos y conejos y donaba dinero prácticamente a todas las organizaciones que lo pedían.

Taryn observó el apartamento de apenas cincuenta metros.

–Aquí no podrás meter una mascota que ocupe más que un pececito de colores.

–Podría tener un gato –le dijo Larissa con tono alegre–. No querría un perro porque no estoy en casa lo suficiente. Además, si necesito algo más grande...

–Siempre está la casa de Jack –dijo Taryn terminando la frase por ella–. Sí, lo sé.

Jack, que permitía que Larissa lo utilizara para apoyar a todas esas organizaciones que tanto significaban para ella. Taryn nunca había sabido por qué, pero la situación les funcionaba. Como antiguo quarterback de la Liga Nacional de Fútbol Americano se esperaba de él que apoyara alguna obra de caridad. Como había perdido a su hermano gemelo por una enfermedad coronaria cuando eran pequeños, había elegido colaborar con niños que necesitaban transplantes de órganos. En cuanto a sus colaboraciones con Larissa, él firmaba los cheques que financiaban el transporte y acogida de los animales, y Larissa era la que se mantenía en contacto con las organizaciones.

–Te echa muchísimo de menos –le dijo Taryn.

–Ya lo he oído en innumerables mensajes de voz –arrugó la nariz–. Echa de menos mis masajes. No es que sea lo mismo exactamente.

–Pero también eres su secretaria. Seguro que echa de menos que le lleves café.

Larissa sonrió.

–Eso también –agarró otras tijeras y plegó su caja–. Por cierto, el pueblo... Creía que me estabas tomando el pelo cuando me lo describiste.

–Ojalá, pero no. Es un lugar encantador, limpio y la gente es extremadamente agradable.

–Me gusta –dijo Larissa al pasarle otra caja a Taryn–. Ya siento como si hubiera hecho amigos. La mujer que tiene esa cafetería tan mona me ha invitado a café esta mañana. Ha sido muy agradable.

–Patience –farfulló Taryn–. Se llama Patience. Y sí, es encantadora. Todos son encantadores. Menos Charlie, que es bombera y siempre está de mal humor. Me cae genial.

Lo cierto era que le caía bien todo el mundo que había conocido, y eso resultaba algo exasperante. ¿Y si acababa afectándola tanto encanto? ¿Y si empezaba a sonreír a los desconocidos y a decirles cosas alegres como «que pase un buen día»? Se estremeció. Ser sarcástica y distante emocionalmente siempre le había funcionado. ¿Por qué cambiarlo ahora?

–¿Los chicos ya se han hecho a estar aquí?

–Supongo. Ya sabes que intento evitar hablar de sus vidas privadas siempre que puedo, así que puede que mi información no sea muy precisa. Pero por lo que sé, Jack y Kenny parecen estar libres de ligues por el momento y Sam... bueno... –sonrió–. Pobre Sam.

Larissa apretó los labios.

–No deberíamos burlarnos de él.

–¿Por qué no? No puede oírnos.

–Pero es muy triste.

Sí, en parte lo era, pensó Taryn, pero también era muy divertido. Sam Ridge, multimillonario y famosísimo pateador, tenía la peor de las suertes en lo que respectaba a las mujeres. Si había una mujer fatal en un radio de ochenta kilómetros, Sam la encontraba y se enamoraba de ella. Lo había experimentado todo, desde una acosadora a una exmujer que había escrito un libro contándolo prácticamente todo de su vida privada, pasando por una novia que se había acostado con sus mejores amigos.

–No me extrañaría que lo próximo fuera que se enamorara de un travesti –dijo Larissa con una sonrisa–. Pobre Sam.

–No lo entiendo –admitió Taryn–. Es inteligente y perspicaz, pero cuando se trata de mujeres, es como si no pudiera encontrar a nadie normal.

–¿Y qué me dices de ti? –preguntó Larissa–. ¿Has encontrado a alguien tentador?

La pregunta fue formulada a modo de broma, y Taryn lo sabía. No solía salir con nadie, le gustaban los hombres, se acostaba con ellos, pero no se implicaba demasiado en las relaciones. Ella nunca le confiaría ni su corazón ni ninguna parte de su psique a ningún hombre. Eso sí que sería una estupidez.

Sin embargo, cuando Larissa le había formulado la pregunta, Taryn inmediatamente había pensado en Angel. Pero pensar en Angel significaba que no estaba pensando en nada más, y sintió como si no pudiera mover los labios para formar las palabras: «¿Qué? ¿Un hombre? ¿Conmigo? De eso nada».

Larissa soltó la sartén que acababa de desenvolver y miró a su amiga.

–¡Ay, Dios mío! ¿Qué? ¿Has conocido a alguien? ¿Quién es? Cuéntamelo todo –sus ojos azules se abrieron de par en par–. ¿Es de aquí? Un padre soltero o algo así –suspiró–. Eso sí que sería romántico. Un chico muy dulce con dos niños pequeños. Un mecánico de coches o el dueño de un pequeño supermercado con la casa encima del local. Aún echa de menos a su esposa, pero está listo para seguir adelante. Lo único que no sé es qué te parecerá lo de los niños.

Taryn se la quedó mirando.

–No me necesitas delante para mantener esta conversación, ¿verdad? ¿Un viudo con dos niños y una tienda de ultramarinos? Eso no va a pasar.

Larissa hundió los hombros.

-¿Por qué no te gusta? Es majísimo.
Taryn contuvo un grito.
-No hay ningún tipo con una tienda de ultramarinos. Te lo has inventado. ¿Pero qué te pasa? El único hombre que me interesa es un antiguo francotirador de las Fuerzas Especiales que tiene una cicatriz que parece indicar que alguien quiso rajarle el cuello.
Larissa le pasó la sartén.
-Pues preferiría al chico de la tienda de ultramarinos.
-¿Ese chico que no es real?
-Siempre te fijas en lo que no te conviene. Anda, venga, háblame del francotirador.
-No hay mucho que contar.
Taryn empezó a colocar los platos y los cuencos en los armarios, aun sabiendo que eso no serviría para distraer a su amiga.
-Hay algo -le dijo Larissa-. Te sientes atraída por él.
-A lo mejor. Sí. Un poco -suspiró-. Al menos es viudo. Eso debería alegrarte.
De eso sí que se había enterado, aunque era difícil obtener información sin contarle a la gente por qué la quería, y no estaba dispuesta a contarle al mundo que Angel le parecía muy atractivo.
-Al menos es algo. ¿Pero no va a comprar una tienda de ultramarinos?
-Larissa, te lo suplico. Para.
Larissa sonrió.
-Todo el mundo cree que eres una chica dura, pero en realidad no lo eres.
-Puedo serlo, pero contigo no.
-Bueno, a ver qué pasa con ese tal Angel. ¿Estáis saliendo?
-No exactamente. Nos estamos evaluando.
-¿Y qué significa eso?
Taryn pensó en el comentario que le había hecho Angel

sobre que se le daba bien esperar. Un pequeño escalofrío de excitación le recorrió la espalda al preguntarse cuándo iría a dar el primer paso. Estaba haciéndola esperar a propósito, y eso lo respetaba. Él quería que fuera un juego intrigante... para ambos.

–No tengo ni idea –admitió–, pero te avisaré cuando lo descubra.

Angel puso la revista de bodas sobre la mesa. Ford lo miró con incredulidad.

–¿Así, sin más? –le preguntó su amigo–. ¿Es que te has despertado pensando que este sería un buen día para morir?

–Está comprometida –dijo Angel sonriendo–. Lleva anillo de compromiso. Estoy celebrándolo.

Ford alzó las manos con el clásico gesto de rendición, pero Angel se sentía intrépido. Últimamente tenía la sensación de que todo le salía bien. La respuesta a la pregunta de Harry el Sucio de ¿Es mi día de suerte? era «sí». Sí que lo era. No importaba que la película se hubiera estrenado un año antes de que naciera, podía identificarse con el personaje. Y, ante la duda, una pistola más grande solía solucionar el problema.

Consuelo, su diminuta colega, entró en el despacho. Miró la revista y después los miró a los dos.

–Ha sido él –dijo Ford señalando a Angel–. Lo ha hecho él.

Angel miró a su amigo.

–¿Así son las cosas ahora?

Ford fue hacia la puerta.

–La ley de la selva, hermano. Así, mientras se ceba contigo, yo puedo salir huyendo. Isabel y yo estamos intentando tener un bebé. Quiero estar vivo para ver crecer a mi hijo.

Consuelo, casi un metro sesenta de músculo y determinación, levantó la revista, la hojeó y volvió a dejarla sobre la mesa. Sonrió a Angel.
—Gracias. Has sido muy considerado.
Le lanzó a Ford una mirada de «¿Lo ves?», y después se movió hacia ella.
—Sé que Kent y tú os habéis comprometido. Espero que seáis muy felices juntos.
Consuelo lo abrazó. Cuando él se apartó, ella se echó a un lado, agarró a Ford por el brazo y le hizo una llave haciéndolo caer al suelo de golpe. Cuando recobró la respiración, se incorporó.
—¿Ey, a qué ha venido eso? —le preguntó indignado.
—Por ser un cínico. Estás casado y deberías saber muy bien cómo funciona esto.
Consuelo le dio la espalda, agarró la revista y fue hacia la puerta.
—Volveré después del almuerzo.
—Ni siquiera son las diez —farfulló Ford mientras se levantaba—. ¿Por qué puede marcharse ya?
Angel se rio.
—¿Es que quieres decirle que no puede?
—No.
—Eso me imaginaba. Venga, nosotros también nos vamos.
—¿Y adónde vamos? —preguntó Ford alcanzándolo.
—A un vivero. Hace un par de meses encargué una orquídea. Ya ha llegado y tengo que ir a firmar la tarjeta para que puedan enviarla.
Salieron.
—¿Y cómo ha podido tardar una orquídea dos meses en llegar? —preguntó Ford.
—Es una especie rara. Quería una muy específica.
De Tailandia. Una orquídea conocida por el contraste de sus colores. La parte exterior de la flor era de un rosa

muy pálido, pero el interior era un azul oscuro casi violeta. Y ese tono tan poco habitual era exactamente del color de los ojos de Taryn.
 –¿Y cómo es que ahora te gustan las flores?
 Angel miró a su amigo.
 –¿Pero qué te pasa hoy? Deja de hacer preguntas. ¿Vienes conmigo o no?
 Ford se apoyó contra su Jeep y sonrió.
 –Alguien lleva tiempo sin comerse una rosca. Siempre te pones de mal humor cuando llevas tiempo sin acostarte con nadie.
 –Cierra el pico.
 –Gracias por demostrar que tengo razón.

Taryn aparcó el coche y agarró su maletín. La noche anterior había estado revisando papeleo y el correo electrónico, y a las diez ya se había metido en la cama. Y eso, como vida personal, era muy triste. Tenía que salir más, hacer amigos. Como le había dicho a Larissa el día antes, la gente del pueblo era verdaderamente agradable. Todas las mujeres habían sido muy simpáticas, pero...
 Suspiró mientras cruzaba el aparcamiento. El pueblo no era el problema, admitió aunque fuera solo para sí. Ella era el problema. Le costaba hacer amigos. No le resultaba fácil confiar en la gente, y mucho menos entregarle a alguien una parte de sí misma. Más de un hombre había comentado que después de verla durante varias semanas, y con verla había querido decir acostarse con ella, sabía exactamente lo mismo de ella que el primer día que se habían visto. Pero Taryn nunca se molestaba en decirles que en eso consistía la relación con ella. Si eran tan estúpidos como para no darse cuenta, ¿entonces por qué iba ella a malgastar aliento explicándoselo?
 No había querido marcharse de Los Ángeles, pero ha-

bía salido perdiendo en la votación. Ahora Score se encontraba ubicada en Fool's Gold y tenía que sacar lo mejor de esa situación. Y lo más importante, tenía que recuperar su vida. No podía limitarse únicamente a trabajar.

Oyó el sonido de una pelota de baloncesto botando contra la acera y lo ignoró. Pero Sam era persistente y pronto la alcanzó.

—¿Vienes conduciendo al trabajo? Vives a un kilómetro y medio.

Ella se detuvo y lo miró.

—¿Has visto mis zapatos? Llevo unos Charlotte Olympia de doce centímetros. ¿Acaso tú podrías llegar hasta la esquina caminando con ellos? Creo que no. Además, hoy no puedes hablar conmigo. Estoy más alta que tú.

Sam suspiró.

—Va a ser un día de esos, ¿verdad?

—Y tanto que sí.

Sonrió a Sam y desapareció dentro del edificio. Él cruzó la calle hasta la cancha de baloncesto que los chicos habían insistido en construir. Y esa era de tamaño real, no pequeña como la de su última oficina. Ni sabía cuánto les había costado, ni quería saberlo.

Si hubiera tenido delante a alguno de sus compañeros en ese momento se habría puesto a refunfuñar sobre lo irritantes que eran, pero ya que estaba sola, se detuvo para mirar por la ventana. Los tres, Kenny, Jack y Sam, vestían pantalones cortos anchos y camisetas. Sam, musculoso y con su poco más de metro ochenta, parecía pequeño al lado de los otros dos, pero era rápido y utilizaba la cabeza cuando jugaba. Kenny y Jack básicamente reaccionaban, lo cual explicaba por qué normalmente Sam les daba una buena paliza.

Se enfrentaron por el balón, y entonces Sam lo atrapó, se giró con un movimiento elegante, saltó y marcó. Mientras los observaba, Taryn se dio cuenta de que los chicos también necesitaban algo más. Que siempre jugaran los tres unas cuantas mañanas a la semana no podía ser muy divertido.

Echó a andar hacia su despacho. Una vez se sentó en su mesa, levantó el teléfono, pero lo colgó de nuevo. Se dijo que los chicos ya pasaban de los treinta y podían cuidarse solitos, que no quería que nadie, es decir Angel, pensara que estaba buscando excusas para verlo. Y es que decirle que no lo llamaba por ella solo le haría pensar que lo hacía precisamente por eso. Suspiró y levantó el teléfono de nuevo.

–CDS –dijo la voz de un hombre.

–Con Justice Garrett, por favor.

–Al habla.

–Hola, Justice, soy Taryn Crawford. Conozco a tu mujer. Soy socia de Score, de aquí, del pueblo.

–Sí, Patience me ha hablado de ti. Tienes una empresa de Publicidad junto con los futbolistas.

–Esos somos nosotros –qué estupidez. Se sentía como una madre intentando buscarle amiguitos de juegos a su hijo socialmente inadaptado. Con la diferencia de que a pesar de estar haciéndolo de mala gana, sí que quería que los chicos fueran felices. Aunque la enfadaran de vez en cuando, eran la única familia que probablemente llegaría a tener.

–Tenéis contratados a exmilitares, ¿les gusta hacer ejercicio y cosas de esas?

Hubo una pausa. Taryn podía hacer una presentación publicitaria de miles de millones de dólares al más escéptico sin ningún problema, así que ¿por qué eso le estaba resultando tan difícil?

–¿Ha sido eso una pregunta? –preguntó Justice.

–No. Bueno, sabes que Jack, Kenny y Sam trabajan conmigo y que son antiguos jugadores de fútbol. Aún son muy competitivos y... –se dijo que debía ir al grano–. Tienen una

nueva cancha de baloncesto exterior y juegan varias mañanas a la semana. Había pensado que a lo mejor a ti y a tus chicos os gustaría uniros a ellos para echar unos partidos.
Hubo otra pausa, y entonces Justice se rio.
—A mis chicos y a mí nos gustaría mucho. Espero que los tuyos no sean unos perdedores.
Taryn sonrió.
—Buen intento. Tu equipo va a perder.
—Eso ya lo veremos. ¿A qué hora empiezan?
—A las seis. Pasado mañana.
—Allí estaremos.
Ella colgó sintiéndose algo más que orgullosa de sí misma. Accedió al banco de datos de la empresa y descargó el trabajo que había estado haciendo la noche anterior para actualizar algunas cuentas.
A las nueve se reunió con su gente del departamento gráfico. Su equipo, formado por seis personas, era el alma de la empresa. Todas las presentaciones salían de ese despacho, incluyendo el diseño gráfico y los vídeos para los anuncios de muestra y spots promocionales.
Además estaban los empleados de Sam, dos contables que llevaban todos los números, la secretaria de Taryn que hacía también las labores de jefa de personal, Larissa, que era la secretaria personal de Jack además de la masajista de los chicos, y también estaba la secretaria de Kenny y Sam.
Cuando Kenny, Jack y Sam le habían propuesto mudarse a Fool's Gold, ella les había advertido que perderían a una plantilla valiosa. Y esa había sido una de las pocas veces que se había equivocado en su vida en lo que respectaba al trabajo. Todo el mundo había estado emocionado con la idea de trasladarse, y ella había sido la única en negarse.
¿Quién se habría imaginado que haber elegido con sumo cuidado a unos empleados centrados en la familia y equilibrados iba a volverse en su contra?, pensó con una sonrisa.

Su secretaria entró en su despacho.
—Están esperándote.
Taryn la siguió hasta la pequeña sala de reuniones. Sam, Jack y Kenny estaban allí, recién duchados después del partido de la mañana, porque parte de la reforma había incluido también un vestuario. Dos, mejor dicho, porque aunque Taryn nunca se había planteado ducharse en el trabajo, había insistido en que hubiera instalaciones iguales para las mujeres. Y por eso ellas también tenían unas duchas grandes, taquillas y una sauna. La diferencia era que ella nunca insistía en celebrar reuniones en la sauna mientras que los chicos ya habían tenido más de una.

Fue hasta el extremo de la mesa y abrió el portátil. Después fijó la mirada en Jack, que había optado por no vestirse después de la ducha y se había sentado en la mesa de reuniones con un albornoz blanco y unas chanclas.

—Dejad que adivine. Larissa está aquí.
—Está preparando la mesa de masajes mientras hablamos.
—Dime que llevas ropa interior.
Jack le guiñó un ojo.
—Mi equipo ha estado trabajando en varias campañas –prosiguió Taryn mientras escribía en el portátil. Mediante la red interna de la empresa podía acceder a sus archivos de ordenador y obtener toda la información necesaria–. Esto es lo que preparamos para la campaña de Klassique Rum. Tendremos el anuncio de prueba listo a finales de semana, pero mientras tanto aquí están nuestras ideas para los anuncios impresos y las campañas por Facebook.

Tocó el teclado y en la gran pantalla situada en el extremo opuesto de la sala apareció una diapositiva.

—Hemos sacado colores de sus nuevas etiquetas. Está claro que el ron se relaciona con fiestas y diversión.

—Fiestas en la playa –la corrigió Kenny antes de sonreír a Jack–. Vaya fin de semana.

Los dos habían visitado el cuartel general de Klassique en el Caribe. Aunque también estaba invitada, Taryn se lo había saltado. Ver a Kenny y a Jack en acción con docenas de núbiles mujeres no era su idea de pasarlo bien.

El manos libres situado en el centro de la mesa sonó.

—Jack, Larissa está lista —dijo la secretaria de Taryn.

Jack ya estaba levantándose.

—Hasta luego.

—Espero que no se quite el albornoz hasta que entre en la sala de masajes —murmuró Taryn.

—Yo también —respondió Sam—. Porque no lleva nada debajo.

Por suerte sus empleados se tomaban bien las idiosincrasias de trabajar con antiguos atletas, pero, de vez en cuando, Taryn tenía que hacer frente a alguna queja por un exceso de desnudez masculina, normalmente procedente del marido de alguna de las empleadas.

Taryn volvió a centrar su atención en la campaña y fue pasando las diapositivas. Kenny expuso varias opiniones del cliente, mientras que Sam fue tomando nota de los costes. Dos horas más tarde, cuando ya casi habían terminado, Jack volvió a entrar en la sala.

Se había puesto unos vaqueros y una camisa de manga larga, pero en lo que más se fijó Taryn fue en que se movía con mucha más facilidad. Se sentó al lado de Kenny.

—Dice que le deis quince minutos para relajar las manos y después estará lista para vosotros.

Kenny asintió.

Taryn miró a Sam.

—¿Te importa esperar?

—Claro.

Como pateador, Sam había sido el que menos golpes había recibido y los otros dos bromeaban con que había tenido el trabajo más sencillo. Sin embargo, Taryn sabía que no era así. Mientras que en circunstancias normales no se habría molestado en conocer nada sobre ese deporte, el hecho de estar asociados implicaba que tenía que saber más sobre el fútbol americano que los datos básicos. Tal vez el pateador no se llevara los golpes que se llevaban los otros jugadores, pero trabajaba bajo una presión increíble. Cada segundo en el campo implicaba ser el centro de atención de todo el mundo. La Liga Nacional de Fútbol Americano era una industria que movía miles de millones y, si uno no podía soportar un escrutinio intenso, no duraba mucho allí.

–¿Qué me he perdido? –preguntó Jack.

–Luego te cuento –le dijo Kenny.

Taryn miró la lista de los puntos que había querido destacar durante la reunión.

–Creo que ya lo tenemos casi todo visto. Sam, ¿estás listo para ponernos al día sobre la fiesta?

Hizo lo posible por formular la pregunta sin rastro de enfado en su voz porque, después de trasladar la empresa al completo a Fool's Gold, los chicos habían decidido ofrecer una gran fiesta para los clientes más importantes. Habían alquilado una zona del Gold Rush Ski Lodge and Resort durante el fin de semana del Festival del Verano, o lo que fuera eso, y ahora unos veinte clientes con sus esposas e hijos se iban a presentar allí.

Sam se aclaró la voz.

–Claro. Tal como dijimos, vamos a traer a los clientes. En julio.

–Durante el Festival de Verano, ¿no? –preguntó Kenny.

Taryn se giró hacia él.

–¿Sabes lo de los festivales?

–Claro. Es una de las razones por las que queríamos mudarnos aquí. El pueblo celebra festivales todos los meses, por las estaciones y las distintas fiestas –le dio un codazo a Jack–. Hay un festival de globos aerostáticos en junio. Deberíamos alquilar uno y subir.

–Me apunto –dijo Jack–. Yo conduzco.

—Tú no conduces globos —le dijo Kenny.
—Bueno, eso da igual. Estaré al mando.
—Genial —dijo Taryn—. Sam, por favor, asegúrate de que estemos al día de pagos de la póliza del seguro.
Jack esbozó una sonrisa.
—Me echarías de menos, cariño.
—Sí, pero seguiría adelante con mi vida —se giró hacia Sam—. Con respecto a la fiesta —volvió a decir—, ¿cómo estamos?
—En la fase de planificación.
Esperó, pero Sam no dijo nada más.
—Solo faltan tres meses. Tienes que ponerte ya a fondo con ello.
—Eso estoy haciendo.
Eso no era propio de Sam, pensó. Él normalmente siempre llevaba el trabajo adelantado.
—¿Tienes algún detalle? Sabes que tenemos que asegurarnos de que nuestros clientes lo pasen bien, ¿verdad? Y van a traer a sus familias, así que eso aumenta la presión. Fuisteis vosotros tres los que quisisteis trasladaros aquí, sois los que insististeis en celebrar esta fiesta. No me vengáis diciendo que hay algún problema cuando falte una semana, porque no pienso arreglarlo.
—Ahí la tenéis —dijo Kenny—. Sam, la has cabreado y nada bueno puede salir de eso. Allí de donde yo vengo...
Taryn plantó las dos manos sobre la mesa.
—No vayas a contarme ninguna historia del chico de granja, Kenneth Anderson Scott. A lo mejor quieres que la gente se piense que no eres más que un chico humilde de Iowa, pero sé muy bien cuál es la realidad.
Kenny miró el reloj.
—Mirad qué hora es. Larissa ya debe de estar preparada para mi turno.
Prácticamente salió corriendo de la habitación. Jack lo vio irse.

—Eso ha sido un poco desagradable, Taryn. Ya sabes que Kenny odia que lo llames por su nombre completo. Le recuerda a cuando su madre le gritaba.
—Sí, y precisamente por eso lo hago —se giró hacia Sam—. Sobre lo de la fiesta...
—Está controlado.
Era exactamente lo que quería oír, pero entonces, ¿por qué no le creía?
—Estás seguro.
—Mucho.
Ella asintió y Sam salió de la sala. Jack se quedó en su asiento.
—¿Quieres hablar?
—No.
—Estás un poco gruñona.
Taryn apretó los labios.
—No es que vosotros me pongáis las cosas muy fáciles.
Jack se levantó y rodeó la mesa hasta situarse a su lado. Después la abrazó y Taryn se relajó ante ese familiar gesto. Él tenía sus grandes manos posadas en su espalda y ella podía inhalar su perfume.
Cuando se conocieron, Jack era el quarterback estrella de los L.A. Stallions y ella la nueva ayudante del equipo de Relaciones Públicas. Jamás se había esperado que de su noche juntos saliera nada importante, pero una noche había dado paso a otra y esa otra a una semana.
Después, cuando todo se derrumbó, habían seguido siendo amigos. Quería a Kenny y a Sam, pero Jack era el que la conocía mejor. Y lo demostró cuando le dijo:
—¿Aún no estás segura de que te vaya a gustar estar aquí?
—Es distinto. La gente es muy agradable.
—¡Malditos sean todos!
Ella sonrió contra su hombro y se apartó.
—Yo no soy como tú.

–Eso es verdad –sus oscuros ojos se arrugaron con una sonrisa–. Estarías muy graciosa con mi pene.
–Me operaría para quitármelo.
Él esbozó una mueca de disgusto.
–Ni se te ocurra bromear con eso –la besó en la frente–. Vamos a estar aquí un tiempo, Taryn. Relájate. Sé simpática con las mujeres del pueblo. Sal a almorzar con ellas y dales la oportunidad de demostrarte que lo que te dicen, te lo dicen en serio.
–¿Entonces de verdad me desean que pase un buen día?
–Sí. Deja que te conozcan mientras tú las conoces a ellas. Haz amigas. Es divertido.
–Puede que lo haga –farfulló.
–¡Esa es mi chica! Siempre intentando probar cosas nuevas –la rodeó con el brazo y la sacó de la sala–. Vamos. Te invito a almorzar. Yo pido las patatas fritas.
Porque si no era ella la que pedía la comida, las calorías no contaban, pensó Taryn apoyándose contra su hombro.
–Eres el mejor.
–Sí, lo sé. Mi excelencia siempre me ha supuesto una gran carga.

Capítulo 3

—Ha llegado esto para ti.
Taryn levantó la cabeza cuando Larissa entró en su despacho con una especie de orquídea exótica. Nunca había visto una así.
—Es preciosa –murmuró alargando la mano para agarrarla.
Larissa sonrió.
—Trae una tarjeta.
Taryn tocó los suaves pétalos de la flor. Los colores no eran los habituales, era rosa y violeta azulado.
—¿Y qué pone?
—No la he leído.
Taryn dejó la planta sobre el escritorio y miró a su amiga.
—Sí, claro que la has leído.
Larissa se rio.
—Solo pone un lugar y una hora. Es para esta noche.
Agarró la tarjeta y la leyó. La dirección escrita a bolígrafo negro era Condor Valley Winery, y la hora las siete de la tarde.
O una invitación o instrucciones, pensó intrigada. ¿Y si no podía ir?
—¿Vas a ir?

–No lo sé.
Larissa se sentó en la silla junto al escritorio.
–Tienes que ir. Dijiste que es muy sexy.
–No recuerdo haber dicho eso.
–Vale, pues lo pensaste. Es lo mismo –dejó un pequeño folleto sobre la mesa–. Tu nueva planta trae instrucciones. Al parecer, es una especie rara y muy delicada.
–Podrías adoptarla como una de tus causas –le dijo Taryn.
–Podría, pero es para ti –se inclinó hacia ella–. Bueno, dime, ¿qué sabes de Angel, además de que te ha comprado una flor muy especial?
–Que trabaja en la escuela de guardaespaldas, que antes era francotirador y que estuvo casado.
–Es verdad. Es el viudo. ¿Algún niño?
–No lo sé. Pero al menos, no en el pueblo.
–¿Por qué te gusta?
–No estoy segura de que me guste.
Larissa sacudió la cabeza.
–Vale. ¿Pues por qué estás interesada en él? Yo creo que da un poco de miedo.
Taryn pensó en todas las respuestas sencillas que había: que era atractivo y sexy, que él había dado el primer paso, y que estaba segurísima de que existía química entre los dos. Que Jack tenía razón y que necesitaba salir más, aunque él se había referido a hacerse amigas, más que a tener un amante, pero aun así...
–No necesita que cuide de él –dijo, finalmente, diciendo la verdad.
–A diferencia de los chicos –asintió Larissa–. Eso tiene sentido. Pero es que siempre te he imaginado con un banquero.
–¿Otro hombre trajeado? No, gracias. Ya he pasado por eso muchas veces.
No le gustaba alguien como ella. No quería a alguien de

su mundo. Angel era distinto en todos los aspectos posibles. Cuando la miraba con esos fríos ojos grises, no tenía ni idea de en qué estaba pensando, y eso era divertido. Solo esperaba que no significara que era un asesino en serie.

–Supongo que no pasa nada –dijo Larissa lentamente–. Parece que todo el pueblo lo aprecia, así que debe de ser un buen tipo.

–Dime que no has estado preguntando por él.

–Solo un poco.

Taryn contuvo un gruñido ante la idea de que la gente estuviera hablando de su vida privada.

–Pero he sido discreta –protestó Larissa.

–Ya, ya. ¿Hay alguien con quien no hayas hablado de esto?

–No, y por eso me quieres.

Taryn salió del trabajo pronto para tener tiempo de prepararse para su cita con Angel. Condujo la corta distancia hasta su casa y aparcó en su garaje de una sola plaza.

Normalmente prefería vivir en apartamentos porque necesitaban menos mantenimiento, pero cuando la empresa se había trasladado a Fool's Gold había decidido probar a vivir en una casa.

Era pequeña, solo tenía dos dormitorios, pero de buen tamaño. Estaba reformada de arriba abajo, así que tenía una cocina nueva y una preciosa ducha en el baño. Le resultaba sorprendente, pero lo que más la atraía de la casa era el jardín. Una valla de piedra de estilo antiguo lo rodeaba, había un patio y varios lechos de plantas. Nunca en su vida había plantado nada, pero había empezado a investigar y estaba pensando en plantar algunas flores y hortalizas.

Cruzó la cocina. Se quitó los zapatos y recorrió descalza el pasillo hasta su dormitorio. Aunque la casa estaba reformada, la mayoría de los detalles artesanos se habían conservado, incluyendo la librería empotrada junto a la chimenea de piedra que tenía frente a la cama. La valla exterior era lo suficientemente alta como para darle la privacidad necesaria para no verse obligada a echar las cortinas, lo cual le permitía mucha luz. Se quitó la chaqueta, se bajó la cremallera de la falda y la dejó caer al suelo. Se quitó la blusa, se puso una bata y entró en el cuarto de baño.

Llevaba suelta su larga melena negra. Los productos diarios justos, mucho acondicionador y tratamientos semanales para el cuero cabelludo hacían que su cabello se mantuviera en buen estado. Había quedado gratamente sorprendida al enterarse de que allí también podía aplicarse su tratamiento de brillo favorito cada seis semanas, igual que hacía en L.A.

Se echó el pelo hacia atrás con una diadema y se lavó la cara. Después se volvió a aplicar maquillaje prestando especial atención a su mirada. Iría vestida de negro, así que quería destacar el color y la forma de sus ojos. Cuando terminó, se aplicó una ligera crema luminosa sobre el pecho, los hombros, los brazos y las piernas.

Después de perfilarse los labios con un tono casi *nude*, volvió a su dormitorio y entró en el vestidor. Ya sabía lo que se iba a poner, había tomado la decisión en cuanto había visto la invitación. Si Angel quería jugar, ella estaba dispuesta a jugar con él, y estaba decidida a ser la ganadora.

Con ese fin, se quitó el sujetador y se enfundó el vestido negro palabra de honor que había elegido. Por delante era sencillo, ajustado y casi hasta la rodilla, pero por detrás llevaba la espalda descubierta hasta la cadera. Cada vez que se movía, la tela se desplazaba y daba la impresión de que se le iba a ver algo que no se debía ver. Un vestido para salir a matar, pensó con una sonrisa. Perfecto para un antiguo francotirador.

La mejor parte era que conjuntaría el vestido con una chaqueta negra. Con ella el atuendo era conservador para ir a trabajar, pero sin ella...

Ojeó los zapatos y se decantó por unos Dolce & Gabanna de encaje y diez centímetros de tacón. No era mujer de encajes y lazos, pero esos zapatos eran sexys y sofisticados al mismo tiempo. Además, eran D&G, así que con ellos nunca podía fallar.

Se subió a ellos y se miró en el espejo. Las joyas serían sencillas y por eso optó por los pendientes pequeños de diamantes que Jack le había regalado cuando firmaron el divorcio.

Pasó a una pequeña cartera negra de seda todo lo que necesitaría y salió por la puerta.

Condor Valley Winery estaba ubicada en las estribaciones de la montaña, justo encima de los viñedos. Aunque la señal en el aparcamiento decía que cerraban a las cinco en esa época del año, aparcó junto a las puertas principales y recorrió el camino pavimentado. No tenía ninguna duda de que Angel lo habría preparado. Era un hombre acostumbrado a salirse con la suya y no permitiría que una tontería como las horas de comercio habituales lo disuadieran.

Dentro esperaba una mujer de veintipocos años. Sonrió.

–¿Señorita Crawford?

–Sí.

–Sígame, por favor.

Condujo a Taryn hasta un pequeño ascensor que las llevó al tercer piso. Desde ahí entraron a lo que parecía una biblioteca privada, una sala llena de librerías empotradas y cómodos sillones de piel negra. Unas puertas dobles estaban abiertas hacia un gran balcón con una mesa y dos sillas. Desde donde se encontraba ella, podía ver todo el valle y el sol empezando a ponerse. Cualquier frío que pudiera hacer quedaría disipado por las estufas que rodeaban la mesa.

–Iré a por sus aperitivos –dijo la mujer excusándose.
Al cabo de un par de minutos volvió con dos platos de canapés. Los dejó sobre la mesa, volvió a la biblioteca y agarró una botella de vino tinto y dos copas. Con destreza abrió la botella, pero no lo sirvió. Sonrió a Taryn y se marchó.
Taryn salió al balcón e inhaló el aire de la noche. Sintió un cosquilleo de nervios en el estómago, aunque también cierta sensación de consuelo. Hacía mucho tiempo que ningún hombre la cuidaba de ese modo. Aunque tal vez era culpa suya, tal vez hacía mucho tiempo que no había permitido que ningún hombre cuidara de ella.
–Buenas noches.
Se giró y vio a Angel junto a la puerta. Estaba imponente, tan alto y musculoso, y ataviado con una camisa y unos pantalones negros.
–Hola –dijo ella sin moverse de donde estaba, queriendo que fuera él el que se acercara.
Y Angel no la decepcionó. Se acercó y le agarró las manos.
–Has venido.
–No pareces sorprendido.
Él enarcó una ceja.
–Tal vez lo esté.
Ella se rio.
–Lo dudo. Gracias por mi orquídea. Es preciosa.
–Me recordó a ti.
Las cálidas manos de Angel seguían agarrándola con delicadeza. No intentó acercarla a sí ni hacerla sentir como si no fuera a soltarla nunca. Y fue una estrategia muy inteligente porque hizo que Taryn deseara que se acercara más.
Con sus diez centímetros de tacón, era casi tan alta como él, así que no tendría que hacer contorsionismo si llegaban a besarse. Con echarse hacia delante sin más po-

dría descubrir si ese ligero calor que la recorría tenía un porqué real.

O no, pensó al dar un paso atrás.

Él la soltó al instante y señaló hacia las sillas.

–¿Nos sentamos?

Una vez estuvieron sentados, Angel sirvió las dos copas de vino.

–Este Cabernet es de su colección. Ha envejecido más que la mayoría del vino que venden. Es suave y con un sorprendente toque final.

Ella colgó su bolso de la silla y agarró la copa.

–¿Por qué me da la impresión de que no solo estás hablando del vino? Aunque no me siento cómoda viendo que me describen como «envejecida».

–A lo mejor no estaba hablando de ti –dijo él posando sus ojos grises en su rostro.

–Entonces hablabas de ti –ladeó la cabeza–. Sí, lo veo. Aunque me preocupa un poco lo del toque final sorprendente. ¿Qué significa eso? ¿Debería preocuparme? ¿Un grito? ¿Un gesto de victoria con el puño?

Él se rio y brindó con su copa.

–Gracias por acompañarme esta noche.

Ella dio un sorbo. El vino era suave, pero al final se percibía un toque de los taninos. Mucho sabor a bayas aunque sin llegar a resultar pesado.

–¿Por qué viniste a Fool's Gold? –le preguntó ella.

–Justice trajo la empresa aquí.

–¿Y te pareció bien o mal?

–Me gustan los pueblos pequeños. Crecí en uno –se giró hacia el paisaje–. Tú no eres de un pueblo pequeño.

Afirmación o pregunta, se preguntó Taryn.

–No, soy una chica de L.A. Mudarme a Fool's Good ha supuesto un gran cambio.

–¿Y por qué no habéis mantenido la empresa allí?

–Perdí en la votación. Jack, Kenny y Sam vinieron aquí

para un torneo de golf entre profesionales y aficionados. Sigo sin tener muy claro qué pasó aquel fin de semana, pero cuando volvieron al trabajo al lunes siguiente, me dijeron que nos mudábamos –dio otro trago–. Score es una democracia y yo estaba en minoría. Pero claro, me dejaron a mí encargada de todos los detalles de la mudanza.

–Cómo no.

–¿Dónde creciste tú?

–En Virginia Occidental –la miró y sonrió–. Un lugar del que no has oído hablar nunca. Un pueblo minero.

–Nunca he estado en ninguno –admitió.

–Tiene sus cosas buenas y sus cosas malas. Mucha pobreza con un gran desempleo. El trabajo es duro. Mi madre murió cuando yo nací, así que solo estábamos mi padre y yo. Lo veía salir de la mina día tras día y juré que me marcharía de allí.

–Y lo hiciste.

–Entré en el ejército. Cuando salí, me puse a trabajar con una empresa de seguridad que hacía prácticamente el mismo trabajo pero sin tantas normas.

No estaba segura de qué había querido decir con eso. ¿Sería cosa de las Fuerzas Especiales? Algo que, al igual que el mundo de un pueblo minero, para ella era más un concepto que una realidad.

–Siento lo de tu madre.

–Gracias. No llegué a conocerla –volvió a sonreír–. Las mujeres de nuestro vecindario decidieron que ocuparían su lugar y siempre estaban cuidándome. Fue como tener doce madres en lugar de una. Y deja que te diga que así era complicado poder ser malo.

Ella se rio.

–Y tú querías serlo.

Angel la miró fijamente.

–Casi todo el tiempo, pero aprendí a ser paciente. Tuve oportunidades, pero tuve que trabajar mucho para tenerlas.

¿Un mensaje? Ella contuvo un escalofrío y se recordó que a él se le daba muy bien provocarle esa sensación y que más le valía acostumbrarse.

−¿Y qué hay de ti? ¿Barrios residenciales? ¿Hermanos y una valla blanca rodeando la casa?

Esa era una pregunta sencilla para la mayoría, pensó mientras se disipaba ese escalofrío. Ahora la invadió la tensión, aunque ignoró la incómoda sensación en sus hombros mientras intentaba calcular cuánto y cómo contarle para que no supiera que le estaba mintiendo.

−Igual que tú, solo estábamos mi padre y yo −dijo segura de que sus situaciones no podían haber sido más distintas−. Mi madre se marchó cuando yo era pequeña.

−Vaya, qué duro.

Taryn se encogió de hombros porque la verdad, el hecho de que su madre hubiera abandonado a su única hija y a su marido, era terrible. Y peor era aún que su padre las hubiera golpeado habitualmente y que, una vez su madre se fue, solo tuviera una con quien pagar su mal humor.

−Vivía en L.A., así que tenía distracciones. Pero bueno, ahora aquí estamos los dos. Aquí la gente es muy acogedora, aunque tal vez se meta demasiado en la vida de los demás.

−Esa es la desventaja de un pueblo pequeño. Que no hay muchos secretos.

Taryn se relajó mientras él aceptaba el cambio de tema. Con cada nueva relación tenía que pasar por ese tramo pedregoso, el momento de intercambiar información sobre el pasado. Pero ahora ya lo había superado y seguirían adelante.

−¿Y cómo lo has llevado tú?

−¿Qué quieres decir?

−Eres un hombre de secretos.

Él se rio.

−Menos de lo que te imaginas. Voy a trabajar y salgo

con mis amigos –a sus ojos los invadió una expresión de diversión–. Y vivo con una mujer.
—Eso he oído. Consuelo Ly. Está comprometida.
—¡Mierda! Y yo que creía que iba a enfadarte.
—Es un poco pronto para jugar a dar celos. Además, tú no engañas a tus parejas –dio un trago de vino y deseó que estuvieran sentados más cerca. La noche sería más interesante sin esa mesa entre los dos.
—¿Y eso cómo lo sabes?
—¿Me equivoco?
—No.
Taryn se inclinó más hacia delante.
—Tú no eres de esos. Por lo que sé, la infidelidad va acompañada de la vergüenza, pero tú no te permitirías esa emoción –sonrió–. Mis compañeros de trabajo son hombres. Pasamos mucho tiempo juntos. Digamos que todo lo que no sabía sobre vuestro género antes de entrar en el negocio, lo he aprendido desde entonces.
—De acuerdo –dijo lentamente–. Tienes razón. Yo no engaño.
—¿Cuánto tiempo estuviste casado? –porque había oído que lo había estado. Y eso que no había sido fácil obtener información sobre Angel sin admitir su interés por él, porque eso era algo que no había estado dispuesta a hacer.
—Dieciséis años.
Vaya, eso sí que no se lo había esperado.
—Es mucho tiempo. ¿Qué pasó?
—Murió. Accidente de coche.
Cuatro simples palabras pronunciadas con un tono despreocupado. Sin embargo, Taryn pudo oír el dolor oculto tras ellas, pudo sentir la herida como si la llevara encima.
—Lo siento –dijo automáticamente aun sabiendo que la frase sonaba ridícula y que no servía de nada–. ¿Cuánto tiempo ha pasado?
—Seis años.

El modo en que pronunció esas palabras le dijo que la emoción seguía ahí. Que aún le importaba. Y le gustó que no hubiera relegado a su mujer a lo más recóndito de su memoria.

–¿Y tú? –le preguntó él.

–Estuve casada una vez. Fue muy breve. Con Jack.

Él enarcó una ceja.

–¿Tu socio Jack?

Ella asintió.

–Me fui de casa al terminar el instituto –mentira, pero era una mentira que siempre contaba. Nadie tenía por qué saber que se había escapado a los dieciséis y que había vivido en la calle. Había sido duro, había pasado mucho miedo, pero lo había superado–. Después de un año o dos con trabajos sin porvenir, me di cuenta de que si quería ser algo, tenía que estudiar. Conseguí entrar en la universidad y me licencié cuando tenía veintiséis años.

Con un montón de deudas y una sensación de orgullo que nunca antes había experimentado.

–Bien por ti.

–Gracias –miró al horizonte y vio las últimas luces desvaneciéndose en el oeste. Las estrellas ya habían salido. El aire era más frío, pero con las estufas se estaba a gusto–. Tuve suerte. Conseguí un trabajo como relaciones públicas de los L.A. Stallions. Estaba arruinada y vivía en mi coche, pero fue una oportunidad de hacer uso de mi licenciatura.

–¿Publicidad? –dijo con una carcajada–. ¿Estudiaste Publicidad?

–Lo sé, no es práctico. No dejaba de decirme que debía estudiar Contabilidad, y tener una carrera sólida y estable, pero me encantaba la parte creativa y supuse que debía probar. Trabajaba como camarera por las noches, iba a clase, estudiaba y dormía cuatro horas al día. Cuando me dieron una pasantía fue peor, pero no me importó. Sabía lo que quería.

Se había lanzado a por sus objetivos y se había dicho que ya dormiría cuando tuviera treinta años.

–En mi tercer día con los Stallions, Jack me pilló comiéndome las sobras del almuerzo que les habían servido –había estado envolviendo los sándwiches que debían ir a la basura en servilletas con la idea de comérselos durante el siguiente par de días–. Se compadeció de mí y me invitó a cenar –se giró hacia Angel–. Y la cena pasó al desayuno. Unos días más tarde, me fui a vivir con él.

Esperó a oír la pregunta inevitable: «¿Lo querías?». Porque las pocas personas que conocían la historia siempre preguntaban eso. No había conocido a Jack lo suficiente como para estar segura de cuánto le gustaba, pero no tenía casa y estaba hambrienta y él era un buen tipo.

–Fue una salida –dijo Angel en voz baja sorprendiéndola con su perspicacia–. Era mejor que vivir en tu coche.

–Es un tipo genial. Ahora lo sé. Pero en aquel momento... –se encogió de hombros–. Sí, era mejor que vivir en mi coche –se detuvo–. Jack es muy noble, una vez te acepta, está a tu lado de por vida. A mí me aceptó. Durante los siguientes meses descubrí que me gustaba mucho. Y entonces de pronto me quedé embarazada.

Respiró hondo, odiando lo estúpida que la hacía sentirse esa frase. Había tenido cuidado, aunque no lo suficiente. Cuando se enteró de lo que había pasado, había temido que él pensara que estaba intentando atraparlo.

–Y os casasteis.

–Aquel fin de semana. Fuimos a Las Vegas. Intenté convencerlo de que no lo hiciéramos. No –sacudió la cabeza–. La verdad es que no lo hice. No lo intenté demasiado. Una parte de mí quería dejar que me cuidara –porque nadie la había cuidado nunca.

Era consciente de que estaba hablando demasiado, diciendo demasiado, pero por la razón que fuera las palabras no dejaban de salir.

–Dos semanas después perdí al bebé.
Había sucedido muy rápido. Ni siquiera había asimilado el hecho de que llevara un bebé dentro y, de pronto, ya no estaba. Había ido al médico y él le había confirmado el aborto.
–Al día siguiente solicité el divorcio. Sin bebé, no había razón para que siguiéramos juntos y no quería aprovecharme de Jack. Pero los Stallions no lo vieron así. Lo único que sabían era que su quarterback estrella estaba divorciándose y que tener a su exmujer cerca podía hacerle sentir incómodo, así que me despidieron.
–Pues vaya semanita –murmuró Angel.
Y no había sido la peor de su vida, pensó Taryn.
–Jack, tal como era, intentó quitarles la idea de la cabeza y, al ver que no funcionó, me ofreció ser socio capitalista en una nueva empresa. Accedí y así nació Score. Unos años después trajo a Sam y a Kenny, y desde entonces hemos estado juntos.
Habían convertido una sociedad empresarial en una familia. Y pasara lo que pasara, Jack y ella siempre se tendrían el uno al otro. No había sido el amor de su vida, pero era la persona que más le importaba del mundo. Estaría a su lado y él estaría al suyo. Y, en cierto modo, eso era mejor que un romance porque era algo en lo que podía apoyarse.
Angel le sonrió.
–Tú ganas. No puedo superar esa historia.
–Podrías contarme lo del tipo que te rajó el cuello.
–Él también tuvo una semana complicada. Con decir eso basta. Bueno, ¿y cuál es tu negocio favorito del pueblo?
Estaba cambiando de tema, y ella se alegraba porque ya había hablado demasiado y no podía entender por qué. Seguro que no era por el vino. Solo llevaba una copa.
–No puedo elegir –admitió–. Me gustan todos. ¿Tu estación favorita?

–El verano.
–¿Por las chicas en biquini?
–Me gusta salir a correr cuando hace calor.
–¿Te refieres a correr en el sentido de salir a hacer ejercicio a propósito?
Él se rio.
–Sí, eso es.
–Esa es mi idea del infierno.
–Tú haces ejercicio en un gimnasio.
–¿Y cómo sabes que hago ejercicio?
Él la recorrió con la mirada.
–No voy a molestarme en responder a eso.
–También hago yoga –murmuró ella.
Angel se rio.
–Qué suerte tengo. ¿Tu James Bond favorito?
–Pierce Brosnan. Las pelis de James Bond tienen que tener algún guiño gracioso, y el nuevo es demasiado serio. Echo de menos todos los artilugios –lo miró–. Tú, sin embargo, eres de la vieja escuela y tu favorito es Sean Connery.

–Sí –admitió Angel viendo los últimos rayos de sol sobre el rostro de Taryn. Por un segundo iluminaron sus esculpidas mejillas, antes de que el sol se colara bajó el horizonte.
Las luces ya se habían encendido a su alrededor, pero incluso con ellas, Taryn estaba prácticamente entre sombras. Su pálido rostro brillaba mientras sus ojos reflejaban un halo de misterio.
Angel contuvo la risa al darse cuenta de que se estaba comportando como un chaval de dieciséis años en su primera cita con la reina del baile. Un jovencito excitado con una chica para la que no estaba a la altura.
–Soy mucho de la vieja escuela –respondió mientras ella se levantaba.

Antes de poder darse cuenta de lo que estaba haciendo, Taryn se quitó la chaqueta y la colgó en el respaldo de la silla. Lo que fuera que iba a decir a continuación se disipó cuando vio su espalda desnuda y cómo el vestido se abría hasta sus caderas.

Tenía la piel suave y una cintura estrecha. Volvió a sentarse en la silla y se giró hacia él. Lo que hacía un momento era un traje que se ceñía a sus curvas, de pronto se había convertido en algo mucho más que eso. Se le secó la boca y sintió un intenso deseo bullendo en su interior y lanzando una ráfaga de sangre hacia su entrepierna.

—Seguro que eres de esas personas que prefieren un libro de papel a uno digital —dijo ella tomando su copa de nuevo.

—Me gusta tener los libros en las manos —respondió Angel sin pensar y sin dejar de mirarla—. El olor del papel. Es una experiencia táctil —la miró a los ojos—. Bien jugado.

—Gracias —respondió ella—. Me gusta que no des por hecho que soy fácil.

—Cualquier hombre que lo piense es un tonto.

—El mundo es un lugar tonto.

—¿Cuándo fue la última vez que dejaste que un hombre cuidara de ti?

Ella se detuvo y algo se iluminó en sus ojos. Un recuerdo, supuso él. ¿Pero bueno o malo? Eso no lo sabía.

—Ha pasado un tiempo. No confío en la gente con facilidad. Al igual que tú no renuncias al control.

—Puedo hacerlo.

—¿Y cuándo fue la última vez? ¿En el noventa y ocho?

Estaba bromeando. La respuesta verdadera era mil novecientos noventa y dos. Con Marie. Pero de eso no hablaría.

Se levantó, rodeó la mesa y, con delicadeza, puso a Taryn de pie. Le gustaba que estuviera prácticamente a su misma altura.

—Me encantan esos zapatos –le susurró–. Son ridículos, pero efectivos.

Posó las manos sobre sus hombros, y, suavemente, las deslizó sobre sus brazos. Cada parte de Taryn lo atraía. Su miembro estaba más que preparado y dispuesto, pero el resto de su cuerpo decía que sería mucho mejor esperar. Además, lo había prometido. Por razones que no podía explicar, tenía la sensación de que no muchos hombres habían cumplido las promesas que le habían hecho a Taryn, y él quería asegurarse de cumplir la suya.

Taryn alzó la barbilla, como desafiándolo. Él observó su boca, esa forma perfecta con el labio inferior ligeramente más carnoso que el superior. Quería saber cómo encajarían cuando se besaran, cómo sabría. Quería sentir la presión del deseo hasta que no tuviera otra elección que llevarlos hasta el inevitable final.

Pero no esa noche.

Se echó a un lado, agarró su chaqueta y la ayudó a ponérsela.

—Es tarde. Deja que te acompañe al coche.

Capítulo 4

No había pasado nada. ¡Nada!
A la mañana siguiente, Taryn seguía haciendo lo posible por asumir la realidad. No podía decidir si Angel se merecía una alabanza por haberla acompañado al coche sin ni siquiera un beso de buenas noches, o si debería atacarlo con uno de sus tacones la próxima vez que lo viera. Sí, le había dicho que se le daba bien esperar, pero no se había imaginado que se le diera tan bien, ¡maldita sea!

Después de una noche agitada, se vio obligada a usar el corrector de ojeras más espeso que tenía y todo por culpa de él. Había estado pensando en todas las cosas que debería haberle dicho, además de imaginarse ignorándolo cuando él intentara acercarse más adelante. Pero el problema era que no quería ignorarlo, y que, aunque lo hiciera, actuar así a él le daría mucho poder. No quería que pensara que tenía la capacidad de desestablizarla, por mucho que fuera la verdad. Salir con hombres que la temían era mucho más sencillo. Aunque tenía que admitir que, a pesar de la falta de sueño, eso era mucho más divertido.

Se vistió y condujo hasta la oficina, donde su orquídea exótica estaba esperándola en la mesa de su despacho. Comprobó el nivel de humedad de la tierra siguiendo las instrucciones, encendió el ordenador y se preparó para dar comienzo a su día. Mientras esperaba a que el ordenador arrancara, comprobó el buzón de voz del teléfono fijo del trabajo. Nada. Y también había comprobado ya el del móvil. Dos veces. Ese hombre no la había llamado. No la había besado y tampoco la iba a llamar. Angel y ella tendrían que tener una conversación muy seria sobre las normas. Se suponía que tenía que intentar un acercamiento y ella tenía que decir que no. Eso lo sabía todo el mundo. Su plan estaba empezando a ponerla de los nervios.

Y probablemente esa era la estrategia de él.

—No quiero —dijo Larissa con un quejido.
—¿Y crees que me importa? —le preguntó Taryn mientras aparcaba frente al bar de Jo. Una de las ventajas de Fool's Gold durante la semana laboral era que casi todo el mundo iba caminando a todas partes y, por eso, siempre había buenos sitios para aparcar.

En teoría, el bar solo estaba a cuatrocientos metros de las oficinas de Score, pero con los tacones que llevaba sería como si fueran ochenta kilómetros. Los tacones de diez centímetros sentaban genial, pero era un martirio caminar con ellos.

Ese día llevaba unos de Gucci de charol negro con tres diminutas correas. Técnicamente, eran de doce centímetros, pero tenían una plataforma de dos. Eran elegantes y sencillos, sin mencionar que eran el complemento perfecto para su chaqueta de seda con estampado de serpiente de Roberto Cavalli. Debajo llevaba un vestido ajustado.

A Taryn le encantaba la ropa, probablemente porque hasta que tuvo treinta años nunca había podido permitirse nada que no fuera de segunda mano. Ahora estaba recuperando el tiempo perdido y no le importaba si el resto del pueblo vestía informal. Ella no vestía así y la gente tendría que acostumbrarse.

Larissa permanecía sentada en el coche.

–Tengo miedo. ¿Y si no le caigo bien a nadie?

Taryn se giró hacia su amiga.

–Sabes que estás siendo una estúpida –le dijo con delicadeza–. A todo el mundo le vas a encantar. Eres dulce y divertida y una amiga leal. ¿Qué podría no gustarles?

En lugar de relajarse, Larissa la miró.

–Estás siendo muy simpática. ¿Qué pasa? ¿Es que me estoy muriendo y no lo sé?

Taryn suspiró.

–No te estás muriendo. Solo quiero apoyarte. Puedo ser un gran apoyo.

–Lo sé. No es por ti. Es que este lugar me gusta mucho y quiero encajar.

–Tú encajas mucho más que yo, y yo he hecho amigas.

Larissa se emocionó ante el comentario.

–Tienes razón. Y también soy mucho más simpática que tú. ¡Venga, vamos!

Taryn agarró su bolso de Prada.

–Dame un segundo para regodearme en la calidez de tu amistad –murmuró con ironía antes de bajar del coche.

Cuando estaban en la acera, Larissa miró sus vaqueros. Llevaba una americana azul encima de su camiseta rosa y su melena rubia recogida en una coleta.

–¿Voy bien vestida? Tú siempre estás genial.

–En este pueblo soy la única que se arregla –le aseguró Taryn–. Y también la alcaldesa, que ya pasa de los sesenta. Además, vamos a almorzar en un bar.

–Ya. ¿Y qué tiene eso de malo? No te gustan los bares.

–Eso es porque tardé dos años en quitarles a los chicos la costumbre de hacer reuniones de trabajo en bares –le dio un empujoncito a Larissa hacia la puerta–. Pero ya verás, esto es distinto.

Taryn se había resistido la primera vez que la habían invitado a almorzar en el bar de Jo. No había entendido por qué las mujeres del pueblo no querían ir a una bonita cafetería o a alguna tetería, pero una vez había entrado allí, lo había entendido todo.

Larissa y ella entraron y se detuvieron un instante mientras Larissa miraba a su alrededor. Taryn ya estaba familiarizada con las paredes color malva, la favorecedora iluminación y las pantallas de televisión silenciadas y sintonizadas en canales de moda y hogar.

Había mesas con bancos, una lista de los especiales de la casa en una pizarra y música tranquila sonando de fondo.

Larissa sonrió.

–¡Qué bonito! ¿Y por dónde se ponen los chicos?

–Tienen una sala en el fondo. He oído que por las noches suelen venir parejas, pero durante el día aquí mandan las chicas.

Vio a Dellina, a Isabel y a Noelle sentadas en una mesa redonda.

–Allí –dijo Taryn indicando el camino.

–¿Están sonriendo?

Taryn volteó los ojos.

–Eres muy rara, ¿lo sabías?

–Sí, no es nuevo para mí.

–Hola a todas –dijo Taryn al acercarse a la mesa–. Os presento a mi amiga Larissa. Trabaja para Score. Es la secretaria personal de Jack y la masajista de los chicos. Y aunque es una persona maravillosa, no accedáis a ayudarla con ningún proyecto. Larissa nació para rescatar al mundo. En serio, si la dejáis, os convencerá para ayudarla a salvar algún tipo de hoja en peligro de extinción o a asaltar alguna escuela elemental para ayudar a rescatar a un hámster.

–Yo jamás le quitaría un hámster a unos niños –dijo Larissa–. Confío en que saben cuidar de sus mascotas.

–Eso lo dices ahora –Taryn señaló la mesa–. Dellina es organizadora de eventos. Noelle es la dueña de El desván de la Navidad, una tienda adorable en la calle Cuatro. Son artículos navideños, por supuesto, pero también regalos estacionales. Pásate a comprarle algo a tu madre. Confía en mí, le encantará todo lo que le compres a Noelle. Isabel es la dueña de Luna de Papel. Antes era una tienda de novias y ahora también vende ropa preciosa y me estoy gastando demasiado dinero allí.

Las tres mujeres saludaron a Taryn y a Larissa. Isabel retiró la silla que tenía al lado.

–Taryn, ya ha llegado tu traje nuevo del sastre –le dijo Isabel–. Puedes pasar a recogerlo cuando quieras.

–Gracias –se sentó y vio cómo Larissa se sentaba frente a ella entre Noelle y Dellina.

El otoño anterior, cuando había ido a visitar Fool's Gold, lo había hecho convencida de que odiaría vivir allí. Los pueblos pequeños no tenían nada que pudiera atraerla, pero ahora tenía que admitir que el lugar la había encandilado. Había hecho amigas y se había adaptado al ritmo de una vida marcada por qué festival se celebraría a continuación.

Siempre había pensado que preferiría Los Ángeles, donde podía pasar desapercibida. En Fool's Gold no había secretos y eso significaba que, si pasaba algo malo, alguien estaría a tu lado para ayudarte a superarlo. Y, aunque se le hacía un poco extraño, era algo que también le resultaba reconfortante.

–Necesitáis una pelirroja –dijo Jo al acercarse a la mesa con las cartas.

Dellina se acercó a Taryn.

–Tiene razón. Estamos tú y yo frente a esas tres rubias.

–Podemos con ellas –le respondió Taryn antes de presentarle a Larissa a la dueña del bar.

Después de que Jo explicara los especiales del día, tomó nota de las bebidas y se marchó.

Noelle soltó la carta.

—Bueno —dijo sonriendo a Larissa—. Queremos conocer la historia de tu vida y también compartiremos la nuestra contigo. Yo primero. Me mudé aquí el año pasado. Era abogada y resultó que no era lo mío. Ahora regento El desván de la Navidad, como ha dicho Taryn, y estoy casada con Gabriel, que es médico aquí en el pueblo —señaló a Dellina.

Dellina respiró hondo.

—¿Yo, eh? Soy la mayor de mi familia. Tengo dos hermanas gemelas pequeñas. Una de ellas es chef y la otra tiene un pequeño negocio en el pueblo. Una agencia de trabajo temporal. Como ha dicho Taryn, yo organizo eventos. No tengo novio y, aunque no diría que no a un largo fin de semana de sexo ardiente, no tengo ningún interés en tener una relación. Ya he criado a dos hijos —y ante la mirada inquisitiva de Taryn, continuó—: Perdimos a nuestros padres cuando yo estaba en el instituto.

—Siento lo de tus padres —dijo Taryn—. No lo sabía.

—Pasó hace mucho tiempo.

—Bueno, aun así, lo siento —Taryn sabía lo que era estar sola—. Yo trabajo en Score y organizo campañas publicitarias e intento controlar a mis socios, que me sacan de quicio.

—Pero los quieres —dijo Larissa.

—Sí —alzó las manos—. Como hermanos, lo juro. Aunque estuve casada con Jack un tiempo. Hace años.

Dellina, Isabel y Noelle la miraron.

—¿Qué? Fueron un par de meses pero no funcionó. Seguimos siendo amigos y ahora trabajamos juntos.

—¿Lo sabías? —le preguntó Isabel a Larissa.

—Claro. Son buenos amigos. Es muy bonito que se sigan apreciando tanto.

—Cada día que pasas resultas más interesante —murmuró Isabel—. Bueno, ahora me toca a mí. Nací y crecí en el pueblo. Cuando tenía catorce años, me enamoré perdidamente del novio de mi hermana. Cuando rompieron, me emocioné, pero él se alistó en la Marina y supe que me iba a morir. Cuando no pasó, empecé a escribirle. Pasaron catorce años, volví, él volvió y el resto es historia —suspiró feliz—. Ahora estamos casados y no me puedo creer la suerte que tengo.

Larissa las miró.

—Supongo que ya solo quedo yo. Soy la mayor de tres hermanas. Me gusta mucho mi trabajo porque me da tiempo y recursos para centrarme en ayudar a los demás. A través de Jack entré en programas de donantes de órganos y también trabajo con distintas organizaciones de rescate de animales.

—Es una santa —dijo Taryn—. No dejo de decirme que siento un afecto tan puro por ella que eso compensa cualquier mal karma que yo pueda crear por mi cuenta.

Isabel se giró hacia Larissa y sonrió.

—Entonces eres masajista de futbolistas. ¿Cómo es?

Taryn se recostó en la silla porque esa conversación ya la había oído antes. Las mujeres estaban obsesionadas con los chicos, no solo porque eran geniales, sino porque eran unas estrellas del deporte. Si a eso se le sumaba el hecho de que eran guapos y ricos... La atención era inevitable. La única pregunta que nadie parecía formular era por qué seguían solteros.

Taryn conocía la respuesta para cada uno de ellos, pero no diría ni una palabra. Quería a sus chicos y les guardaría sus secretos.

Noelle suspiró.

—¿En serio? Y los tocas así.

—¿Necesito recordaros a las dos que estáis felizmente casadas? —preguntó Taryn.

—No me interesa el tema en ese sentido —le respondió Isabel sonriendo—. Es solo curiosidad. Ford era un SEAL. Sé de hombres que hacen ejercicio con regularidad y, como la mujer que se acuesta con él, me parece que estar a su lado es muy agradable. Pero aquí estamos hablando de un nivel de músculos muy distinto.

–Exacto –dijo Noelle–. Nuestra curiosidad es puramente intelectual.

Larissa se rio.

–Claro que lo es –se paró a pensar por un segundo–. No sé qué decir. Todos eran atletas profesionales. Hacían cosas para las que sus cuerpos no estaban diseñados. Todos tuvieron éxito y todos se esforzaron demasiado y por eso ahora tienen lesiones. Solo intento hacer que se encuentren mejor.

Noelle suspiró.

–Qué dulce. ¿Y están desnudos?

Taryn sonrió.

–Bueno, pues ya hemos llegado a la pregunta de verdad –miró a sus nuevas amigas–. Sí, están desnudos. Se sienten muy cómodos estando desnudos. No os puedo contar la cantidad de reuniones que hemos tenido en el vestuario o, peor aún, en la sauna.

Se detuvo y vio tres pares de ojos abiertos como platos.

–Yo me quedo vestida.

–Eso tiene que resultar muy raro –admitió Isabel.

–Una se acostumbra –respondió Taryn.

Noelle miró a Larisa.

–Sí, para ti no será para tanto. Es tu profesión.

Larissa sacudió la cabeza.

–No estoy titulada, si te refieres a eso. Fui a clase, pero nunca me molesté en hacer el examen. No trabajo para el público. Trabajo con Sam, Kenny, y Jack y, a veces, con Taryn.

Jo apareció con sus bebidas. Cuando se marchó, Taryn agarró su té helado.

–Veo que nadie quiere hablar sobre lo emocionante que debe de ser verme desnuda.

–Seguro que estás fantástica –dijo Noelle distraídamente mientras seguía hablando con Larissa–. ¿Y no es raro verlos así y luego encontrártelos por la oficina?

Isabel puso los ojos en blanco.

–Vamos al grano. ¿Quién se ha acostado con quién?

Dellina se atragantó con su bebida.

–Qué directa –murmuró cuando logró hablar.

Noelle la miró.

–¿Se te ha ido la bebida por otro lado de verdad o es que ocultas algo?

Dellina alzó la mano.

–Se me ha ido por otro lado. Aunque esta charla sobre cuerpos es divertida.

Taryn no estaba tan segura. En su opinión, más que un cuerpo genial, lo que importaba era lo que el hombre en cuestión podía hacer con él.

–Son unos chicos muy dulces –dijo Larissa–. Pero somos como una familia. No tenemos ese tipo de relación. Los chicos siempre traen chicas y nos las presentan.

–Sam no –señaló Taryn.

Larissa asintió.

–Es verdad. Sam es más cauto. Aunque, claro, es que ha tenido la peor suerte del mundo con las mujeres.

Dellina, que acababa de darle otro trago a su refresco, empezó a toser otra vez.

–Alergias –logró decir finalmente–. ¿De qué estás hablando? ¿A qué te refieres con la peor suerte del mundo?

Larissa suspiró.

–Es muy triste si te paras a pensarlo.

–Y divertido –añadió Taryn.

–Vale, es divertido, pero no en plan mezquino –Larissa respiró hondo–. Sam siempre va a dar con la mujer más desastrosa. Su exmujer escribió unas memorias sobre su matrimonio.

Noelle se estremeció.

—¿En serio?

—Ajá. También ha tenido acosadoras, y oh, ¿te acuerdas de la chica que fingió estar embarazada?

Taryn asintió.

—Me siento fatal por él —admitió Taryn—. Es un tipo genial, pero le han hecho daño muchas veces y ahora se niega a tener relaciones. Su familia tampoco lo ayuda.

—No conocen los límites —dijo Taryn, pensando que era hora de cambiar de tema—. Bueno, ¿hay alguna novedad por el pueblo? ¿Algún cotilleo interesante?

Jo apareció con las patatas, las salsas y un cuenco de guacamole.

—Esto es de parte de la casa —dijo con una sonrisa—. Por la chica nueva.

Larissa la miró asombrada.

—¡Gracias! Qué amable.

—Sí, soy una persona muy amable. No dejes que nadie te diga lo contrario.

Taryn miró las patatas y sintió cómo le rugió el estómago. Muy bien. Esa tarde haría quince minutos más de ejercicio. Quince horribles minutos sudando valdrían la pena si podía darse algún capricho.

—Cotilleos —dijo Isabel al tomar una patata—. La secretaria de la alcaldesa Marsha se marcha, así que tiene que contratar a una nueva. Va a ser muy extraño. Marjorie ha estado años trabajando para la alcaldesa, desde el instituto o algo así.

—Me pregunto quién será la nueva —dijo Dellina y se rio—. Se lo diré a Fayrene. Es mi hermana, la que tiene la agencia de trabajo temporal. Seguro que se ofrece a ocupar el puesto durante el proceso de selección.

—Necesito su número —dijo Taryn—. A veces necesitamos ayuda con los proyectos grandes que tenemos en Score.

—Tengo una tarjeta aquí mismo —le dijo Dellina metiendo la mano en el bolso.

—La alcaldesa Marsha se va de vacaciones —anunció

Noelle mojando guacamole–. Se pasó el otro día por la tienda y se compró un par de cosas para…

Isabel y Dellina la miraron.

–¿Qué? –preguntó Noelle encogiéndose visiblemente en su asiento–. ¿Qué he dicho?

–¿La alcaldesa se marcha de vacaciones? –preguntó Dellina.

–Ella nunca se marcha de vacaciones –añadió Isabel–. Nunca.

Taryn no entendía nada.

–¿Es que no se lo permiten? Por lo que he visto, trabaja mucho para el pueblo. Salir un poco le iría bien.

Dellina e Isabel se miraron.

–Puede –admitió Isabel–. Pero es raro. Es como si no fuera a volver.

Larissa parecía tan confundida como Taryn.

–¿Tiene marido?

–Es viuda.

Taryn tomó otra patata.

–A lo mejor se marcha con un hombre guapo y misterioso –bromeó.

Isabel abrió los ojos de par en par.

–¿La alcaldesa Marsha con un amor secreto?

Noelle sacudió la cabeza.

–En eso estoy contigo. Aunque quiero que sea feliz, se me hace raro pensar eso.

–Ojalá estemos como ella cuando tengamos su edad –dijo Taryn con firmeza–. Voto por la historia de amor secreta. La alcaldesa se lo ha ganado.

–Alborotadora –farfulló Dellina.

–Sabes que sí.

Taryn estaba desnuda. Angel la miró y sintió cómo se quedaba sin aliento. Mejor, porque así dejaba más espacio para que un ardiente flujo de sangre llenara su entrepierna. Era alta, con las piernas largas y estaba totalmente desnuda, con su larga melena cubriéndole los pechos y sus duros pezones jugando al cucú-tras con él. Hablando de cosas duras...

–Levanta.

–Ya estoy levantado –murmuró y se dio cuenta de que la voz no provenía de la visión que tenía ante él, y que tampoco estaba hablando de estar levantado en ese sentido.

Se incorporó instantáneamente y se aseguró de que las sábanas cubrieran su ahora dolorosa erección.

Consuelo estaba en la puerta de su dormitorio. La luz del pasillo estaba encendida y ella ya estaba preparada. Miró el reloj y vio que faltaban pocos minutos para las seis.

–¿Por qué te has levantado tan temprano?

–Tenemos que ir a un sitio.

–¿Adónde?

–A un partido de baloncesto. En Score. Es la agencia de publicidad de los futbolistas...

–Ya sé lo que es –dijo obligando a su pene a calmarse. No podía levantarse estando Consuelo en la habitación. Ella no era de las que disimulaban y no quería que se burlara de él.

–Eres un refunfuñón. Nos vamos en cinco minutos. Prepárate.

–Sí, sí.

Esperó a que saliera de la habitación y cerrara la puerta antes de levantarse. Se puso unos pantalones de chándal y una camiseta, unos calcetines y deportivas. Cinco minutos más tarde, estaba presentable en todos los aspectos posibles y, así, salió por la puerta.

Fuera seguía oscuro, pero los primeros rayos de luz se veían sobre las montañas. Consuelo estaba junto a su camioneta, con las llaves colgando de los dedos. Se fijó en que se había quitado el anillo de compromiso.

—Oye —le dijo deteniéndose—. ¿Ya habéis fijado la fecha?

—¿Quieres que empiece el día matándote? Porque puedo hacerlo.

No le molestó que le hablara con tanta brusquedad porque sabía el motivo. La rodeó por los hombros, y la giró hasta hacerle una llave de cabeza. No estaba haciendo fuerza y ella podría haberse liberado en cualquier momento, pero no lo hizo. Más bien se apoyó contra él.

—No tengas miedo. Kent tiene suerte de tenerte.

Consuelo se liberó y lo miró.

—¿Y si no sé cómo ser lo que él quiere?

—Cariño, eres su fantasía.

—Las fantasías cambian.

—Él no va a cambiar de opinión. Te quiere.

Bajo cualquier otra circunstancia habría añadido algo como «Y solo Dios sabe por qué», pero ella se sentía vulnerable y él jamás bromearía con eso cuando se encontraba mal.

—Ya —dijo no muy convencida—. Supongo.

La abrazó y ella se dejó abrazar. Apoyó la barbilla sobre su cabeza.

—Míralo así. Si cambia de opinión, puedes matarlo y yo te ayudaré a ocultar su cuerpo.

Ella se rio.

—Hecho.

Condujeron hasta Score. De camino, Angel se preguntó por un instante si vería a Taryn, aunque al momento se dio cuenta de que a ella no le iban los deportes, que sí que hacía ejercicio, pero de un modo limpio y civilizado, como una elíptica, por ejemplo. O tal vez algunas pesas ligeras. Probablemente pesas rosas y de diseño.

La imagen lo hizo sonreír. Sí, esa era Taryn. Perfecta. ¡Lo que daría por verla con un poco de barro en las mejillas! O desnuda. Le bastaba con verla desnuda.

Pararon frente a las oficinas, y Consuelo hizo un cambio de sentido. Angel vio la cancha de baloncesto y a los chicos esperando.

Ford y Justice eran sus socios. Había conocido a Jack y a Kenny por el pueblo y a Sam lo conocía de vista. También se unirían al juego Ryan Patterson, un ingeniero local, Raúl Moreno y Josh Golden. Y eso significaba que tenían un equipo completo.

–Hola –dijo cuando Consuelo y él entraron en la cancha.

Se saludaron y se estrecharon la mano. Casi se esperaba algún comentario sobre el hecho de que hubiera una chica, pero, al parecer, a Consuelo la precedía su reputación.

Jack se situó en el centro del grupo.

–Vamos a dividirnos en dos equipos. ¿Sam?

Sam dio un paso al frente con una bolsa en la mano.

–Formaremos los equipos sacando fichas de la bolsa. El equipo de Consuelo va con camiseta.

Kenny sonrió.

–¿Es que soy el único que quería verla en el equipo de los que no llevan camiseta?

Angel se preparó para colocarse entre los dos porque sabía que Consuelo era más que capaz de provocarle a ese hombre unas lesiones permanentes. No importaba que Kenny fuera más alto y que tuviera como cuarenta kilos de músculo más. Ella podría tirarlo al suelo y hacerlo gritar en un santiamén.

Pero no hizo más que enarcar una ceja y murmurar:

–Ni en tus sueños, novato.

Todos se rieron y agarraron la bolsa. Dos minutos más tarde, ya formaban dos equipos. Angel se quitó la camiseta y le dijo a Kenny, a Raúl y a Sam que no se acercaran a Consuelo.

–Jugará para ganar y juega sucio.

Justice, también en su equipo, asintió.

—Lo dice en serio. No dejéis que su tamaño os engañe.
Jack sacó un balón de un cubo y lo lanzó al aire.
—Vamos a jugar.
El partido empezó con fuerza y rapidez y continuó así. Hacía como un par de años que Angel no jugaba y notó cómo el juego le aceleró el corazón. Era casi tan divertido como subir corriendo por la montaña, pensó mientras le robaba el balón a Ford y se lo pasaba a Sam, que encestó.

El sol salió sobre sus cabezas. Aunque la mañana era fresca, todos estaban sudando y soltando palabrotas. Qué suerte que la cancha estuviera situada en una zona industrial del pueblo, pensó Angel riéndose cuando Jack soltó una buena ristra de tacos que hizo que Consuelo le hiciera un mal gesto con el dedo.

—¿Le das besos a tu mamá con esa boca tan sucia? —le preguntó.

—Qué graciosa —respondió él lanzando el balón.

Angel se giró y se preparó para ir tras él. Justo en ese momento, Kenny silbó y gritó:

—Qué guapa, Taryn.

Por mucho que se dijo que debía centrarse en el juego, no pudo evitar mirar. Taryn estaba cruzando la calle, desde el aparcamiento hasta el edificio de Score. Llevaba un traje azul claro que se pegaba a su cuerpo tanto como quería hacerlo él. Sus piernas eran largas y estaban desnudas, y llevaba otro par de zapatos ridículamente altos. Esos eran color beis con un tacón blanco y parecían pedir a gritos que fuera a hacerle el amor. ¿Cómo iba a resistirse a eso?

Llevaba el pelo suelto cayéndole por la espalda, un bolso colgado del antebrazo y un maletín en la otra mano. Sus llaves iban resonando. Se la veía poderosa, sexy y...

Algo duro chocó contra un lado de su cabeza. Se giró y vio a Ford sonriendo mientras el balón rebotaba.

–Lo siento, tío –dijo Ford en absoluto lamentándolo–. Creía que estabas prestando atención.

Angel le hizo un gesto grosero con la mano y fue tras el balón. Cuando volvió a mirar hacia la calle, Taryn ya se había ido y el día le pareció un poco menos brillante.

Capítulo 5

Taryn levantó la mirada hacia la pantalla de la pared y frunció el ceño. Normalmente alguien de su equipo se encargaba de las presentaciones en PowerPoint, pero esa no le había hecho gracia desde el principio y estaba decidida a enmendarlo. Después de tres intentos con los chicos del departamento gráfico, decidió hacerlo ella. Lo que no entendía era cómo lo que parecía perfectamente correcto en su ordenador, de pronto parecía tener menos impacto en la enorme pantalla de la pared. Si era una cuestión de tamaño, por supuesto debía preguntar a los chicos, pensó con una sonrisa. Como hombres que eran, serían más sensibles al tema.

–¿Qué te hace tanta gracia?

Levantó la mirada y vio que Sam había entrado en la sala de reuniones.

–Estoy intentando arreglar la presentación.

Él miró la tabla reflejada en la pared.

–Pues yo no le veo la gracia.

Taryn apretó los labios y prefirió no decirle que él nunca le veía la gracia a nada. Lo cierto era que Sam tenía sentido del humor, pero ahora mismo estaba frunciendo el ceño como diciendo «aquí algo no está bien».

–¿Qué pasa? –le preguntó ella al levantarse y caminar hacia él.

Él miró sus pies desnudos.

–¿Por qué te pones esos tacones si son tan incómodos?

Y es que, una vez más, se había quitado los tacones en cuanto había entrado en la oficina.

–Tienen un tacón de doce centímetros e incluso con una plataforma de dos, es insoportable llevarlos todo el día.

–¿Y por qué te los compras?

Ella posó la mano en un lado de su cara.

–¿Los has visto? Son una obra de arte. Los peep-toe bicolor de Prada. Son de ante. Ahora mismo en alguna parte del mundo alguien está escribiéndole un poema a estos zapatos.

–Pero si no puedes caminar con ellos.

–Y tú no puedes acostarte con Miss Abril y eso no impide que te compres la *Playboy*.

Sam le agarró la mano y le besó la palma.

–No me compro la *Playboy* desde que tenía diecinueve años. Eres una mujer muy extraña y no entiendo tu obsesión por los zapatos.

Ella sonrió.

–Pero esa no es la razón por la que quieres hablar conmigo.

–No, no lo es.

Sam fue hasta la puerta de cristal de la sala de reuniones y se asomó al pasillo. Taryn no creía que estuviera buscando nada en particular; estaba claro que lo que fuera que iba a decirle le resultaba difícil. Tratándose de Sam, podía ser cualquier cosa. Jack solía contárselo todo, y Kenny compartía con ella una cantidad normal de cosas, pero Sam solía guardárselo todo.

–¿Qué tal el partido de esta mañana? –le preguntó ella tanto para ayudarlo a relajarse como porque existía la posibilidad de que mencionara a Angel y eso le gustaría mucho.

Había tenido la precaución de no mirar al entrar en el edificio, pero una vez dentro, se había ubicado en un lugar desde donde podía ver el partido. Angel había jugado bien y estaba guapísimo con pantalones cortos y nada más encima. Esa imagen le había bastado para que se le pasaran unas cuantas ideas por la cabeza.

–Bien. Intenso. ¿Conoces a Consuelo?

Taryn asintió.

–Sí. Sé quién es.

–Juega genial –sonrió–. La quiero en mi equipo todo el tiempo.

Y Taryn tenía la sensación de que, si Sam se lo pedía, Consuelo diría que sí por mucho que estuviera comprometida. Como norma, a las mujeres les gustaba Sam. Era un hombre tranquilo, pero intenso. Guapo. Para aquellas a las que los hombres grandes les resultaran intimidantes, Sam era la combinación perfecta de esbeltez y músculo.

Taryn conocía lo básico sobre su pasado: que había crecido en una familia muy unida y atlética, que su padre había sigo jugador de baloncesto profesional entre finales de los setenta y principios de los ochenta y que su madre había sido amazona olímpica. Sus hermanas también habían destacado en los deportes, pero Sam, el pequeño, había estado enfermo de niño. Tanto como para no poder llegar a hacer nada nunca.

Al madurar y llegar a la universidad había descubierto que podía patear un balón mejor que prácticamente todos los demás. A menudo, Taryn se había preguntado si la transición de bicho raro a tío bueno habría sido difícil. Con la repentina disponibilidad de toda clase de mujeres había surgido el tema de la confianza y Sam había aprendido por las malas que no siempre podía confiar en ellas.

Ahora lo estaba observando antes de preguntarle:

–¿Estás saliendo con alguien?

Él la miró.

–¿Qué? No. No pienso hablar de esto.
Era un hombre muy discreto.
–No vayas a arrancarme la cabeza, solo preguntaba. Ha pasado mucho tiempo, a menos que hayas estado viendo a alguien y no hayas querido que lo sepamos.
–Sí, claro, como la última vez me fue también... –murmuró.
En eso tenía razón. En su anterior relación no le había contado a nadie que tenía una mujer en su vida. Por desgracia, se lo había callado tanto que ni Kenny ni Jack se habían enterado. Así que cuando la mujer en cuestión se les había insinuado, ellos no habían visto motivos para rechazar su invitación. Por separado, por supuesto. Había sido más adelante cuando habían descubierto que, sin saberlo, se habían acostado con la novia de su mejor amigo.
Sam la había dejado en cuanto se había enterado y había aceptado las disculpas de sus amigos, pero no había vuelto a salir con nadie desde entonces. Taryn entendía por qué, pero consideraba que Sam tenía que superarlo. Cuando no salía con nadie, se volvía un tipo muy solitario y estaba de mal humor.
–¿Va todo bien con el trabajo?
–Muy bien. Tenemos una buena cartera de clientes y la mayoría paga a tiempo –respiró hondo–. Sobre lo de la fiesta para los clientes... –comenzó a decir.
–¿Qué? Creía que lo había dejado claro. Los tres decidisteis celebrar una gran fiesta. Yo no quería. Estaré allí, sonreiré y me pondré guapa, pero eso es todo.
Sam alzó las manos.
–¡Eso ya lo has dicho! Pero yo te digo que necesito ayuda. Es un gran evento y necesito que alguien me ayude. Pero no Dellina.
–¿Por qué no Dellina? Es genial. Y para que lo sepas, es la única persona cualificada para ello en todo el pueblo.

Mira, Sam, no sé qué te pasa con ella, pero hace bien su trabajo. Tenemos que apoyar los negocios locales para poder encajar en este lugar.

–¿Y desde cuándo te importa a ti encajar?

–Desde siempre. Nos dedicamos a la publicidad y las relaciones públicas. El apoyo del pueblo supone mucho. Contratar a alguien de fuera sería un error y lo sabes –se puso las manos en las caderas–. Está capacitada, este tipo de fiestas son las que organiza. ¿Qué problema tienes con ella?

–Es complicado.

–Pues descomplícalo. Si no me dices qué pasa, no puedo ayudarte, y eso significa que ahora este es tu problema y que tienes que solucionarlo tú.

Él tensó la mandíbula.

–No estás siendo un gran apoyo, la verdad.

–¿Y crees que me importa?

Él la sorprendió sonriendo.

–Esa es la cuestión, Taryn. Que a ti siempre te importa todo. Por desgracia ahora mismo estás siendo un fastidio.

–En ese caso, no tengo más que hacer aquí.

Angel llegó al ayuntamiento cinco minutos antes de la reunión de los Guardianes de la Arboleda. Su intención había sido investigar un poco antes, saber un poco de la organización y quién estaba al mando, pero una modificación de última hora en una pista de obstáculos lo había entretenido durante los últimos dos días. Aun así, había sabido que podría prepararse a tiempo para su primera reunión de la Arboleda.

Vaciló por un instante al pensar en cómo sería trabajar con los chicos. ¿Le recordarían a Marcus? A pesar del tiempo que había pasado, pensaba en su hijo cada día. Lo echaba de menos cada día. A veces los recuerdos eran llevaderos y otras veces eran duros, pero ahí estaban siempre.

Se recordó que Marcus aprobaría lo que iba a hacer; era un chico al que le había gustado salir con sus amigos.

Subió las escaleras de dos en dos y se dirigió hacia la sala de reuniones de la segunda planta. Entró y vio que la mayoría de las sillas que rodeaban la larga mesa ya estaban ocupadas. Por mujeres.

Se detuvo en la puerta mientras intentaba encontrarle una explicación a ese problema. Tenía sentido que las madres quisieran implicarse en las actividades de sus hijos, eran las que cuidaban de la familia, pero ¿no debería haber también algún padre?

Y no porque no le gustaran las mujeres. Eran geniales. Su esposa había sido una mujer, pero eso era distinto. Los chavales adolescentes necesitaban modelos masculinos.

Una mujer de unos cincuenta años se acercó y sonrió.

–Hola, Angel.

Tardó un segundo en reconocer a Denise Hendrix, la madre de Ford. Había cenado en su casa unas cuantas veces desde que se había mudado al pueblo el año anterior. Era una mujer simpática y adorada por sus seis hijos.

–Señora Hendrix. Me alegro de verla.

Ella sacudió la cabeza.

–Por favor, no me llames «señora Hendrix». Hace que me sienta más vieja de lo que soy. Soy Denise.

–Claro –miró a su alrededor–. ¿Tienes una arboleda de la FLM?

–No exactamente. Soy la jefa del Consejo de Arboledas. Muchas gracias por presentarte voluntario. Todas estamos emocionadas de que hayas subido a bordo, por eso de tener carne fresca. Temíamos que fuéramos a perderte si te ibas con los Boy Scouts, pero no ha sido así y estamos contentísimas.

Lo llevó hasta una de las sillas vacías y comenzó a presentárselo a todo el mundo. Él asintió, relacionó nombres con caras y se sentó.

Pero mientras se sentaba sintió un cosquilleo en la nuca. Algo iba mal. Que Denise hubiera mencionado a los Boy Scouts lo tenía un poco confundido. ¿Para qué estaba la FLM ayudando a los chicos jóvenes a crecer cuando podían unirse a los Boy Scouts? ¿Tan grande era Fool's Gold como para sustentar ambas organizaciones? ¿O acaso había malinterpretado lo que la alcaldesa le había dicho?

Denise comenzó a repartir unos gruesos cuadernos. Al dejar uno frente a él, Angel fue consciente no solo de que era rosa, sino de que en la portada se podía leer el lema de la FLM.

«Convirtiendo a Nuestras Chicas en Jóvenes Mujeres Competentes».

Maldijo en voz baja. ¿Chicas? No podía ocuparse de una arboleda de chicas. Nunca había tenido una hija y lo que sabía de mujeres no podía ser útil para nadie.

Denise volvió hacia la cabecera de la mesa y miró al grupo.

—Gracias a todos por venir. Como sabéis, Marjorie ha dirigido el Consejo de la Arboleda durante varios años y ha hecho un trabajo excelente.

Angel vio a la secretaria de la alcaldesa Marsha sentada a la mesa. Saludó cuando se mencionó su nombre. Aunque estaba claro que estaba triste, no estaba llorando, y Angel lo agradeció mucho.

—Con su trasladado a Portland, quedaba una vacante en el consejo —continuó Denise—. Mis tres hijas fueron miembros de la FLM —sonrió—. Aunque ha pasado mucho tiempo, aún recuerdo lo emocionadas que estuvieron mientras fueron pasando de Bellotas a Robles Poderosos. La FLM supuso una influencia positiva para ellas en muchos aspectos. Por eso cuando me pidieron que ocupara el puesto de Marjorie en el consejo, dije que sí.

Todas aplaudieron y Angel se unió a ellas. Para ser sincero, no importaba quién estuviera al mando. No, cuando acababa de descubrir que sería responsable de un grupo de chicas. ¿Qué pasaba con los chicos adolescentes? Con ellos sí que podría.

–Angel, tú empezarás con nuestras niñas nuevas –dijo Denise con una sonrisa–. Así empezaréis juntos. Creo que eso siempre funciona mejor. Aunque tu compromiso se renueva de año en año, espero que podamos contar con que sigas con tu arboleda hasta que ellas también sean Robles.

Todas las mujeres de la sala estaban mirándolo, asintiendo y casi sonriendo. Unas cuantas parecían algo dudosas, y tenía sentido. Él también estaba dudoso... y fastidiado. Dependía de cómo lo miraras.

Denise repasó el resto de la «temporada de crecimiento». Las demás arboledas habían empezado en septiembre, así que la suya tendría menos tiempo para acostumbrarse al programa. Mencionó algunos de los eventos de las arboledas y después pasó a responder preguntas.

Angel desconectó de la conversación y agarró el cuaderno. El cuaderno rosa. Lo abrió y ojeó la tabla de contenidos. Había secciones sobre cada nivel de la FLM junto con subapartados.

Leyó la declaración de objetivos y descubrió que las chicas de la Futura Legión de los Máa-zib marcaban sus progresos ganando pequeños abalorios de madera después de estudiar distintas áreas de la vida. Algunas lecciones eran prácticas como las de hacer nudos e interpretar mapas. Otras estaban relacionadas con la comunidad. Sus chicas debían llevar a cabo un proyecto cívico de corta duración. También se podían ganar abalorios por la familia y la amistad.

Siguió pasando las páginas y vio que había actividades de chicas como pintarse la cara. Se preguntó si habría un abalorio para premiar esa actividad y si podría convencer a Taryn para que fuera a dar una charla.

Podía hacerlo, se dijo, aunque solo fuera durante los pocos meses que requería la temporada. Después le explicaría a Denise y a la alcaldesa que no estaba hecho para eso. Bajo ningún concepto podría...

Pasó la página y se detuvo. Maldijo en voz baja y al instante empezó a buscar una salida. ¡Mierda! Había un abalorio para el ciclo femenino. ¿En qué había estado pensando la alcaldesa al sugerirle que se ofreciera voluntario para ese puesto? ¿Es que la mujer estaba empezando a perder la cabeza? No podía hablarle a un grupo de... comprobó a qué edad pasaba eso y echó cuentas... niñas de diez años sobre la menstruación.

Lo cerró con cuidado y permaneció en su asiento. Cuando la reunión terminó, se dirigió directamente a Denise. Esperó a que el resto de mujeres se hubiera marchado y miró a la madre de Ford.

—No puedo hacerlo —dijo soltando su cuaderno delante de ella—. No soy la persona adecuada para este trabajo.

La mujer lo sorprendió al sonreír y preguntarle:

—¿Te ha desanimado lo del ciclo menstrual?

Él se sonrojó.

—Mira, he pasado por muchas cosas en mi vida, hay cosas que sé y que he hecho. Acampar, eso seguro, hacer nudos e interpretar mapas, en eso soy bueno. Pero ¿el resto? De eso nada. Son niñas pequeñas. Necesitan a una mujer o, al menos, a un hombre que tenga una hija.

Denise apretó los labios.

—Angel, comprendo tus miedos —se detuvo—. De acuerdo, no lo comprendo, pero creo que para ti son reales.

«Vaya, menudo apoyo», pensó adustamente.

—La mayoría de las chicas que se han apuntado este año vienen de hogares rotos o han sufrido algún tipo de pérdida. Aunque quiero creer que en Fool's Gold nunca pasa nada malo, no es verdad. La alcaldesa Marsha y yo hemos hablado mucho de esto y creemos que eres el hombre adecuado para este trabajo.

Le puso la mano en el brazo.

—Dijiste que lo harías y voy a hacer que cumplas con lo que prometiste. No solo creo que será bueno para ti, sino que no hay nadie más a quien pueda conseguir con tan poco tiempo de aviso. Por favor, dirige la arboleda durante esta primera y breve temporada. Si al final quieres dejarlo, puedes hacerlo.

Él vaciló, dividido por un sentimiento de culpabilidad. Había dado su palabra, maldita sea.

—Bien. Dos meses y después me voy.

—Hablaremos de ello cuando llegue el momento —sacó una tarjeta de su bolso—. Mientras tanto, hemos pensado en algo que creemos que será un proyecto cívico excelente para tus chicas. Max Thurman dirige el centro de Terapia con Perros K9Rx a las afueras del pueblo. ¿Sabes algo al respecto?

Él asintió lentamente.

—Perros que visitan a gente enferma y cosas así.

—Es un poco más complicado, pero se acerca bastante. Max tiene una nueva camada de cachorritos que necesitan socializarse, y creo que unas niñas de siete años son perfectas para esa labor. Mi hija Montana trabaja para Max. Se pondrá en contacto contigo para concertar la visita.

Le dio algo más de información, y una vez Angel lo anotó todo en su teléfono, agarró su cuaderno rosa y huyó.

Al salir se dijo que era demasiado pronto para emborracharse.

Niñas. Iba a ser responsable de niñas de siete años. Se detuvo junto a la acera y miró su moto. Conducía una Harley. ¿Y si había excursiones con las niñas y tenía que conducir? Podrían tener un accidente y alguien podría morir. Su corazón destrozado era una prueba viviente de ello. Maldijo de nuevo, en esa ocasión bien fuerte y con énfasis.

Se sacó el móvil del bolsillo y pulsó unos botones.

–Soy yo. ¿Cómo se te plantea la tarde?

Se esperaba que Consuelo le dijera que estaba demasiado ocupada para entretenerse con él, pero lo sorprendió al detenerse un instante y decirle:

–¿Qué pasa?

–Nada. Y todo. Estoy bien fastidiado.

–¿Qué necesitas?

Se quedó mirando a la Harley. Le encantaba montar en ella. Le encantaba sentir el viento, la velocidad, la sensación de libertad.

–Necesito comprar un coche.

–¿Qué?

–Necesito uno que sea seguro y donde quepa mucha gente, como un todoterreno –o un monovolumen. Pero esa era una palabra que no podía pronunciar–. Uno de esos con tres filas de asientos.

Podía sentir los muros de la vida cerrándose a su alrededor y oprimiéndolo.

–¿Quiero saber por qué? –preguntó Consuelo.

–No.

–De acuerdo. Nos vemos en casa en quince minutos.

Taryn miraba la trufa de chocolate negro que le habían enviado a su despacho junto con una nota que llevaba escrito el nombre de un restaurante y una hora. Ni firma ni saludo. Solo «Henri's» y «siete en punto». O Angel estaba mostrando que estaba dispuesto a hacer un esfuerzo, o de verdad no sabía levantar el teléfono.

Antes de poder decidir cuál de las dos cosas era, Kenny y Jack entraron. Kenny dejó una enorme mochila sobre su escritorio y sonrió.

–Habéis vuelto –dijo ella diciendo lo obvio.
–Hemos vuelto y somos los mejores –respondió Kenny.
Jack se sentó en el borde de su mesa y se encogió de hombros.
–No lo podemos evitar –dijo con modestia–. Es que somos así de buenos, no hay más.
–Vaya, qué suerte tengo.
Jack y Kenny habían estado en Los Ángeles para la reunión con el propietario de Living Life at a Run.
–¿Entonces la charla fue bien?
–Y tanto. Te va a encantar Cole –dijo Jack al dar una palmadita sobre la mochila y sonreír–. Y tú le vas a encantar.
Kenny asintió con entusiasmo.
–Hemos hablado de deportes, por supuesto. Es forofo del fútbol americano.
–¿Y quién no lo es? –preguntó Taryn intentando no mirar la gigantesca mochila que ocupaba casi todo su escritorio. Era enorme y muy negra. Tenía barras en un lado, suponía que iban contra el cuerpo, tal vez para distribuir mejor el peso. Una idea horripilante.

Pero el logo de LL@R la estaba mirando, así que no era muy probable que esa parte fuera contra la espalda. Además, si no iba hacia fuera, ¿cómo se iba a abrir? Aun así, no estaba segura de que le hiciera ilusión llevar algo que pesara tanto como para necesitar un diseño con distribución del peso.

–Esquía –añadió Kenny impresionado–. Conoce a Kipling Gilmore.

Hacía tiempo que Taryn había descubierto que era más sencillo unirse a sus socios que luchar contra lo inevitable. Además, ellos eran tres y ella solo una. Por eso había aprendido el idioma de los deportes y podía hablar con conocimiento sobre casi cada juego de pelota o incluso de discos. Entendía cuál tenía entradas, cuartos y tiempos. Cada año se sentaba con los chicos durante la Selección de

Jugadores de la Liga Nacional de Fútbol Americano y escuchaba cómo contaban cómo lo habían vivido ellos cuando habían pasado por aquello. Por todo eso sabía perfectamente quién era Kipling Gilmore.

Kipling Gilmore era un esquiador estadounidense que había ganado en las Olimpiadas. Había conseguido el Oro tanto en el Súper G como en los eventos combinados.

—Seguro que ahora, mientras hablamos, se están cepillando el pelo el uno al otro —dijo ella.

Kenny sacudió la cabeza.

—¿Por qué no te impresionan los deportistas famosos?

—Porque ya os tengo a Sam, a Jack y a ti. ¿Qué podría haber mejor?

—Buena respuesta —le dijo Jack dando otra palmadita sobre la mochila—. Cole está emocionado con nuestra reunión. El plan es que hagamos una presentación, que después nos vayamos de acampada el fin de semana y luego le demos información más detallada sobre lo que podemos hacer por él.

Taryn asintió. No era la primera vez que un cliente había hecho esa clase de petición, muchos de ellos querían estar seguros de que la agencia de publicidad entendía el producto. Lo habían pasado genial en Los Cabos con un cliente que elaboraba tequila, pero tenía la sensación de que para ella eso de acampar y llevar equipos de deporte no resultaría tan divertido. Aunque tampoco es que fuera a involucrarse tanto.

Estaba a punto de decirles que lo pasaran bien cuando se fijó en que Kenny y Jack empezaron a mirar a todas partes menos a ella.

—¿Qué? ¿Por qué no me lo contáis?

Kenny le dio un codazo a Jack.

—Hazlo tú.

—Dijiste que lo harías tú.

—Estuviste casado con ella.

Jack suspiró.
—Cobarde.
—Me da igual —admitió Kenny, y sonriendo a Taryn añadió—: Jack tiene algo que contarte.
A Taryn no le estaba gustando el tono de la conversación.
—Lo imaginaba —miró a Jack y enarcó las cejas—. ¿Sí?
—Cole quiere que nos vayamos de fin de semana con él.
Ella asintió.
—Todos.
—Claro. Kenny, Sam y tú —se detuvo cuando él posó la mirada en su rostro, se levantó y se situó detrás de su silla alejándose todo lo posible de la mochila—. No.
—Taryn, eres socia de la agencia. Ha dicho que fuéramos todos los socios. Solo serán un par de días.
—Es una acampada. Al aire libre. A propósito. Una cosa es que te estrelles con el coche y termines en un barranco, eso podría pasarle a cualquiera, y tener que dormir a la intemperie hasta que alguien te rescate. Pero no sería para tanto porque es algo que no se puede evitar. Sin embargo, hacer esto a propósito, con todo el barro…
—Iríamos a un camping —se apresuró a añadir Kenny—. Con cuartos de baño.
Jack le dio un codazo. Kenny se estremeció.
—Sí, vale, pero no de los de agua corriente.
—Qué asco. Vosotros podéis mear de pie, pero yo no tengo esa opción.
No le gustaban las actividades al aire libre. Cuando necesitaba estar en comunión con la naturaleza o salía a cenar al jardín o se compraba una planta. Su proyecto de mayor actividad hasta la fecha había sido planear el diseño de su jardín. De momento todo estaba sobre el papel, aún tenía que tocar tierra de verdad.
—¿Habéis visto mis zapatos? ¿Os parezco una campista?

Jack bordeó su escritorio y se acercó. Posó sus grandes manos sobre sus hombros y la miró a los ojos.

—Taryn, es una gran cuenta. No tanto en tamaño como en la oportunidad que supone. Hemos trabajado con distribuidores, pero nunca en el mundo de la venta al por menor. Es nuestra forma de entrar en él. Solo es un fin de semana de acampada, y todos estaremos contigo. Es importante para todos.

Taryn lo miró y supo que él tenía razón. En todo. Suspiró.

—Lo haré.

—¿En serio? —Kenny pareció sorprendido—. ¡Genial! Podemos ayudarte a prepararte, si quieres.

—No, gracias. Ya me ocupo yo de eso.

De ninguna manera permitiría que los chicos la vieran esforzándose para aprender lo que fuera que necesitara para ir de acampada. Ya bastante duro era tenerlos a todos a raya sin darles toda esa munición. Además, tenía recursos, pensó al recordar unos anchos hombros y unos ojos grises.

—No lo lamentarás —le dijo Jack con una sonrisa—. Va a ser genial. Conseguiremos la cuenta y después ya nada podrá detenernos.

Kenny y él salieron de su oficina, pero una vez en la puerta, Jack se giró y señaló la mochila.

—Te la puedes quedar. Tiene todo lo que vas a necesitar para nuestro fin de semana.

—Genial.

Esperó hasta que se marcharon antes de ir hacia su mesa. Tocó la mochila y fue a levantarla, pero no se movió. Lo intentó de nuevo, esa vez usando las dos manos, y apenas pudo elevarla de la mesa.

—Muy graciosos —murmuró abriendo el cierre. Estaba claro que Kenny y Jack habían metido piedras o ladrillos para meterse con ella.

Pero cuando la abrió, lo único que vio fueron cosas que parecían un equipo de acampada. Y no porque conociera esos objetos por experiencia propia, sino porque lo había visto en fotos.

Intentó levantarla una tercera vez y no solo se rompió una uña sino que sintió un intenso dolor en los hombros.

–Esto –murmuró hacia la habitación vacía– va a ser un problema.

Capítulo 6

Henri's era un restaurante de cinco tenedores dentro de la grandiosidad del Gold Rush Ski Lodge and Resort; nombre, por cierto, que hizo que Taryn se estremeciera. ¿En qué había estado pensando el propietario? Era tan largo que siempre quedaría raro en los carteles que lo anunciaran y haría que las tarjetas de visita fueran un desastre. En lo que respectaba a elegir nombres, menos era más. Aun así, no era asunto suyo, se dijo al salir del coche y entregarle las llaves al aparcacoches. Lo que sí era asunto suyo era esa enorme mochila que aún seguía en su mesa.

Echó a andar hacia el edificio, pero se detuvo al instante. Un ligero escalofrío le recorrió la espalda. No era una sensación familiar, y llamó su atención. Sentía como si la estuvieran acosando o, como poco, observando. Se giró y vio un todoterreno negro que se había detenido detrás de su coche.

Tenía las ventanas tintadas y no podía ver al conductor. Si hubiera sido otro vehículo, habría dado por hecho que se trataba de Angel, porque por mucho que no quisiera admitirlo, él parecía ser el único hombre capaz de hacerla temblar con solo una mirada. Pero había visto lo que conducía y la grande, ruidosa y agresiva Harley no tenía nada en común con el Chevrolet Traverse que tenía delante.

Estaba a punto de entrar en el hotel cuando vaciló un segundo y, entonces, vio al conductor y miró sorprendida. Era Angel. De nuevo vestido de negro y con aire de triunfador.

Esperó hasta que él se acercó y después miró cómo el aparcacoches se llevaba el todoterreno.

—No me lo esperaba.

—Es una larga historia. Te lo contaré durante la cena.

—No me digas que has vendido la Harley.

—Eso nunca. Aún la tengo.

Angel le agarró la mano y la miró de arriba abajo detenidamente. Ella adoptó una pose de modelo y se giró para que pudiera verle la espalda.

Se había comprado el vestido el año anterior, pero seguía siendo uno de sus favoritos. Un Halston Heritage blanco de punto ajustado, con dos tiras negras en los costados y una banda también negra bajo el cuello joya. Se había puesto unos sencillos pendientes de oro y ónix y una pulsera de oro de Tiffany.

Los zapatos eran unos de sus favoritos. Unos Jimmy Choo Vero, blancos por delante, negros por detrás, y con dos ribetes dorados que recorrían la parte de delante y llegaban hasta el talón.

—Vaya —dijo Angel—. No te andas con chiquitas.

—¿Qué? —le preguntó mirándose el vestido—. Esto es informal.

Él esbozó una lenta sonrisa.

—Ir desnudo es informal. Esto es un espectáculo.

—Pues entonces espero que te diviertas.

—Más de lo que imaginas.

Le soltó los dedos y posó la mano en la parte baja de su espalda.

—¿Vamos?

Atravesaron el vestíbulo hasta el fondo del hotel donde se encontraba Henri's. Era un restaurante al que ir por su ambiente y la comida, pero no por las vistas, pensó Taryn mientras los llevaban a una mesa en una esquina del fondo.

El espacio estaba sutilmente iluminado, tenía música suave y la clase de empleados que se enorgullecían de ofrecer un servicio excelente.

Una vez se sentaron, una mujer de unos cuarenta y tantos años les tomó nota de la bebida antes de desaparecer tan rápido como había llegado.

Taryn se recostó en el banco y cruzó las piernas. La única desventaja de su vestido era que solía subírsele si no tenía cuidado. Aunque esa noche podría ser algo positivo. Angel jugaba bien. Tal vez demasiado bien, y ahora ella esperaba ser la que estuviera al mando.

Y ese era el problema, pensó. Durante el día era la jefa, y no quería el mismo papel por la noche. Sin embargo, cederle el control a otro la hacía sentirse vulnerable e incómoda, así que evitaba las relaciones en las que el hombre quería el control. Probablemente esa era la razón por la que tenía treinta y cuatro años y nunca había estado enamorada. Esa emoción le exigía demasiado.

—Parece que estés pensando en muchas cosas —dijo Angel observándola con su mirada gris.

—Intento entender las cosas —ladeó la cabeza—. Explica lo del todoterreno.

Él la sorprendió al suspirar profundamente.

—¿Sabes ese viejo dicho que dice «toda buena acción tiene su justo castigo»?

Ella asintió.

—Hace un par de semanas hablé con la alcaldesa Marsha sobre implicarme más en la comunidad, quería participar en alguna actividad como voluntario.

«Una sorpresa tras otra», pensó Taryn.

Angel esbozó una mirada avergonzada.

—Así me criaron. Crecí en un pueblo pequeño donde la gente se cuidaba los unos a los otros. Una vez supe que me quedaría aquí, quise ayudar a la gente y ella me sugirió la Futura Legión de los Máa-zib.

Taryn se rio.

—¿Futura qué? ¿Hablas en serio? ¿Es algún entrenamiento de armas para adolescentes?

—Ojalá. Supuse que era un programa para chavales —vaciló un segundo haciéndole pensar que había algo que le estaba ocultando, pero entonces continuó—: Hay distintas etapas. Bellotas, Brotes y así hasta llegar a los Robles Poderosos. El adulto al mando es el Guardián de la Arboleda.

Angel era un tipo grande e imponente. Tenía cicatrices y secretos, y era la última persona a la que se podría haber imaginado ofreciéndose voluntario para trabajar con niños. El hecho de que lo hubiera hecho hacía que le resultara más interesante todavía.

—Bien por ti. ¿Pero cuál es el problema? No puedo imaginarte preocupado por un grupo de niños rebeldes.

Angel se removió en su asiento.

—No son niños. Son niñas. Niñas pequeñas. Mis bellotas son niñas de siete años. Consiguen abalorios por las actividades que hacen. El manual del guardián es rosa —comenzó a hablar más deprisa y el tono de su voz se tensó—. Se supone que tienen que aprender cosas como hacer nudos e interpretar mapas, pero también se dan abalorios por hacer maquillaje de cara, por las familias y... —se detuvo y se estremeció—. Por el ciclo femenino.

Taryn se sintió aliviada de que no les hubieran servido la bebida aún porque, de haber estado bebiendo, sabía que se habría atragantado. Soltó una carcajada.

—¿El ciclo femenino?

Él la miró.

—No tiene gracia.

—¡Oh, sí, sí que la tiene!

—Este año no hablamos del ciclo.

—Bien, porque con siete años es demasiado pronto. Entonces eres Guardián de la Arboleda.

Su camarera llegó con un martini con vodka para ella y un whisky para él. Les preguntó si querían que les dejara algo más de tiempo antes de pedir, y Taryn asintió entre carcajadas.

—He intentado librarme —admitió Angel cuando se quedaron solos—. ¿En qué demonios estaba pensando la alcaldesa Marsha? No sé nada de niñas pequeñas. Estoy con el agua al cuello. Denise Hendrix está al mando del consejo. La primera temporada solo dura dos meses y quiere que esté en ella. Después podré dejarlo y encontrarán a alguien para las niñas.

—Entonces solo es durante dos meses. Bueno, algo es algo.

Él la miró.

—No me va el rollo de los abalorios.

Ella le acarició el brazo ligeramente mientras se daba un instante para disfrutar de la calidez de esa piel sobre un impresionante músculo.

—Todo irá bien. Son solo niñas pequeñas.

—Para ti es fácil decirlo. Fuiste una.

Físicamente, pensó Taryn. Había sido pequeña, pero no emocionalmente. No le habían dado la oportunidad. En su casa ser vulnerable había supuesto un peligro y por eso había crecido rápido y había aprendido el valor de mantenerse invisible el mayor tiempo posible.

Pero ni eso era problema de Angel, ni ella estaba dispuesta a contarle nada sobre su pasado. Nadie sabía lo de su padre, ni siquiera Jack.

Él levantó su whisky y lo bajó al instante.

—Por eso he comprado el todoterreno, por si tengo que llevarlas a alguna parte.

—¿A tus bellotas? —le preguntó con voz burlona.

—No puedo llevarlas en la parte trasera de mi Harley.

Busqué por Internet y comparé las opiniones sobre seguridad. El Traverse tiene una puntuación alta y asiento para ocho.

–Hablas como una madre.

–Venga, tú sigue. Húndeme más.

Qué dulce que estuviera así de preocupado, pensó. Era algo que no se habría esperado. Él era...

De pronto tuvo una idea; una idea loca que podía servirles a los dos.

Se giró hacia él.

–Jack y Kenny están intentando ganarse a un nuevo cliente. Living Life at a Run. Son una versión más pequeña de REI. Más equipación que ropa, pero para nosotros sería una buena jugada. Nunca hemos trabajado con la venta al por menor.

–Enhorabuena.

–Aún no los tenemos, pero si pudiéramos conseguirlos, sería genial. El propietario es un tipo al que le encantan las actividades al aire libre. Está insistiendo en que vayamos de acampada un fin de semana antes de firmar.

Angel la miró fijamente.

–¿De acampada?

Ella asintió.

–¿Tú?

–Lo sé. No es lo mío.

Él se rio.

–Espera a que vea tus zapatos.

–Sé que no voy a llevar tacones estando de acampada.

–¿Y qué más sabes?

–Prácticamente nada. Pero tú sí porque eres aficionado a las actividades al aire libre.

Él enarcó una ceja.

–¿Quieres ir de acampada?

–No, quiero ofrecerte un trato.

Angel apartó la mano de la mesa y la posó sobre su rodilla desnuda a la velocidad de la luz. Taryn sintió la calidez de su piel sobre la suya junto con cierta tirantez entre los muslos, y eso que él ni siquiera había puesto mucho empeño. A saber lo que lograría si se esforzaba un poco.

Taryn sabía que tenía que aclararse la voz antes de poder hablar. En lugar de dejarle ver hasta qué punto la desestabilizaba, dio un trago de su martini y tosió un poco.

—Te ayudaré con las Bellotas y tú me ayudas a familiarizarme lo suficiente con las acampadas para poder fingir durante el fin de semana.

—Hecho.

Ella se rio.

—¿No quieres pensártelo?

—¡No! Estás hablando de aprender a ir de caminata y tal vez hacer kayak. Yo tengo dos meses de sesiones semanales con niñas de siete años. Tú sales perdiendo con el intercambio, pero no me importa. Me lo has ofrecido y acepto.

—Estás muy obsesionado con sus edades.

—Son bebés.

Ella fingió una expresión de preocupación.

—¿Eres consciente de que la mayoría de las niñas de siete años ya tienen citas hoy en día, verdad?

Él abrió la boca de par en par.

—Imposible.

Taryn volvió a reírse.

—Solo me estoy metiendo un poco contigo porque puedo.

Angel deslizó la mano desde su rodilla a su muslo de un modo muy decidido y firme. Tenía una mano grande y unos dedos largos. De pronto la cosa ya no era tan graciosa y ella se vio preguntándose si podrían encontrar una habitación arriba. Solo durante una hora o dos. O cinco.

Él se detuvo en el dobladillo de su vestido. Solo se detuvo. No se movió, no le hizo ver que había más. Pero aun así, ella notó cómo se le aceleró la respiración. La mirada de Angel la tenía presa.

–¿Qué decías? –le preguntó.
–No tengo ni idea.
–Bien.
Ella asintió.
–Te gusta ponerme nerviosa –normalmente no habría admitido algo así nunca, pero ¿por qué ignorar lo obvio?
–Hace que estemos igualados.
–¿Estás diciendo que te pongo nervioso?
–¿Por qué ibas a pensar lo contrario?
Porque todas las mujeres tenían dudas. Puso la mano sobre la de él.
–¿Y ahora qué?
–Ahora pedimos la cena.
Angel retiró la mano y le colocó el pelo detrás de la oreja. Se acercó lo suficiente para que pudiera sentir su aliento sobre su mejilla y después le dijo en voz muy baja:
–Claro que te deseo, Taryn. ¿Respiro, no? Porque haría falta estar muerto para no desearte. Me dijiste que tenía que trabajármelo y estoy más que dispuesto a hacerlo, a esperar para sentir tu piel contra la mía, tu boca, tus pechos, todo tu cuerpo. Pero cuando estemos juntos será a mi manera. Será lento. No habrá ni un solo centímetro de ti que no toque, que no complazca. Quiero saber todo lo que te gusta y después hacerlo tan bien como para que llegues al éxtasis en cada momento, en cualquier parte. Y lo haré.
Sonó tanto a desafío como a promesa, pensó ella mientras un escalofrío le recorría la espalda. Sus pechos se tensaron y el centro de su ser comenzó a arder, a inflamarse.
Giró la cabeza para mirarlo y vio que sus bocas estaban separadas por escasos centímetros.
–Es un objetivo muy ambicioso.
–Ve a por todas o vete a casa.
–Creí que el lema era «Semper Fidelis».
–Ese es el de los Marines.

Sus ojos estaban formados por miles de tonos de gris. Tenía un montón de pequeñas cicatrices en la mejilla y en la frente y una forma perfecta de boca.

Ella levantó la mano y dibujó la forma de la cicatriz de su cuello con el pulgar.

–Está muerto, ¿verdad?

–Sí.

Angel coló la mano entre su larga melena negra y posó la mano sobre su nuca.

–Te deseo –dijo con la respiración entrecortada–. Y esperaré.

Una parte de ella quería protestar, le parecía una idea excelente no esperar. Pero el resto de ella quería ver adónde los conduciría todo eso. Cuando se trataba de sus relaciones románticas o sexuales, parecía como si todo lo hiciera de forma mecánica, sin poner mucho interés. Pero pasara lo que pasara con Angel, lo viviría como si fuera un viaje excitante y maravilloso.

Sin embargo, eso no significaba que fuera a ponérselo fácil.

Se giró más hacia él. Levantó una pierna y separó los muslos ligeramente. Se le subió el vestido.

Tomó la mano que antes había estado posada sobre su pierna y la colocó de nuevo sobre su piel desnuda antes de subirla hasta que los dedos de él entraron en contacto con la húmeda y ardiente seda de su tanga.

Ella había creído que así lo dejaría impactado y abochornado, pero en lugar de vacilar, Angel coló dos dedos bajo el elástico y los deslizó contra su interior inflamado de deseo.

Un calor y un intenso deseo la recorrieron. Tuvo la sensación de que se sonrojó y emitió un grito ahogado a la vez que el deseo amenazaba con tomar el control. Él volvió a tocarla, rozándola con más fuerza, una vez, dos, tres veces más, antes de apartar la mano.

—¿Crees que estás jugando con un crío? –le preguntó él con un brillo de seguridad en la mirada.

Ella lo miró fijamente y se bajó el vestido.

—No, solo quería dejar las cosas claras.

—Yo también.

Y Angel había ganado, maldita sea. En lugar de ponerlo nervioso, era ella la que había terminado muerta de vergüenza. Tuvo que sujetar su martini con ambas manos para no agarrarle la mano y meterla bajo la mesa para que pudiera seguir tocándola. Nunca en su vida había tenido relaciones en un lugar público, pero al parecer se podían hacer excepciones.

¿Qué era lo que acababa de decirle? ¿Que aprendería a hacer que tuviera un orgasmo en cualquier momento y cualquier parte? Vaya, a eso se le podía llamar un delirio de grandeza, pensó. Sin embargo, tras esa breve demostración parecía que Angel iba a ser fiel a su palabra.

—¿Qué? –preguntó Larissa a la mañana siguiente cuando Taryn y ella se reunieron para desayunar–. ¿No has dormido?

¡Y eso que he utilizado mi nueva técnica de maquillaje antiojeras para estar «fresca y luminosa»!, pensó Taryn.

—No, tenía cosas en las que pensar.

—¿Cosas de trabajo? –la voz de Larissa sonó comprensiva.

Taryn vaciló. Aunque no le gustaba hablar de su vida privada, Larissa y ella eran amigas.

—Es por ese tipo –admitió.

Larissa se echó adelante en su asiento.

—¿En serio? Vaya. Normalmente no dejas que te importen tanto como para hacer que te pases la noche en vela. Empieza desde el principio. Le saludaste y él te saludó –se detuvo expectante.

Taryn se rio.

–De acuerdo, pero cómo nos conocimos no importa.

–A mí podría importarme. No tengo vida amorosa. Vivo mi vida a través de la tuya.

–Eso es muy triste –respondió Taryn antes de levantar su taza de café y dar un trago.

–Es el chico de la orquídea –dijo Larissa con gesto animado–. El de la escuela de guardaespaldas. Dijiste que no podía tener una tienda de ultramarinos y me pareció injusto porque era muy agradable imaginarlo así.

Taryn suspiró.

–Estás loca, lo sabes, ¿verdad?

–Me niego a aceptarlo. Bueno, ¿qué ha pasado? –Larissa se detuvo–. ¿O qué no ha pasado?

–No estoy segura. Son las dos cosas –pensó en la cena, no había andado escasa ni de conversación ni de tensión sexual–. Me tiene confundida.

–No creía que eso fuera posible.

–Yo tampoco. Y por si la cosa ya no estuviera interesante, necesita mi ayuda con un proyecto inesperado.

Le contó a Larissa lo de la FLM y que Angel era un Guardián de la Arboleda.

–Con Kenny y Jack intentando conseguir la cuenta LL@R, voy a tener que aguantarme e irme de acampada, así que vamos a intercambiar conocimientos.

Taryn esperó a que Larissa estallara en carcajadas porque no podía decirse que supiera mucho de niñas pequeñas, ni de niños en general, a decir verdad.

Pero Larissa suspiró.

–Esas niñas te van a adorar.

–¿En serio? Porque estoy un poco nerviosa. En un principio me pareció bien, pero después empecé a pensar que los niños no se me dan bien exactamente.

–Para –le dijo su amiga–. No te permito que tengas dudas. Lo harás genial con ellas y les vas a encantar. Además, si las cosas no arrancan, enséñales tus zapatos y con eso te las ganarás.

–Espero que tengas razón.

Taryn nunca se había parado a pensar demasiado en niños. Su inesperado y breve embarazo la había aterrorizado, pero antes de poder saber cómo ser una buena madre cuando no había tenido ningún ejemplo de eso en su vida, había perdido al bebé.

–Pero ya basta de hablar de mí –dijo con firmeza–. ¿Qué tal estás tú?

–Genial. Ya me he instalado del todo y estoy conociendo el pueblo. La gente es muy amable por aquí. Me gusta.

–Tengo que decir que los chicos están mejor ahora que estás aquí.

–Vivo para servir –respondió Larissa con una sonrisa. Pero entonces esa sonrisa se desvaneció–. Kenny va a necesitar cirugía en la rodilla otra vez. Cuando se le pone mal, apenas puedo manipulársela. He de admitir que no entiendo a qué viene tanta emoción por jugar. Sí ya, será maravilloso mientras sucede, pero después los chicos tienen que enfrentarse a las consecuencias.

Había mucho dolor alrededor de ese mundo, pensó Taryn.

–Sabes que por nada renunciarían a lo que tuvieron.

–Días de gloria –dijo Larissa. Miró a su alrededor y bajó la voz–. Pero ¿no te parece raro que ninguno de ellos esté casado?

–Sam estuvo casado y fue un desastre.

Larissa apretó los labios como si intentara no reírse.

–Lo sé –dijo como pudo–. Es muy triste.

–Para –dijo Taryn–. Vamos. Ese pobre hombre lo tiene muy complicado cuando se trata de mujeres. Ah, por cierto, hablando de Sam, ¿has oído algo sobre Dellina y él?

Larissa sacudió la cabeza.

–No sabía que hubieran estado juntos.

—No creo que lo hayan estado, no en plan romántico. Pero ahí está pasando algo. Sabes que los chicos quieren celebrar ese gran fin de semana para los clientes, ¿verdad?

Larissa volteó los ojos con desdén.

—Por supuesto. Sam me preguntó si podía ayudarlo a organizarlo, pero yo no podría hacerlo. Se me da genial lo que hago, pero una fiesta por todo lo alto en un hotel de cinco estrellas no es lo mío.

—Lo sería si fuera el rescate de un hámster —bromeó Taryn.

—Déjame ya tranquila con lo de los hámsters. Pero sí, a eso me refiero —frunció el ceño—. Dellina es una experta y Sam adora a los expertos.

—¿A que sí? —se inclinó hacia delante—. Te digo que ahí hay algún secreto. Sam no me lo va a contar, así que supongo que iré directamente a Dellina.

—Quiero enterarme de cada palabra que digáis.

—Lo compartiré porque tengo la sensación de que va a ser un cotilleo delicioso.

Su camarero apareció con el desayuno. Taryn se había liado la manta a la cabeza y había pedido tostada francesa rellena de crema de manzana, como si no hubiera cenado la noche anterior. Que un hombre la hubiera hecho sentir como la había hecho sentir Angel para después no hacer nada le despertaba el apetito.

Al levantar el tenedor, sonrió a su amiga.

—Bueno, ¿y qué vas a rescatar este mes? Está claro que no serán hámsters.

Larissa sacudió la cabeza.

—Ni parecido. Voy a transportar unos reptiles en peligro de extinción.

Taryn se estremeció.

—¿A propósito?

—Serán solo unos cuantos viajes a unas instalaciones donde podrán ocuparse mejor de ellos.

—¿Cómo dan contigo todas esas causas? Debes de estar en todas las listas de e-mails del Estado.
—Me gusta ayudar —dijo con tono calmado—. Es lo correcto.
—Pues por norma general da un poco de miedo. ¿Reptiles? ¿Es que no puedes ceñirte a cosas que tengan pelo?
—Los reptiles también necesitan amor.
—Pues no lo tendrán de mi parte.

Angel cliqueó en su ratón. Había utilizado un programa CAD básico para diseñar una carrera de obstáculos para una empresa. El problema era que Justice creía que era demasiado difícil para el típico oficinista. Aunque Angel comprendía la teoría de dejar a los clientes con vida para que pudieran volver en otra ocasión, si no había peligro de verdad, ¿dónde estaba la diversión?
—Peleles —murmuró e hizo unos cuantos cambios más. Aunque no estaba dispuesto a eliminar todas las partes buenas, podía incluir algunos lugares por los que pudieran moverse los que no estuvieran en buena forma.

Qué pena que Justice no le dejara arrojar granadas activadas a un lado de la pista. Eso sí que le añadiría motivación a la actividad. Lo sabía por experiencia. Su mejor tiempo en una carrera de cuatrocientos metros había sido en África mientras lo perseguía un rinoceronte muy furioso. La muerte inminente te hacía esforzarte, realizar un gran ejercicio.

Hizo unos cuantos cambios más, guardó el trabajo y le envió una copia a Justice para su aprobación. Acababa de acceder a su e-mail cuando alguien llamó a la puerta.

Alzó la mirada y vio una alta pelirroja de pie en la puerta. Calculaba que tendría entre veinticinco y treinta años, tenía los ojos verdes y la piel clara con unas suaves pecas.

—¿Señor Whittaker? —preguntó con voz suave.

—Angel —respondió levantándose y preguntándose qué haría ahí esa chica. No tenía pinta de estar allí para solicitar un empleo. La mayoría de las personas que solicitaban trabajo allí eran esbeltos y musculosos. A esa mujer le sobraban diez kilos, aunque tenía que admitir y reconocer que esas curvas le sentaban bien. Además, le faltaba ese aire de confianza en uno mismo que resulta de saber que puedes darle una buena paliza a alguien.

—Soy Bailey Voss. Mi hija, Chloe, estará en su arboleda.

Él contuvo la sarta de maldiciones que se le pasaron por la cabeza inmediatamente. Supuso que debía practicar a contenerse ahora que iba a trabajar con niñas pequeñas.

—Sí, señora Voss. Por favor, pase.

Su despacho era pequeño y no tenía ventanas. Se componía de un escritorio y un par de sillas de sobra. Le habían ofrecido un lugar más grande, pero no le había visto sentido. No le gustaba trabajar en un despacho, así que ni ventanas, ni plantas, ni una decoración bonita harían que sus horas de ordenador fueran mejores. Él prefería estar moviéndose.

—Gracias —dijo la joven con una tímida sonrisa—. Bailey, por favor.

Se sentó y esperó a que él se sentara enfrente.

La joven juntaba y separaba las manos.

—Mi hija está muy emocionada con la idea de unirse a la FLM —comenzó a decir sin mirarlo a los ojos—. Tiene siete años. Es muy inteligente y muy dulce, pero... —se mordió el labio.

Angel estaba a punto de preguntarle si sucedía algo cuando vio que estaba conteniendo las lágrimas. Inundaron sus ojos verdes y una se le escapó.

Se aclaró la voz.

—Lo siento. Soy un desastre. La cuestión es que Chloe lleva un tiempo que no es la misma. Su padre, mi marido, estaba en el ejército –esbozó una temblorosa sonrisa–. Es la razón por la que nos mudamos al pueblo. Él tenía un tío mayor aquí y, por lo demás, no teníamos más familia que a nosotros mismos y a Chloe. Le preocupaba que estuviéramos solas mientras él estaba fuera y por eso propuso que nos mudáramos aquí para estar cerca de su tío y sentirnos parte de la comunidad.

Se detuvo.

–Ha sido genial estar aquí y Chloe ha hecho amigos. Estaba muy feliz. Pero hace nueve meses su padre murió y unas semanas después el tío Will. Ha sido muy duro para las dos. Cuando el cole empezó en septiembre, parecía estar mejor, pero durante las Navidades… –tragó saliva–. Las dos hemos pasado unos momentos muy difíciles.

–Siento muchísimo vuestra pérdida –dijo Angel automáticamente mirando hacia la puerta. Quería salir corriendo, pero como no podía, esperaba que alguien entrara y los interrumpiera. A cualquiera se le daría mejor que a él manejar esa situación.

–Gracias. Pensé que tal vez le vendría bien estar en la FLM y, al ver que le hizo tanta ilusión, la apunté –lo miró y más lágrimas le llenaron los ojos–. Estoy muy preocupada por Chloe. Es una niña muy callada y no pasa mucho rato con sus amigas. Solo tiene siete años. Quiero que sea feliz y que disfrute de su infancia, pero con la pérdida de su padre, no estoy segura de que eso sea posible.

Angel sabía que estaba con el agua al cuello. Si ya de por sí tener que cuidar de niñas pequeñas le parecía malo, ¿ahora además esperaban que tratara con una que acababa de perder a su padre? De ninguna manera. Ni hablar.

–No quería que pensaras que era una niña rara –confesó Bailey–. Puede que necesite algo más de tiempo para adaptarse. Siento tener que pedirte una atención especial para ella, pero no sé qué otra cosa hacer –se secó más lágrimas–. Cuando la alcaldesa Marsha mencionó que tú también habías estado en el ejército, quise hablar contigo porque esperaba que me entendieras.

Necesitó una considerable fortaleza para mantenerse sentado porque lo que de verdad quería era salir corriendo todo lo rápido que pudiera y no mirar atrás jamás. Pero eso no era una opción. No, con Bailey mirándolo con esos grandes ojos llenos de lágrimas. Por otro lado, la alcaldesa Marsha era una mujer mayor, y a ella no podía decirle lo que de verdad pensaba.

–No te preocupes –le dijo Angel–. Chloe puede tomarse todo el tiempo que necesite. La primera temporada solo son dos meses. Yo también soy nuevo. Lo solucionaremos juntos.

Bailey le sonrió. Aunque prefería mujeres un poco mayores y mucho más difíciles, tenía que admitir que tenía una sonrisa espectacular.

–Gracias. Eres muy amable.

Quiso señalar que era un montón de cosas menos amable, pero en lugar de eso asintió y se levantó.

–Estaré pendiente de Chloe y te informaré si veo que tiene dificultades. Todas las niñas serán nuevas, así que todas estarán intentando encajar y adaptarse.

–Tienes razón, no había pensado en eso. Gracias.

Él asintió y esperó hasta que ella se había marchado para mirar a la pared y preguntarse si le ayudaría en algo golpearse la cabeza contra ella.

En ese momento, Consuelo entró en el despacho y el modo en que enarcó las cejas bastó para decirle que había oído al menos parte de la conversación.

–Me han asignado niñas pequeñas –farfulló–. Ocho. Creía que serían chavales adolescentes.

Consuelo se sentó en el borde de su escritorio.

–Deberías estar agradecido.

–Sé tratar con los chavales.

–¿Por Marcus?

Él asintió.

—Pero no has estado con niños desde que murió —le respondió con suavidad—. Creo que te equivocas. Creo que estar con niños de su edad te habría resultado mucho más duro.

Angel ignoró sus palabras.

—¿Qué sé yo sobre niñas pequeñas? Son menudas y delicadas.

Ella sonrió.

—No se van a romper, si eso es lo que te preocupa. Lo harás bien. Se te dan bien los niños.

La miró.

—¿Y eso cómo lo sabes? Nunca me has visto con un niño.

—Te he visto con Ford y es básicamente lo mismo.

—Muy graciosa —refunfuñó—. Muy graciosa.

Capítulo 7

–Niñas –dijo Jack–. Pequeñas.
Taryn colgó la chaqueta de su traje y se desabrochó el botón de la falda. Estaban en el vestuario de mujeres. Quiso recordarle a Jack si había leído la palabra «mujeres», pero ya que ella estaba constantemente en el de hombres, sabía que la ignoraría y se reiría sin más.
–Sí, niñas de siete años.
–Y tú.
Se bajó la cremallera de la falda y la dejó caer al suelo. Después la recogió y la colgó en una segunda percha, junto a la chaqueta. Aún con la blusa de seda puesta, se giró hacia Jack.
Él estaba allí de pie, un tipo bien grande, apoyado contra una de las taquillas cerradas. Sin sus habituales tacones, era mucho más baja, algo que normalmente odiaba. Aun así, se acercó a él y posó las manos en su pecho.
–No es que no quisiera a nuestro bebé –comenzó a decir en voz baja.
Él la miró fijamente.
–No lo querías.
Taryn se estremeció.
–Era joven, no nos conocíamos bien y me sentía muy mal por haberme quedado embarazada. Hay una diferencia.

–No demasiada.

Se planteó señalar que él tampoco se había mostrado muy dolido por la pérdida; tener un hijo habría significado implicarse emocionalmente, y eso era algo que Jack intentaba evitar con todas sus fuerzas. Pero esa no era la cuestión.

–Voy a ayudar a Angel y las niñas son parte de ello. Creo que será divertido.

En cierto modo, por extraño que le pareciera, estaba deseando formar parte de la FLM, aunque solo fuera por un par de meses.

–Lo harás genial.

Ella lo miró.

–¿Estás bien?

–Muy bien.

Taryn no sonrió.

–A veces me preocupas.

–Pues no te preocupes. Siempre resurjo de los problemas.

–Es tu corazón lo que me preocupa –le dijo sin pensar y sacudió la cabeza–. Lo siento. Quería decir…

Él posó los dedos contra sus labios.

–No te disculpes. Sé lo que quieres decir.

Se inclinó hacia él y él la abrazó.

–Siempre te querré, grandullón –le susurró.

–Yo también te querré siempre. Incluso con tu trasero huesudo.

–Mi trasero no es huesudo. Soy esbelta. Hago Pilates.

–Qué femenina eres.

–Y eso hace que te resulte más fácil explicar nuestro pasado sexual.

Él se rio y la soltó. Señaló el reloj de la pared.

–Será mejor que te des prisa o llegarás tarde.

Taryn le siguió la mirada y gruñó.

–Ya llego tarde. ¿Sabes dónde está la caseta de la FLM?

–Ni idea.

«De acuerdo», pensó Angel. Estaba dispuesto a admitirlo. Nada lo había aterrado tanto como enfrentarse a ocho niñas de siete años en su primera reunión de la FLM.

Era un martes a las tres y tenía por delante dos largas horas que llenar. Tenía un manual, una caja de suministros y una gran sala en la cabaña de la FLM no demasiado lejos del restaurante Hunan Palace.

Las niñas estaban sentadas delante de él sobre el suelo enmoquetado. Tenían los ojos abiertos como platos y se las veía ilusionadas, vestidas con vaqueros y camisetas. Sus padres las habían dejado allí y les habían dicho que se divirtieran. Se podía sentir el aire cargado de expectativas e ilusiones, pero no tenía ni idea de qué hacer para cumplirlas. De nuevo deseó que la alcaldesa Marsha tuviera veinte años menos y fuera hombre, para que así él pudiera sacarse las frustraciones de un modo que tuviera sentido.

–Hola –dijo consciente de que la puerta se encontraba a escasos metros y que, de un modo tentador, le hacía señas indicándole el camino a la libertad–. Soy Angel.

Ellas lo miraron y él maldijo en silencio. Por mucho que fuera una señora mayor, iba a tener que asesinar a la alcaldesa.

Justo en ese momento se abrió la puerta de la cabaña y Taryn entró. Llevaba unos vaqueros y una blusa de seda metida por dentro de la ajustada cintura. En lugar de deportivas, como llevaban las niñas, se había puesto unas botas negras de diez centímetros.

Cuando cerró la puerta al entrar, se rio.

–Me he perdido. ¿Os lo podéis creer? Todo el mundo habla de lo pequeño que es Fool's Gold, pero a mí no me lo parece. Ahí estaba yo, por el parque buscando una cabaña. Esto no es una cabaña, por cierto. Es un edificio. ¿Por qué dicen que es una cabaña? Y desde luego no está junto al parque.

Se acercó a ellos y, con elegancia, se sentó en el suelo.

–Bueno, ¿qué me he perdido? Ah, soy Taryn, por cierto. ¿Ya os habéis presentado?

Angel notó cómo empezaba a respirar de nuevo. Las niñas miraban a Taryn asombradas y él sabía lo que estaban pensando. Esa mujer era espectacular y solo el hecho de estar cerca de ella hacía que una persona se sintiera bien.

–Aún no nos hemos presentado –dijo una de las niñas.

–Excelente –respondió Taryn sonriéndole–. ¿Por qué no empiezo yo? Soy Taryn y soy amiga de Angel. Estaré ayudándole esta temporada. Nunca he estado en la FLM, así que tengo muchas ganas de conocerlo todo.

Cada una de las niñas fue diciendo su nombre. Chloe fue la última y habló con voz muy baja. A simple vista, Taryn no parecía estar haciéndole un caso especial, pero Angel la había llamado para explicarle sus circunstancias especiales y sabía que no perdería de vista a la niña.

Ella se puso de rodillas y se agachó hacia la caja de suministros.

–Anoche leí mi manual y creo que hoy tenemos que hacer un trabajo.

–Jugamos a juegos de «conocernos» –dijo una niña llamada Allison. Era rubia y con gafas.

–Tienes razón –respondió Taryn–. ¿No os encantan los juegos? –miró a Ángel–. Tenemos que dividirnos en dos grupos.

–O podríamos hacer un grupo grande –se apresuró a contestar él.

Ella arrugó la boca.

–¿Quieres que cacaree como una gallina? –le preguntó en voz baja antes de sonreír a las niñas–. A ver, deberíamos tener un balón aquí dentro.

Sacó un gran balón rojo y les indicó a todas que hicieran un círculo.

–Voy a pasarle el balón a alguna. Cuando lo agarre, tengo que decir su nombre. Si lo digo bien, puedo hacer una pregunta. Cuando ella responda la pregunta, le pasará la pelota a otra y así.

Se sentó en el suelo de nuevo y cruzó las piernas mientras esperaba a que las niñas hicieran un círculo a su alrededor. Le pasó la pelota directamente a la niña que tenía delante.

–Charlotte, aunque prefiere que la llamen «Char» –dijo Taryn–. ¿He acertado?

Char Adelman, una diminuta niña morena, asintió entusiasmada.

Taryn sonrió.

–Y me toca hacer una pregunta. ¿Tienes algún dos? Oh, espera, me he equivocado de juego.

Todas las niñas se rieron. Angel no lo pilló, pero Chloe, que había terminado sentada a su lado, se le acercó para decirle:

–Es Ve a Pescar, un juego de cartas.

Chloe era alta y delgada, con una brillante melena pelirroja y unas pecas igual de vibrantes. Cuando la miró, ella agachó la cabeza.

–Gracias –le susurró.

La niña asintió sin levantar la mirada.

–Mi pregunta –dijo Taryn lentamente–. ¿Tienes hermanos?

Char arrugó la nariz.

–Dos hermanos y son mayores. Se meten mucho conmigo e intentan hacerme llorar. Cuando sea mayor, seré lo suficientemente fuerte para darles una paliza.

Angel iba a decirle que podía ayudarla con eso, pero antes de lograr hablar, Taryn le puso una mano en el brazo, como instándolo a callar.

«Buena idea», pensó, porque lo más probable era que no debiera dar esa clase de lecciones. Al menos, no el primer día.

Char lanzó la pelota, que fue a caerle directamente a él.

—Hola, Angel —dijo la niña con una tímida sonrisa—. ¿Estás casado con Taryn?

—No.

Él le pasó la pelota a otra niña y le hizo su pregunta. La niña le devolvió la pelota.

—¿Os habéis besado Taryn y tú?

Las demás niñas se rieron.

—Parece que es un tema recurrente —dijo Taryn quitándole el balón con los ojos brillantes de diversión—. Angel y yo somos amigos. No estamos casados. Yo quería saber más cosas sobre la FLM y me ha dejado acompañaros. Ahora sigamos jugando, pero haceos preguntas entre vosotras, ¿de acuerdo?

Se oyeron unos cuantos gruñidos, aunque las niñas accedieron. Al final de una media hora, todas sabían mucho más las unas de las otras. Sin embargo, Angel se fijó en que solo una niña le había pasado el balón a Chloe. No estaba seguro de si eso habría supuesto un alivio para la niña o si, al contrario, habría herido sus sentimientos.

Taryn metió la mano en la caja y sacó grandes hojas de papel y cajas de pinturas. Había mesas y sillas por toda la sala. Se levantó con elegancia y empezó a dejar las hojas sobre las mesas. Angel colocó sillas alrededor y repartió las pinturas. Las niñas se movieron para ver qué vendría a continuación.

Mientras ubicaba a todas, Angel vio que las hojas tenían líneas donde tendrían que escribir el nombre de cada niña y datos sobre ellas. Inmediatamente miró a Chloe. La única pregunta que le habían hecho había sido si tenía mascotas y ella había respondido con un susurro: «No, pero me gustaría tener un perro». No era exactamente la clase de información que alguien necesitaría para formar una amistad duradera.

Esperó a que las niñas terminaran de sentarse y llevó a Taryn al fondo de la sala.

—¿Qué pasa con Chloe? —le preguntó con un susurro acalorado.

—¿Qué pasa con ella?

—Lo único que saben de ella es que quiere tener un perro. ¿No sabes lo mal que va a quedar? Char tiene dos hermanos y Chloe no tiene perro.

Taryn vio la emoción brillando en los ojos de Angel, normalmente de un frío tono gris. Prácticamente estaba temblando de preocupación y eso le resultó muy dulce. El gran soldado duro había caído rendido por un puñado de niñas pequeñas. Tal vez era un cliché, pero era uno muy positivo. Justo cuando estaba lista para irse a vivir a la Isla de los Cínicos, algo así sucedía y recuperaba su fe en la humanidad.

Posó la mano en su brazo y lo apretó con delicadeza.

—Lleva mucho tiempo enfrentándose a cosas mucho peores que esta. Vamos a ayudarla a encajar, pero no podemos solucionar el problema en una hora. Cálmate.

—Estoy calmado.

Ella enarcó las cejas.

Él exhaló profundamente.

—Muy bien —farfulló—. No estoy calmado, pero tú tampoco deberías estarlo. Nunca he tenido una hija, tú no tienes hijos, nos estamos cualificados para hacer esto.

—Probablemente no, pero creo que tampoco vamos a hacer ningún daño. Intenta relajarte. Las niñas ya te adoran.

Él frunció el ceño y a ella le pareció un gesto de lo más mono.

—Eso no puedes saberlo ahora —gruñó.

—Ya veremos.

Las niñas comenzaron a trabajar en sus listas, que después se colgaron en las paredes de la cabaña. Taryn se quedó encantada al ver que las niñas que conocían a Chloe del colegio habían añadido cosas como «lee muy bien» y «hace los mejores dibujos de toda la clase», además de algún que otro «no tiene perro».

Una vez todas las listas estaban colgadas, las leyeron en grupo y hablaron sobre ellas. Taryn se fijó en que ahora las niñas estaban relacionándose mucho más y que todo el mundo, excepto tal vez Angel, parecía mucho más relajado.

Volvió a la caja y sacó los dos últimos paquetes. Había unas pulseras de piel con cadenas ajustables. Las observó y vio que eran lo suficientemente resistentes como para durar mucho tiempo. Y estaba bien, ya que las niñas las llevarían durante los próximos cinco años. También había un paquete con pequeños abalorios de madera decorados con dos manos unidas talladas. La etiqueta de la bolsa de plástico decía: «Abalorios de las amigas. Bellotas».

Se sentó en el suelo y las niñas se unieron a ella. Esperó a que Angel se sentara a su lado antes de abrir la bolsa de pulseras y empezaran a repartirlas.

—Os habéis ganado vuestro primer abalorio —dijo con una sonrisa—. Por amistad.

Angel agitó las pequeñas cuentas de madera en la palma de su mano y cada niña tomó una. Las colgaron en su pulsera de piel y se ayudaron a ponérselas.

—¿Tú no te vas a poner ninguna? —le preguntó Angel con una sonrisa.

Ella batió las pestañas.

—Solo si tú te pones una.

—Tenéis que poneros una —dijo Char—. Todos los Guardianes llevan pulseras.

De pronto, ocho niñas estaban mirándolo. Taryn vio la tensión en su mandíbula y supo que estaba teniendo una lucha interna. Con reticencia, agarró la pulsera que ella le había ofrecido y le colocó un abalorio. Las niñas lo animaban con vítores mientras se enganchaba la pulsera alrededor de la muñeca.

Taryn se fijó en que le quedaba justa y que no podría colocarse más abalorios sin que se le cortara la circulación.

–Tendremos que hablar con alguien para que te consigan una pulsera más grande –murmuró.

–¿De verdad? ¿Crees que me la darían?

Taryn se rio.

–¿Estás siendo sarcástico delante de tus Bellotas?

Miró el reloj de la pared.

–Aún nos quedan quince minutos –dijo agarrando su mochila–. ¿Quién quiere que le haga trenzas en el pelo? –preguntó mientras sacaba un cepillo.

–¡Yo!

–¡Y yo!

Las niñas se sentaron formando una fila. Allison se sentó de espaldas a Taryn y esperó. Taryn le cepilló el pelo con delicadeza y comenzó a hacerle trenzas.

–Tengo unas gomas en ese bolsillo de fuera –le dijo a Angel señalando su mochila–. ¿Me las puedes pasar?

Él la miró como si le hubiera pedido que metiera la cabeza en la boca de un caimán, pero le pasó las gomas de todos modos.

Taryn trabajaba deprisa mientras le hacía a Allison una trenza de raíz que le sujetó con una goma rosa brillante.

–Podrías hacer alguna.

El pánico se reflejó en la cara de Angel.

–No sé –se apresuró a decir mientras escondía las manos en la espalda.

–Yo te enseño –tenía la sensación de que habría muchas reuniones en las que necesitarían rellenar huecos y esa le parecía una actividad sencilla.

Taryn miró a las niñas y posó la mirada concretamente en Chloe, que estaba sentada más bien en el extremo del grupo que dentro de él.

Le sonrió.

–Chloe, ¿crees que tendrías paciencia suficiente para que Angel aprenda con tu pelo?

Chloe abrió los ojos de par en par.

–Vale –respondió en voz baja y se movió para sentarse delante de Angel.

Taryn sacó otro cepillo de su mochila. Como siempre los perdía, se aseguraba de tener de sobra, y ahora se aseguraría más todavía de llevar dos o tres encima y muchas gomas.

–¿Sabes trenzar, verdad?

–Por supuesto.

–Pues entonces te resultará fácil.

Mientras las demás niñas observaban y Chloe se quedaba sentada y sin moverse, Taryn le iba explicando el proceso para hacer la trenza de raíz.

Angel movía los dedos con torpeza, pero se esforzó y al final terminó con una trenza razonablemente recta.

–No está mal para un novato –le dijo Taryn–. ¿Qué opinas, Chloe?

La niña se tocó la trenza y le ofreció a Angel una tímida sonrisa.

–Gracias –susurró.

La puerta de la cabaña se abrió y los primeros padres entraron. Las niñas se pusieron de pie y comenzaron a contarles cómo había ido la tarde. Enseñaron orgullosas sus pulseras y sus cuentas. Taryn se levantó para presentarse y Angel hizo lo mismo. Quince minutos después, se habían quedado solos.

–Hemos sobrevivido –le dijo ella mientras recogía los cepillos y el resto de gomas.

–Necesito una copa.
Taryn lo miró y vio que estaba pálido, como impactado, y con una expresión vidriosa en los ojos.
–¿Estás bien?
–Nunca podré hacer esto.
–Lo has hecho muy bien. Las niñas están como locas contigo.
–He hecho una trenza de raíz.
Taryn no sabía si estaba orgulloso u horrorizado.
Ella sonrió.
–¿Lo ves? Es tu primer rito de iniciación en el mundo de las chicas. Pronto te crecerá el pecho.
–Muy graciosa.
Fue hacia la puerta.
–¿Sabes qué? Tú ve al Hunan Palace a por comida china y yo mientras voy a la pastelería a comprar unos cupcakes. Vamos a tener una cena de celebración en mi casa.
–¿Qué tienes para beber?
–Mucha cerveza.
Cuando él enarcó las cejas, ella se rio.
–Te olvidas de los tipos con los que trabajo. Siempre tengo cerveza en la nevera y solomillos en el congelador. Está reflejado en mi contrato laboral.
–Tengo que poner eso en el mío.

Conseguir la cena le llevó algo más de tiempo del que había planeado. Había mucha cola para pedir comida para llevar en el Hunan Palace ya que, al parecer, acababa de terminar un partido de béisbol infantil. Pero finalmente hizo el pedido y esperó, y después condujo hasta casa de Taryn.
Aparcó delante de su casa de una planta y recorrió el camino de entrada hasta la puerta. Ella abrió antes de que llegara y a él casi se le cayó la comida al verla.

Se había quitado los vaqueros oscuros y las botas y se había puesto unos vaqueros desgastados y se había descalzado. Su blusa de seda había quedado reemplazada por una camiseta de los L.A. Stallions con el número de Sam grabado. Llevaba su larga melena suelta y el rostro limpio de maquillaje. Parecía tan joven que, de no haber sabido su edad real, se habría dicho a sí mismo que pasara de largo sin detenerse.

–Vaya transformación –le dijo cuando ella se acercó.

Taryn sonrió y sus ojos violetas se iluminaron con diversión.

–Así soy de verdad.
–Me gusta.

Se apartó para dejarle pasar. El salón era de buen tamaño, con un sofá de piel y dos sillones grandes. Una enorme pantalla plana colgaba sobre la chimenea y a la izquierda había un cuadro de Jack de estilo Andy Warhol.

Angel fue hacia él. Jack llevaba la ropa del equipo, tenía una rodilla apoyada en el suelo del campo y el casco al lado. Miraba al frente, como mirando a los ojos del espectador.

Se giró hacia Taryn, que estaba mirándolo.

–Es bonito.
–Fue un regalo.

¿Como la camiseta? Por si había tenido alguna duda de que los tipos con los que trabajaba eran una parte importante de su vida, ver todo aquello se lo había dejado bien claro. Por un segundo se detuvo para preguntarse si eso le molestaba, pero entonces recordó lo que ella le había contado sobre su pasado con Jack. Habían estado casados. Eran amigos, pero no estaban juntos. Y podía entenderlo porque, después de todo, él vivía con Consuelo. Aunque la situación era ligeramente distinta, ya que Consuelo y él nunca habían estado casados, ni habían tenido ninguna relación sentimental, el principio era el mismo.

Sonrió a Taryn y levantó la bolsa.

–¿Tienes hambre?
–Estoy hambrienta.
Señaló al otro lado de la puerta y él vio que la mesa del comedor ya estaba puesta. Las cervezas y los platos estaban listos y había música sonando de fondo.
Se sentaron y comenzaron a pasarse los recipientes de comida. Taryn agarró un rollito de primavera.
–Has sobrevivido a la primera reunión –dijo con una sonrisa–. Eso tiene que hacerte feliz.
–Ha sido duro –admitió–, pero me alegro de que estuvieras ahí. Lo de las trenzas ha sido brillante.
–Puede convertirse en una tradición.
Él no estaba seguro de estar listo para eso.
–Las niñas no son mi campo de trabajo.
–¿Habrías preferido niños?
Una pregunta sencilla a la que debería haber respondido con un «sí» porque había dado por hecho que su trabajo como voluntario habría sido con niños. Pero ahora, después de todo, tenía dudas.
Ella soltó el tenedor.
–¿Angel?
Su voz sonó suave, pero él tenía la sensación de que si ignoraba la pregunta, insistiría.
–Tuve un hijo –dijo lentamente echándose atrás en la silla–. Marcus.
Ella siguió mirándolo sin decir nada.
–Entré en el ejército justo al salir del instituto. Mi padre murió unas semanas antes de mi graduación. Las minas de carbón acabaron con él y me hizo prometerle que me marcharía de allí. Yo no quería irme del pueblo donde había crecido, pero sabía que él tenía razón. Si me quedaba, estaría atrapado. Así que me marché.
–Debió de ser muy duro.
–Lo fue. Estuve en el campamento militar y después terminé en Luisiana.

Donde había conocido a una chica, pensó Taryn, imaginándose por dónde iba la historia. Se preguntó por un instante cómo habría sido Angel de niño, de joven, antes de haber conocido al hombre que intentó rajarle el cuello; tal vez incluso antes de haber empezado a trabajar en eso que le había puesto en esa situación.

–¿Cómo se llamaba?

–Marie. Era preciosa. Diminuta y de descendencia francesa, y muy testaruda –sonrió–. Me aterraba tanto como me atraía. Por suerte ella también se enamoró de mí a primera vista y nos casamos unos meses después.

¿Amor a primera vista? Taryn no creía mucho en eso porque nunca lo había visto. Sí que sabía que la lujuria podía surgir prácticamente de la nada... si tenía en cuenta a las mujeres que se presentaban en las habitaciones de hotel de los chicos. Pero eso era distinto. Eso se debía a la atracción que despertaba el poder y al derecho de cada uno a alardear de sus conquistas.

Agarró su cerveza y se recostó en la silla mientras todas las piezas encajaban. Angel había amado a su mujer, pero ya no estaba casado. Había dicho que había tenido un hijo.

–Entonces Marie y tú tuvisteis a Marcus.

Él asintió.

Taryn vio las emociones reflejadas en su rostro y se preguntó qué estaría pensando. El amor era patente, al igual que el dolor y la sensación de pérdida.

Esperó, sabiendo que él respondería la pregunta más importante cuando estuviera preparado.

–Murieron –dijo finalmente–. Marcus tenía catorce años y Marie lo llevaba a un partido de béisbol. Había tormenta. Por lo que la policía supuso, el coche volcó sin que hubiera más vehículos implicados. El forense dijo que murieron prácticamente en el acto.

Porque estaba segura de que Angel lo habría preguntado; él sabía lo que era el sufrimiento y había querido asegurarse de que esos a los que había amado no habían sufrido. Taryn supo que no había palabras que decirle y se limitó a acariciarle la mano suavemente por encima de la mesa.

–No sabía qué hacer –admitió él–. Los enterré, vendí la casa, lo metí todo en un trastero y me marché.

–¿Y te ayudó?

–No –le apretó los dedos una vez antes de apartar la mano–. Pasé varios meses bebiendo. Dejé mi trabajo y me planteé muy seriamente terminar con todo –se encogió de hombros–. Pero sabía que Marie habría odiado que hiciera algo así, así que volví al trabajo, aunque mi corazón estaba aislado de todo. Entonces un día apareció Justice y me habló de venir aquí. Una vez visité el pueblo, supe que era la decisión correcta. Fool's Gold me recuerda al lugar donde crecí. Aquí puedo implicarme con la comunidad.

Y mantenerse desconectado al mismo tiempo, pensó ella.

Que el pasado de Angel hubiera estado marcado por la tragedia no le había sorprendido. Había estado muy segura de que no podía haberse dedicado a lo que se dedicaba y no quedar expuesto a la pérdida. Pero no se había esperado esa clase de pérdida. Una mujer y un hijo. Una mujer a la que había amado durante años. ¿Cómo debía de ser entregar tu corazón por completo? Ella nunca lo había hecho. Y nadie cercano a ella lo había hecho con éxito. Los chicos lo habían intentado, bueno, Jack, no, pero Sam sí, y Kenny... De acuerdo, la situación de Kenny era única. Pero Sam había estado enamorado cuando se había casado y desde entonces había hecho más de un intento de encontrar el amor verdadero.

–En ese caso lo de las niñas ha sido una buena opción. Son parecidas y distintas al mismo tiempo. Habría sido muy difícil para ti trabajar con chicos adolescentes.

Él asintió lentamente.

–Si me recordaban a Marcus, sí. Puede que tengas razón.
–Y ahora sabes hacer trenzas de raíz.
Él se relajó y le sonrió.
–Una habilidad necesaria para un Guardián de la Arboleda. Deberían incluirlo en el manual.
Taryn sonrió.
–El manual es rosa. Imagino que daban por hecho que ya sabías hacerlas.
La conversación pasó a centrarse en las niñas que formaban la arboleda, y sobre cómo unas habían destacado y otras necesitarían un poco más de tiempo para darse a conocer.
–Chloe ha sido muy dulce –dijo Taryn–. Espero que el grupo pueda ayudarla a abrirse más. Creo que quiere participar, he visto algún que otro reflejo, pero es como si no recordara cómo hacer amigos.
–Puede que se sienta culpable por divertirse –le dijo Angel–. Si se ríe, no echa de menos a su padre –se detuvo–. Yo tardé mucho tiempo en darme cuenta de eso.
–Debes de echar mucho de menos a Marie y a Marcus.
–Sí. Pienso en ellos todos los días. Nunca dejaré de pensar en ellos. Pero el dolor ya no está aquí todo el tiempo, aunque sí la culpabilidad. Debería haber estado allí para protegerlos.
Ella se preguntó si se refería a que debería haber conducido el coche él o a alguna otra cosa.
–¿Porque tú habrías conducido mejor con una tormenta?
–Porque no sirve de nada salvar al mundo si no puedes salvar a la gente que amas.
Un punto interesante, pensó ella.
Observó al hombre que tenía delante. Las cicatrices, los fríos ojos grises. Era peligroso y atractivo. Y conocer la tristeza de su pasado lo hacía más sexy aún. Pero aun así…

No era experta en ese campo, pero diría que Angel necesitaba tener fe para recuperarse y ella era la última persona que podría ayudarlo con eso. La confianza estaba sobrevalorada y ella lo había aprendido por las malas.

Eran una pareja de almas rotas, pensó al pasarle el resto de las costillas. Un hombre que había amado y perdido, y una mujer que no creía en el amor lo más mínimo.

Capítulo 8

Taryn pasó la noche inquieta, y eso no ayudó en nada a que tuviera una buena mañana. La noche anterior la había pasado preocupada por su primera reunión con las Bellotas y esa noche había estado pensando en lo que Angel había compartido con ella sobre su pasado. Se dijo que todos tenían fantasmas contra los que luchar, pero por alguna razón los de Angel parecían más tangibles que los suyos. O tal vez la diferencia era que él se había topado con los suyos siendo adulto y los de ella provenían de su infancia.

Entró en la oficina, aún confusa por lo que había o no sucedido. Su conversación no había dado pie exactamente a un interludio romántico, pero de algún modo haber descubierto todo aquello sobre Angel le había añadido dimensiones a un hombre ya de por sí intrigante. Ahora el paso más seguro y sensato parecía ser cortar por lo sano y alejarse. Pero no era exactamente una opción.

Encendió el ordenador y unos segundos más tarde apareció en la pantalla su calendario con un gran bloque rojo en mitad del día.

—¿Por qué no sabía esto antes? —preguntó en voz alta a la vez que recordó que había sido ella misma la que había hecho la anotación, aunque semanas atrás y lo había olvidado.

Llamó al departamento gráfico y le dijo a uno de los chicos que preparara la sala de reuniones. Después llamó a Isabel y le explicó la crisis.

—Voy a necesitar comida y cerveza. ¿Llamo a Jo? ¿Sirve a domicilio?

—Llama a Ana Raquel —le dijo Isabel—. Es la hermana de Dellina. Su prometido y ella tienen un catering. Escribieron el libro de cocina de Fool's Gold que salió el año pasado. Dile lo que necesitas y te lo traerá.

Taryn anotó el número e hizo la llamada. Ana Raquel le prometió tenerlo todo allí a tiempo. Justo cuando colgó, Larissa entró con un par de DVD en la mano.

—Para después —dijo la rubia.

—¿Te has acordado? —le preguntó Taryn.

—Claro. Los chicos llevan hablando de esto un par de semanas. Ya sabes cuánto les molesta.

—Nadie me lo ha recordado.

Larissa abrió los ojos de par en par.

—¿No estamos listos? Ya sabes cómo se ponen.

—Tengo muy claro cómo se ponen, y está controlado. Más o menos. Tendremos comida y cerveza de sobra cuando llegue el momento —miró los DVD que su amiga le había dado—. Vamos a meterlos en el reproductor.

Subieron a la gran sala de visionado. Había sofás y sillones de tamaño extra grande, una televisión enorme y pósters de los chicos por todas partes. También había mucho espacio para la comida y la cerveza. Larissa cargó el primer DVD y pulsó el botón de Play. Al cabo de unos segundos de oscuridad, unas imágenes llenaron la gigantesca pantalla.

Un jovencísimo Jack estaba frente a un reportero. Su traje parecía recién estrenado y llevaba la chaqueta sobre sus anchos hombros.

El reportero, un veterano avezado acostumbrado a los novatos, fue guiando a Jack durante la entrevista.

—Los L.A. Stallions dejaron claro que te querían —dijo el reportero—. Eso debe de haberte ayudado durante el proceso.

Taryn vio cómo un Jack de veintiún años intentaba no sonreír demasiado a la cámara, pero ¡qué demonios! Acababan de reclutarlo para el equipo de sus sueños. Ese hombre merecía celebrarlo.

Dijo las cosas correctas porque alguien se había tomado la molestia de darle unos cuantos apuntes. Por aquel entonces, el equipo lo había visto como un modo de, por fin, empezar a ganar partidos, pero el quarterback más mayor y experimentado había vuelto a la escena mandando a Jack al banquillo durante casi tres años. Lo que el impaciente y joven jugador no había entendido era que había necesitado ese tiempo para refinar su juego y madurar físicamente. Y así, cuando le dieron el primer saque, ya lo habían probado en situaciones seguras y estaba listo para asumir esa responsabilidad. Había llevado a su equipo a las finales durante seis años seguidos y había ganado la Super Bowl.

Taryn lo había conocido un verano entre su primera y segunda temporada ganadoras. Había sido increíble en todos los sentidos.

Ahora miraba a ese joven y pensaba en las diferencias.

—¡Era un crío! —dijo Larissa con una carcajada.

—Y tanto.

El DVD continuó. La escena pasó a Kenny y después a Sam manteniendo la misma conversación, aunque Kenny no había salido hasta la segunda ronda y Sam había ido justo detrás de él. Cosa rara para un pateador.

Taryn había visto las entrevistas cientos de veces, pero aún le parecían divertidas. Sam, tan reservado, y Kenny tan emocionado y preocupado. Emocionado por ir a convertirse en una estrella, y preocupado por lo que estaba pasando en casa.

Veintidós, pensó Taryn haciendo las cuentas. Por entonces, Kenny iba a ser padre, o eso había creído.

La puerta de la sala de visionado se abrió y los hombres en cuestión entraron. Ahora eran más mayores, todos pasaban de los treinta y cinco. Antiguos jugadores con trajes que costaban más y les sentaban mejor. No estaban tan musculosos, pero seguían en forma.

Jack fue hacia Taryn.

–Te has acordado.

Pensó en el aviso rojo de su ordenador y contuvo una mueca.

–Sé que este día es complicado para vosotros.

–Muchos recuerdos.

Le pasó los mandos. Verían la grabación del día que los seleccionaron antes de cambiar de canal y ver la Selección de Jugadores de la Liga Nacional de Fútbol Americano que se celebraba ese día. Beberían cerveza, contarían historias y no trabajarían absolutamente nada. Y estaba bien. Se habían ganado el descanso.

Taryn los dejó allí y volvió a su despacho. Miró el teléfono y vio que había recibido un mensaje de texto de Angel con una foto de una pared de escalada, o eso creía que era. Solo las había visto en películas o por la tele. Junto a la foto había un lugar y una hora.

Sonrió.

–No eres de los que contesta al teléfono, ¿verdad?

Un segundo mensaje llegó.

«Me has ayudado. Ahora yo te ayudaré a ti».

Un hombre que sabía lo que era el juego limpio, pensó. Eso era algo que valoraría mucho.

El sábado a última hora de la mañana, Angel llegó al centro deportivo situado junto al Lucky Lady Casino and Resort. Por lo que había oído, la pared de escalada era un nuevo añadido. Había muchos coches aparcados delante. Maniobró su Harley hasta el aparcamiento lateral, se colocó el casco debajo del brazo y echó a andar. Vio a Taryn dirigiéndose a la entrada.

Se había vestido apropiadamente: con una camiseta suelta y unos pantalones de chándal ajustados que no dejaban prácticamente nada a la imaginación. Posó la mirada en la longitud de sus piernas y en la curva de su trasero. Apenas se fijó en sus deportivas ni en que se había recogido el pelo. Solo cuando se dio cuenta de que se había detenido y que había puesto las manos en las caderas, centró su atención en su cara.

–¿En serio? –le preguntó ella enarcando las cejas–. ¿Es que no puedes ser más sutil?

Lo había pillado con las manos en la masa, por así decirlo, y no tenía nadie a quien echar la culpa, pensó con una sonrisa.

–No me arrepiento de nada. Eres demasiado tentadora, y un hombre cualquiera no es capaz de resistirse.

–Y yo que esperaba encontrarme algo mejor que un hombre cualquiera.

Con calzado plano era varios centímetros más baja que él y eso le gustaba. La agarró por la muñeca y la llevó a un lado del edificio, dejó el casco en la acera, le rodeó el rostro con las manos y la besó.

Estaban en un lugar público, en plena tarde. No eran circunstancias propicias para enrollarse, pero ¿qué demonios? Había querido besarla desde la primera vez que la había visto, el otoño anterior. Había hecho lo posible por actuar con sensatez, pero ¿cómo iba a resistirse a ella cuando era una mujer espectacular y lo provocaba de manera habitual?

Su boca resultó suave y complaciente. Y fue una sorpresa, aunque tal vez, en realidad, Taryn no era tan dura como hacía parecer. Ella puso las manos en sus costados. El roce fue ligero, como si quisiera tocarlo pero no necesitara su ayuda para mantenerse en pie. Y eso era muy propio de ella.

Él le rozó la boca, explorándola, haciéndose una idea de cómo sería estar juntos. Y entonces, cuando el deseo comenzó a aumentar, se apartó. Miró sus ardientes ojos azul violeta, complacido de ver que parecía sentirse tan atraída como él. Estaba a punto de besarla otra vez cuando un monovolumen aparcó al lado y unos sesenta críos bajaron del vehículo.

Taryn le siguió la mirada.

—Yo eso no lo querré nunca.

—¿Niños?

—Un monovolumen —dijo estremeciéndose.

—¿Porque sería como renunciar a tu identidad?

—Porque nadie necesita tantos porta vasos. Los hijos de mi secretaria ya son mayores y aún conduce un monovolumen porque le encanta. Alardea de los doce porta vasos. Siempre que va a hacer recados no deja de hablar de todo lo que cabe en su coche. No es natural.

Él se rio y le echó una mano sobre el brazo.

—Podría decirse lo mismo sobre tu colección de zapatos. ¿De verdad necesitas tantos? Además, esos tacones no pueden ser buenos.

Ella lo miró.

—¿Angel?

—Sí.

—¿Tienes algún par favorito de entre todos mis tacones?

Él pensó en cómo le sentaban todos y sacudió la cabeza.

—Todos están bien.

—Imagina cómo sería que los llevara puestos... sin nada más.

Habían estado avanzando hacia la entrada. Él dio un traspié y tuvo que controlarse cuando la imagen que ella le había plantado en la cabeza adoptó un tamaño real y lo instó a acercarse. ¿Era él o es que ahí fuera hacía mucho calor? Una Taryn desnuda con tacones de doce centímetros. Esa clase de realidad tenía el poder de matar a un hombre.

Maldijo en voz baja. Ella sonrió.

—¿Vas a volver a burlarte de mis tacones? —le preguntó con dulzura.

—No, no.

—Entonces ya he hecho mi trabajo aquí.

—Recuérdame que felicite a tus padres por haber sobrevivido a ti —farfulló.

Ella seguía riéndose cuando entraron en el centro deportivo.

A pesar de que se estaba celebrando un festival en el pueblo, había mucha gente esperando a alquilar canchas de frontenis o a sacudir pelotas de béisbol. Angel llevó a Taryn hacia el fondo, donde se registrarían para usar la pared de escalada que dominaba el centro del edificio.

—¿Has hecho esto alguna vez? —le preguntó él.

—No, y tampoco le encuentro sentido a hacerlo ahora. El tipo de Living Life at a Run no nos va a obligar a escalar una montaña.

—Eso no lo sabes.

—Estoy segurísima. Por aquí no tenemos esa clase de montañas.

Y tenía razón, cosa que a él le impresionó. No habría imaginado que ella le prestara atención a lo que la rodeaba más allá de si era o no algo cómodo.

—La escalada ayuda a la coordinación y a la fortaleza del cuerpo. Además, puedes hablar de ello y así parecerás una atleta.

Ella arrugó la nariz.

—Ay, qué alegría, porque mi vida ha estado muy vacía sin esto.

Quince minutos más tarde, se habían apuntado. Taryn vaciló antes de firmar el documento de exoneración, pero después garabateó su nombre. Tragó saliva solo una vez, y fue al ver que tendría que ponerse unas zapatillas de escalada de alquiler.

–Igual que en los bolos –murmuró–. Qué bien.

Pero fue él el que al final resultó más perjudicado cuando Taryn guardó sus llaves y su móvil en una pequeña taquilla y se quitó la camiseta. Porque debajo llevaba un top ajustado de tirantes, lo suficientemente corto como para no dejarle concentrarse. Iba a ser una tarde muy larga.

Taryn había cedido ante las zapatillas alquiladas, el ruido que provenía de las otras zonas de la instalación y el arnés que llevaba ajustado a algunas partes que hacía tiempo que no habían entrado en acción... aunque después de aquel beso muy breve y muy intenso, esperaba tener pronto la oportunidad de cambiar eso. Pero lo que no toleraría eran las risas silenciosas de Angel mientras pendía de esa maldita roca falsa, incapaz de subir o bajar.

–Levanta la mano derecha –le dijo él a su lado–. Alarga el brazo.

Sí, claro, sonaba muy fácil, pensó ella adustamente. Se dijo que estaba segura, que había un chico de hombros anchos sujetando la cuerda enganchada a su arnés, que si empezaba a resbalarse, él la agarraría. O que, al menos, sujetaría la cuerda y la bajaría con cuidado hasta el suelo. Pero no podía. No podía ni alargar el brazo ni tener la suficiente confianza como para soltarse.

Angel se acercó y puso la mano encima de la suya.

–Vamos –le dijo ahora con un tono más delicado–. Te ayudaré.

Pero ella no quería su ayuda. Lo que quería era estar en otro lado.

–Puedo hacerlo –le dijo intentando apartarlo sin soltar la mano. Tarea imposible.

–Solo son unos pocos centímetros.

Le dolían los brazos y los hombros por realizar unos movimientos a los que no estaba acostumbrada, las piernas le estaban empezando a temblar, y a su alrededor unos niños que parecían monos estaban subiendo a la cima a la velocidad de la luz y una pareja mayor estaba avanzando mucho mejor que ella.

–Voy a matar a Kenny y a Jack –murmuró alargando el brazo para poder agarrarse al siguiente agujero–. Voy a conseguir algo que pese mucho y les voy a golpear con ello hasta que...

La gravedad fue implacable. Durante un segundo, Taryn se agarró con fuerza a los salientes de la roca falsa, y al segundo estaba cayendo abajo. No tenía ni idea de lo lejos que estaba el suelo ni de cuánto le dolería la caída, pero bastante antes del impacto, se detuvo en seco cuando el chico que sujetaba la cuerda frenó su caída.

El arnés se le clavó en la entrepierna, en las caderas y en los costados, y sintió quemazón en lugares que jamás deberían sufrir esa clase de fricción. Se quedó colgando, agitando los brazos y las piernas frenéticamente en busca de algo donde agarrarse, aunque al momento ya se estaba moviendo otra vez, más despacio, hasta que tocó el suelo.

En cuanto estuvo de pie, el chico corrió hacia ella.

–¿Estás bien? No has gritado. Cuando la gente se cae, siempre grita.

Taryn sintió el subidón de adrenalina invadiéndola y supo que era cuestión de tiempo que buscara un sitio tranquilo y se pusiera a vomitar. Angel descendió con gran pericia y corrió hacia ella.

–¿Estás bien?

Ella asintió, decidida a no dejar que nadie viera lo afectada que estaba.

–Me he resbalado, pero ahora estoy bien.

Angel la observó por un segundo y asintió.

—La escalada no es tu deporte —fue a soltarle el arnés.
Pero ella dio un paso atrás.
—No. Voy a hacerlo otra vez.
—Taryn, te has caído.
—Lo sé. Y ahora tengo que llegar a lo alto de esta estúpida cosa. Y después no volveré nunca más —miró al tipo que sujetaba su cuerda—. No te ofendas.
—No me ofendo.

Angel recordó la primera vez que había visto a Taryn, con uno de sus trajes y esos tacones terriblemente altos. Estaba cruzando la calle, pero no por el paso de peatones. Con su paso decidido, su larga melena oscura y su mirada fija, había capturado la atención de todos los hombres que la habían visto. Tanto que él hasta casi se había esperado uno de esos choques de coches que salen en las películas, porque cuando Taryn estaba cerca, costaba ver cualquier otra cosa.

Ella dirigía un negocio de éxito, así que sabía que era inteligente, pero hasta esa mañana no se había dado cuenta de que tenía muchas agallas. Porque a pesar de la caída, había vuelto a subir a la pared y había ascendido hasta la cima. No de forma rápida ni elegante, pero lo había hecho. Y cuando había vuelto al suelo, se había soltado el arnés, se había liberado de las cuerdas, se había acercado a la papelera más cercana y había vomitado.

Tenía el corazón de una guerrera, pensó mientras se detenía delante de su casa. Hacía el trabajo primero y después lidiaba con el miedo.

Aparcó su Harley y fue hasta la puerta. Habían quedado en ir al Festival de la Primavera después de ir a sus respectivas casas y cambiarse de ropa.

La puerta se abrió y Taryn salió. Había cambiado su ajustada ropa de deporte por unos vaqueros igual de ajustados. «Preciosa», pensó deseando que se diera la vuelta para poder verle el trasero. Observar sus curvas tenía el poder de dejarlo anclado a un muy buen lugar.

Llevaba un suéter lo suficientemente ceñido como para resultar interesante, pero no tanto como para llamar la atención entre las familias con las que se cruzarían por el centro del pueblo. Bajó la mirada y vio que, por una vez, se había puesto unas botas de unos cinco centímetros.

Ella siguió su mirada y enarcó las cejas.

–¿Asegurándote de que puedo caminar distancias largas?

–No sabía si esperabas que te llevara en brazos.

–Entiendo el concepto de los festivales –le dijo ella mientras comprobaba que había cerrado la puerta y antes de bajar a la acera junto a él–. He estado en varios. Aposté por algunos platos en el Gran Concurso de Guisos de febrero.

–¿Y ganaste?

Ella ladeó la cabeza.

–¿En serio? ¿Tienes que preguntarlo?

–Al parecer no. ¿Cómo te encuentras?

–Muy bien. Me he tomado unas galletas saladas y agua con gas. Estoy mejor –arrugó los labios–. ¿Es esta esa parte incómoda de la conversación en la que tengo que señalar que me he lavado los dientes al llegar a casa? –desvió la mirada–. No me puedo creer que haya vomitado. Ni que me haya caído. No me puedo creer nada de lo que ha pasado hoy.

–Creías que te ibas a estampar contra el suelo y has reaccionado. Todos lo hemos hecho.

–¿Os habéis caído de una montaña de mentira? No lo creo.

–Lo importante no es el error –le dijo agarrándole la mano–, sino lo que haces una vez te das cuenta de que la has fastidiado. Te vuelves a subir al caballo. O en este caso, a la montaña.

Ella comenzó a apartar la mano, pero se detuvo y lo miró. Angel sintió que estaba a punto de tomar una decisión, y quiso que lo eligiera. Y después de lo que le pareció una eternidad, Taryn se relajó y entrelazó los dedos con los suyos.

–Me siento como una idiota redomada.

Una vez en la calle, él giró en dirección al centro del pueblo.

–Cuando conocí a Marie, ella estaba parada en un arcén cambiando una rueda –se detuvo al recordar el momento y sonrió–. Bueno, en realidad, también había dos chicos que habían parado, o para ayudarla o para llevarla a algún sitio. Estaban hablando con ella, pero ella no parecía muy contenta.

–Competencia –murmuró Taryn–. A ver si lo adivino. Los ignoraste y cambiaste la rueda mientras intentaban ligársela.

–Eso es –dijo sorprendido de que lo hubiera adivinado. Aunque no debería, porque Taryn veía cosas que otros no veían–. Cuando terminé, Marie les dijo a los otros dos que se perdieran. Solo le interesaba un hombre que de verdad se ocupara de las cosas, no uno que solo hablara de hacerlo.

Se detuvo, algo impactado ante el giro que había dado la conversación. Nunca hablaba de Marie, y menos con una mujer. Y sin embargo ahí estaba, soltando sus entrañas emocionales.

Así iba a ser imposible acostarse con ella, porque hablar de su esposa muerta no iba a excitar mucho a Taryn.

Sin embargo, ya se había sumergido en ese océano en particular, y ahora tendría que nadar hacia la orilla.

–Era una chica dura –continuó–. Segura de sí misma, pero con un lado suave. Me recuerdas mucho a ella.

Ella lo miró.

–Gracias. Sé lo que sentías por ella, así que es un cumplido.

Angel asintió, complacido de que lo entendiera.

Llegaron al centro del pueblo. El desfile había terminado, pero todos los puestos estaban abiertos.

—Este fue mi primer festival cuando llegué aquí el año pasado. Me dejó alucinado.

—Me lo imagino. Y ahora mírate. Todo un Guardián de la Arboleda.

—Sí, aún no he entendido cómo ha podido pasar.

—Te presentaste voluntario.

Taryn sonrió a un par de personas que conocía y saludó a otra más. Se sentía totalmente expuesta al estar paseándose por allí con Angel, de la mano. Quería apartarse, poner distancia entre los dos, pero no lo hizo, sobre todo porque en cierto modo la hacía sentirse bien ser como los demás. Aunque solo fuera por una tarde.

Pararon junto a un puesto que tenía flores secas y flores de seda expuestas.

—Podrías comprarte un ramo para tu mesa de comedor.

Ella volteó los ojos.

—¿Tú crees?

Angel sonrió.

—No. Tú no eres de flores. Eres más atrevida, más de minimalismo moderno.

—Me sorprende que sepas lo que es el minimalismo, ya sea moderno o de otro tipo.

Él le lanzó una sonrisa.

—No lo sé. Solo fingía.

Caminaban junto al parque. Angel le compró un dulce de leche que estaba tan delicioso que bien valía el tiempo extra que tendría que estar subida a la elíptica. Ojearon los últimos súper ventas de la librería Morgan y, después, fueron hacia el Brew-haha.

Pero antes de llegar a la cafetería, Angel le hizo cruzar la calle en dirección al parque, pasando alrededor de unos niños que jugaban y familias sentadas sobre mantas al sol de la tarde.

Taryn pensó en preguntarle adónde iban, pero decidió que no le importaba. En realidad no. Ese día le había sucedido algo, y suponía que era el hecho de haber protagonizado un momento algo ridículo y vergonzoso y que él ni se hubiera inmutado por ello. No estaba lista para decir que le confiaría su vida, pero sabía que las cosas habían cambiado entre ellos. Y él también lo sabía; lo demostraba el hecho de que le hubiera hablado de Marie.

No se sorprendió del todo cuando Angel se detuvo junto a un gran árbol que les ofrecía algo de intimidad. Se acercó a él deseando sentir sus brazos a su alrededor, deseando sentir su boca sobre la suya y el calor de su cuerpo.

Y Angel no la decepcionó. En cuanto estuvieron a salvo de las miradas de los demás, la besó. Pero no fue como el beso anterior. Ahí ya no había una educada delicadeza, sino un beso intenso y ardiente con el que reclamó su boca. Ella separó los labios y él coló su lengua. Ella lo rodeó por el cuello y se apoyó en él, queriendo sentir la dureza de su cuerpo contra el suyo.

Angel era todo músculo y no cedía ante nada. Ella lo aceptaba, al igual que estaba aceptando intensas y apasionadas caricias junto a sus besos. Necesitaba que él sintiera lo que sentía ella.

El deseo comenzó en su vientre y, desde ahí, salió disparado en todas direcciones. Ardía, se fundía y le hizo querer colarse en su interior. ¿Cómo sería en la cama? Estaba cansada de hombres educados que hacían demasiadas preguntas. No quería tener que decir qué le gustaría en determinado momento o calificar cómo se había sentido. No quería que la dominaran, solo quería que la... tomaran.

Él se retiró y la miró a los ojos.

–Te deseo. Desnuda, húmeda y gritando mi nombre.

A Taryn se le secó la garganta.

–Eso me gustaría.

–Pero aún no –dijo él enarcando una ceja.

–¿Qué? –preguntó con la voz entrecortada y sin poder contenerse. Estaba claro que no lo harían en el parque, pero... ¿qué?

Él le guiñó un ojo. ¡El muy cretino le guiñó un ojo!

–Ya te he dicho que se me da bien esperar.

Y entonces pensó que había recibido justo lo que se merecía. Un hombre dispuesto a jugar según sus reglas, ¡maldito sea! Sin saber qué más hacer, empezó a reírse. Angel se rio con ella y después caminaron juntos de vuelta al festival.

–Necesito una copa –le dijo.

–Yo también, preciosa. Yo también.

Taryn se recostó en su silla y dio un trago de café. La reunión de socios estaba programada para las nueve, pero Kenny no había aparecido todavía. También se había perdido el partido de baloncesto de esa mañana o, al menos, eso le había dicho Sam.

Jack miró su reloj.

–¿Quieres seguir sin él o dejamos la reunión para otro momento?

Antes de que Taryn pudiera responder, Kenny entró. Tenía mala cara, los ojos rojos y se apreciaba cierta tensión en sus hombros, como si le doliera todo, aunque no precisamente porque hubiera jugado al fútbol en el pasado.

Sam lo miró y sonrió. Jack le dio una palmada en la espalda y dijo en voz alta:

–Parece que tienes resaca.

Kenny se sirvió una taza de café y fue hacia la mesa.

–He dicho... –comenzó a decir Jack alzando más la voz.

Kenny lo miró.

–Ya te he oído la primera vez.

–Pues deberías haber contestado.

—En un rato te mataré. Para que quede claro.
Sam se rio.
—¿Una rubia o una botella?
—Las dos cosas, y jamás dejaré que vuelva a pasar.
Taryn fingió un bostezo.
—¡Cuántas veces habré oído eso! Estás horrible.
—Me encuentro fatal.
—Eres demasiado viejo para ir de fiesta —le dijo Jack—. El precio es demasiado alto.
—¿Tú crees? —le preguntó Kenny al sentarse y cerrar los ojos—. ¿Por qué nos hemos reunido?
—Tenemos que poner a Sam y a Taryn al tanto de la cuenta de Living Life at a Run.
Kenny abrió un ojo y la miró.
—Va genial —farfulló y cerró el ojo.
—Ahora me siento mejor —dijo ella. Abrió la carpeta que tenía delante. «Todo esto puede esperar», pensó. Al menos hasta que Kenny regresara a la tierra de los vivos. No solía pasarse, pero cuando lo hacía, luego era un desastre.
Se giró hacia Sam.
—¿Cómo va la fiesta?
Sam se puso tenso.
—Estoy en ello.
—¿Significa eso que has hecho algo? Porque no estoy oyendo ningún detalle al respecto. No quiero presionar, pero tic, tac, tic, tac...
—Déjame tranquilo.
Ella miró a Jack, que se encogió de hombros.
—¿Qué no me estáis contando? —le preguntó a Sam.
—No es nada que tenga que ver con la fiesta.
Ella lo miró y vio que no la estaba mirando. Genial, Kenny estaba hecho un trapo y Sam le estaba ocultando algo.
—¡Unos babuinos me ayudarían más que vosotros! —dijo levantándose. Señaló a Kenny—. Vete a casa. Bebe mucha

agua y duerme. Mandaré luego a Larissa para que vaya a ver cómo estás.

Kenny logró mantener los ojos abiertos al responder:

–Gracias –y arrastrando los pies se marchó.

Ella se giró hacia Sam.

–Voy a descubrir qué está pasando. Lo sabes, ¿verdad?

Sam recogió sus papeles y se marchó sin decir nada.

Jack era el único que quedaba.

–¿Hay algo que quieras decir? –le preguntó.

Él sonrió.

–Claro. Ha llamado Justice Garrett. Quiere hablar con nosotros sobre una campaña para CDS.

–¿La escuela de guardaespaldas?

–La misma. No es nada espectacular, solo una pequeña modificación de sus materiales promocionales. Pensé que sería un cambio divertido para nosotros. Estamos en un pueblo pequeño y necesitamos del negocio local.

Ella se esperaba que hiciera algún chiste sobre Angel, pero no fue así.

–Muy bien. Lo pondremos en la agenda.

–Ya he concertado la cita. Es dentro de una hora.

Taryn suspiró profundamente.

–Claro, cómo no.

Capítulo 9

Taryn pasó la siguiente hora preparándose desesperadamente para su reunión con Justice. Su conocimiento de lo que en realidad se hacía en CDS, también conocida como «la escuela de guardaespaldas», se limitaba a los cotilleos que le habían contado sus amigas y a lo que le había contado Angel. Sabía que los otros socios también eran antiguos militares y que los clientes se agrupaban en dos categorías: guardaespaldas profesionales y eventos de empresa. Además, ofrecían algunas clases a la comunidad, aunque eran más bien obras de buena voluntad, no fuentes de ingreso.

Para cuando su secretaria entró en el despacho para decirle que Justice estaba esperando, Taryn tenía lo que esperaba que fuera un conocimiento suficiente de la industria en general y de CDS en particular.

Jack se la cruzó en el pasillo cuando iba de camino a la sala de reuniones.

—¿Quieres que esté presente?

—Creo que por hoy ya has hecho demasiado daño.

Él sonrió, claramente sin arrepentirse lo más mínimo.

Taryn entró en la sala de reuniones y sonrió a Justice.

—Me alegro de verte —le dijo estrechándole la mano.

—Te agradezco que te hayas reunido conmigo.

Medía algo más de un metro ochenta, tenía el pelo rubio

oscuro y unos intensos ojos azules. Guapo, pensó, aunque demasiado refinado para su gusto. Parecía que últimamente le atraían los hombres que resultaban más abiertamente peligrosos.

De todos modos, Justice no estaba disponible. Estaba felizmente casado con Patience, dueña del Brew-haha y amiga de Taryn. Pero era agradable poder mirar a ese hombre y bostezar por dentro.

Se sentaron y Taryn esperó mientras él le explicaba lo que buscaba.

—Cuando abrimos el año pasado, lo que más nos interesaba era ponernos a trabajar rápidamente. Aunque me gusta nuestro logo, no estoy contento con el resto del material promocional que tenemos, incluyendo el diseño de nuestras tarjetas de visita y la Web. Nuestro negocio lo conforman dos áreas diferenciadas y ninguna de las dos está bien representada.

Taryn iba tomando notas mientras él hablaba. Había visitado la Web y sabía a qué se refería. Agarró la tarjeta que él le entregó junto con una hoja con membrete y una factura.

—Buscáis dar una imagen de éxito y poder para los clientes corporativos y para la otra mitad de vuestro negocio necesitáis algo más sencillo, más discreto. Alguien que busque una empresa que entrene guardaespaldas quiere discreción y ahí sobran las recomendaciones por escrito. Imagino que vuestros clientes guardaespaldas os conocen por el boca a boca. Si quieren saber más, preguntan directamente.

Justice se relajó.

—Totalmente de acuerdo.

Ella sonrió.

—Jack y Kenny venden lo que ofrecemos. Yo soy la que hace que funcione para el cliente. Deja que reúna algunas ideas y te llamaré. ¿Quiénes toman las decisiones en tu empresa?

Justice alzó un hombro.

—Yo llevo el día a día del negocio, pero cuando se trata de algo como esto, todo el equipo se implica. Ford, Angel y Consuelo.

Ella asintió sin reaccionar ante ninguno de los nombres. Desconocía si Justice sabía de su relación con Angel, y no sería ella la que intentara explicar lo que estaba pasando. Angel besaba como si supiera lo que hacía, pero después tenía el autocontrol de alejarse. No sabía si eso debía impresionarla o si debía encontrar a alguien que le diera una buena paliza.

Pero esos no eran temas que tuviera que tratar con Justice.

—Te traeré un buen número de copias.

—Estoy deseando ver lo que se te ocurre.

Taryn entró en el Brew-haha y se encontró a Dellina esperándola. La preciosa morena tenía encima su portátil. El ordenador estaba abierto y ella tecleaba enérgicamente. Se pidió un café con leche y se sentó frente a ella, que alzó la mirada sorprendida.

—¿Llevas ahí sentada mucho tiempo?

Taryn sonrió.

—Acabo de llegar.

—Bien. Cuando me concentro, el resto del mundo desaparece —guardó su trabajo, cerró el portátil y lo metió en su maletín—. Estoy con el papeleo de un trabajo que acabo de terminar. Es la peor parte. Juntar todas las facturas e intentar averiguar por qué no gano tanto como me esperaba —se rio—. Los riesgos de ser dueña de un pequeño negocio.

—Sé lo que es eso —dijo Taryn—. Gracias por venir. Siento haberte sacado del trabajo.

Dellina sacudió la cabeza.

—No lo sientas. Te agradezco la oportunidad de salir de mi

casa. Me encanta trabajar en casa, pero también necesito hacer alguna incursión en el mundo. Así que, dime, ¿qué pasa?

–Tengo una pregunta. ¿Sabes lo de la fiesta que Score quiere celebrar para sus clientes dentro de unos meses?

–Sí, me restregaste el trabajo por toda la cara.

–Te dije que íbamos a contratarte –la corrigió sabiendo que eso seguía siendo cierto–. Jack, Kenny y yo queremos a alguien de aquí. Tú conoces la zona, puedes negociar mejor con los proveedores y puedes alejarnos de lo que pueda suponer un problema para el pueblo.

Se detuvo, no muy segura de cómo llegar a lo que quería saber.

–Pero Sam tiene algún problema con esto y quiero saber qué es.

Dellina se quitó la chaqueta que llevaba sobre los hombros y se inclinó hacia delante.

–¿Por eso el retraso? ¿Por Sam?

–Sí. Él va a ocuparse de la fiesta, pero no ha empezado y se resiste a trabajar contigo –Taryn miró fijamente a la otra mujer mientras hablaba–. ¿Sabes por qué?

Había creído que Dellina se mostraría avergonzada o que pondría alguna excusa para marcharse, lo cual habría sido una señal de advertencia, pero en lugar de eso su boca esbozó un gesto divertido y se le iluminaron los ojos.

–Creo que me hago una buena idea de lo que le está pasando.

Taryn suspiró con alegría.

–Quiero oírlo todo con tanto detalle como estés dispuesta a darme.

Dellina se rio.

–De acuerdo, pero hay unas cuantas cosas que tienes que saber primero.

–Te escucho.

Dellina tenía una taza de té. La levantó y la bajó de nuevo.

—Tengo dos hermanas pequeñas. El año pasado, Fayrene conoció a un tipo genial, Ryan. Es ingeniero y trabaja en el pueblo. Fayrene y Ana Raquel son gemelas y cuatro años más pequeñas que yo. Fayrene tiene una agencia de trabajo temporal y un negocio de cuidado de animales.

—Qué ecléctico.

—Ni te imaginas. Pero tiene unos objetivos muy concretos y enamorarse no era uno de ellos. Así que cuando Ryan y ella se juntaron la primavera pasada, le dijo que no quería casarse hasta que pasaran cuatro años.

—Me parece muy sensato —admitió Taryn, impresionada de que alguien tan joven tuviera semejante autocontrol.

—Lo es, pero ahora ha decidido que no quiere esperar. Aunque está convencida de que no puede decirle a Ryan sin más que ha cambiado de idea. Necesita que él se lo proponga por su cuenta. Por desgracia, Ryan es un gran tipo y quiere que sea feliz, así que está respetando por completo su necesidad de esperar.

Taryn entendía dónde estaba el problema.

—La fuerza imparable contra el objeto inamovible.

—Exacto. Fayrene ha estado pensando en formas de hacer que Ryan se lo pida y ahora se ha convertido casi en una cuestión familiar. Tengo una pizarra en mi despacho de casa y ella tiene escrita ahí una lista de... —alzó los dedos para hacer la forma de las comillas— «diez formas de hacer que me pida matrimonio».

—No es mi estilo, pero me parece bien —Taryn se preguntó qué tendría eso que ver con Sam.

—Y para añadirle algo más de emoción a mi casa —continuó Dellina—, tenemos la tercera habitación. Ahora mismo, Isabel la está usando para almacenar vestidos de novia.

Taryn asintió. Isabel estaba ampliando su tienda, Luna de Papel. Además de vestidos de novia, también vendía ropa de diseño. Taryn no quería ni pensar cuánto dinero se había gastado ya en la tienda.

–En San Valentín salí a tomar unas copas con unas amigas –dijo Dellina–. Soy soltera crónica y pensé que ver a tantas parejas felices o me hacía lanzarme a la piscina de las citas o me hacía reafirmar mi estado de soltera durante los próximos cinco años.
–Es una lógica que apoyo –le respondió Taryn.
–Pues bueno, vi a un tipo guapísimo sentado al otro lado de la sala.
Taryn se puso recta.
–¿Sam?
Dellina asintió.
–Me gustaría decir que no soy chica de una sola noche. Contando con el último San Valentín, lo he hecho exactamente una vez. Pero me pareció mono y él debía de saber lo que hacía, ¿no? Quiero decir... Sam es un futbolista famoso. Ha habido muchas chicas –se detuvo y comenzó a sonrojarse.
Taryn apenas pudo contener la risa.
–¿Te llevaste a Sam a casa?
Dellina asintió.
–¿La casa con los vestidos de novia y una lista de «cómo hacer que me pida matrimonio»? –Taryn sonreía mientras imaginaba qué había pasado después. Ojalá hubiera estado allí.
Dellina suspiró profundamente.
–Sí. Esa soy yo.
A Taryn se le escapó la primera carcajada.
–No te rías –le dijo Dellina–. Bueno, da igual. Sé que no lo puedes evitar. Sí, lo hicimos, y sí, el sexo fue genial. Y Sam se levantó para ir al baño y, al volver, se equivocó de dormitorio y vio la lista y los vestidos y flipó.
Taryn estalló en carcajadas al imaginar la cara de Sam. Seguro que se había quedado horrorizado. Era una situación difícil para cualquier tipo, pero para Sam habría sido una absoluta pesadilla.

—¿Se vistió antes de salir corriendo?
—La verdad es que no. Estaba más desnudo que vestido cuando salió corriendo por mi jardín —arrugó la boca—. Intenté llamarlo para explicárselo, pero no quería hablar conmigo.

Taryn intentó controlar la risa.
—Claro que no. Sam tiene la peor suerte del mundo con las mujeres. Ha tenido desastres impresionantes. Oh, cielo, lo siento mucho si te sentiste dolida.
—No, pero fue raro. Como te he dicho, lo pasé muy bien, pero cuando salió volando me cortó todo el rollo —Dellina la miró—. Vas a torturarlo con esto, ¿verdad?
—Cada día durante el resto de mi vida.
—Me parece bien —dijo Dellina suspirando—. Ahora ya sabes por qué no le hace mucha gracia la idea de trabajar conmigo.

Taryn respiró hondo.
—Claro. Le aterrorizas. Pero está decidido, vas a organizar esa fiesta. Así que, por lo menos, me voy a entretener mucho viendo cómo se muere de vergüenza.
—Podrías explicarle el malentendido.

Taryn negó con la cabeza.
—De eso nada. Deja que le eche agallas y te lo pregunte él mismo. Hasta entonces, se merece sufrir un poco.
—Recuérdame que no te enfade nunca —dijo Dellina.
—Es un buen consejo para la vida —le respondió Taryn con una sonrisa.

—Los perros de asistencia ayudan a la gente de formas distintas —dijo una Montana Bradley muy embarazada—. ¿Quién de por aquí ha visto antes un perro de asistencia?

Angel y sus Bellotas se sentaron sobre una amplia explanada de césped. Todos habían ido a las afueras del pueblo a K9Rx Perros de Terapia Kennels, a aprender cosas sobre su proyecto de servicio a la comunidad. Según lo prometido, Denise Hendrix lo había preparado todo. Las niñas visitarían a los cachorritos una vez a la semana durante las siguientes seis semanas. Jugarían con ellos, aprenderían a darles órdenes sencillas y, por lo general, se divertirían como todo niño jugando con unos perritos.

Taryn también estaba allí, sentada en la hierba y rodeada por las niñas y los perritos.

—Aunque todos los perros necesitan socializar —estaba diciendo Montana— es todavía más importante para los perros de asistencia. ¿Quién puede decirme por qué?

Varias niñas levantaron las manos. Angel se fijó en que Chloe alzó la suya, pero solo hasta la altura del hombro, como si supiera la respuesta pero no quisiera destacar.

Montana habló un poco más sobre los perros y cómo trabajaban en la comunidad. Mencionó un programa de lectura y una de las niñas dijo que el hermano de su mejor amiga había participado en él. Angel esperó a que se levantaran para repartirse a los perritos antes de acercarse a ella.

En voz baja le contó la situación de Chloe y Montana señaló uno de los cachorritos que parecía algo apartado del resto. Angel levantó al pequeño labrador rubio y se lo llevó a Chloe.

—Hola —dijo al sentarse al lado de la niña—. Necesito tu ayuda con una cosa.

Chloe lo miró con unos enormes ojos verdes que mostraban más tristeza que seguridad en sí misma.

—Este es Riley —le dijo Angel—. Es un poco más tímido que los demás cachorritos. Me preguntaba si podrías convertirlo en tu proyecto especial. Va a necesitar atención única para ayudarlo a socializar. Montana cree que tiene verdadero potencial, pero solo si logra ser un poco más extrovertido.

Chloe abrió los ojos de par en par.

−¿Y qué pasa si no entra en el programa?
−Nada malo. Lo adoptará una familia. Es una monada, así que encontrará un hogar fácilmente.

Chloe le quitó el cachorrito de las manos y se lo colocó sobre la pierna.

−Hola, Riley. ¿Estás triste porque echas de menos a tu familia?

El perrito se puso boca arriba y sacudió el rabo. Chloe se rio.

−Es muy divertido.
−Es un buen tipo.

Chloe asintió mientras le daba unas palmaditas.

−Ayudaré a Riley a ser más valiente con los demás cachorros −se levantó y se dio una palmada en la pierna−. ¡Riley, vamos! Vamos a dar un paseo.

Angel la vio llevarse a Riley por el césped. El cachorro se esforzó por ponerse a su paso, y después empezó a correr. Los otros perros se le unieron. Cuando Riley paró, como si no estuviera seguro de qué hacer con tanta atención que estaba recibiendo, Chloe se puso a cuatro patas a su lado. Un par de niñas hicieron lo mismo y pronto los cachorros y las Bellotas empezaron a jugar a dar volteretas.

Se había fijado en que la primera pregunta que Chloe le había hecho al perro había sido sobre si echaba de menos a su familia, y sospechaba que era por su padre. La pérdida… Bueno, él sabía bien lo que era sufrir ese dolor.

¿Se habría sentido así Marcus al ver a su padre marcharse tantas veces? Marie nunca había intentado hacerle sentir culpable cuando lo destinaban en alguna misión y había enseñado a Marcus a ser fuerte en ese sentido, pero tenía que ser duro para un niño tener a su padre lejos.

Durante un segundo pensó en intentar decirle algo a Chloe sobre lo que era ser soldado y servir en el ejército, ¿pero cómo podrían las palabras hacerla sentirse mejor?

Angel dejó que su atención se posara en Taryn, que estaba ayudando a Montana y al resto de las Bellotas a enseñar a un par de perritos a sentarse. Aunque, en realidad, la sesión parecía más de risas que de instrucciones. Taryn agarró a uno de los cachorros y lo mantuvo en el aire antes de acercárselo lo suficiente como para que el perrito le lamiera la nariz.

–¡Ay, qué monada! –exclamó con un suspiro.

Y Angel no podía más que estar de acuerdo, aunque su interés no tenía nada que ver ni con las Bellotas ni con los cachorros.

Se levantó y fue a ver a todos los grupos. Organizaron una partida al pilla-pilla con todas las niñas y todos los perritos, y pronto empezaron a oírse risas. Cuando los cachorros se cansaron, las niñas les llevaron a beber agua y se tumbaron en la hierba con ellos.

Las dos horas pasando volando. Unos minutos antes de que los padres empezaran a llegar para recogerlas, Angel sacó los abalorios de la bolsa y se los pasó a las niñas.

–Esto por la ayuda que habéis prestado hoy. Habrá otro abalorio cuando hayamos terminado con los cachorritos.

Las niñas se lo colocaron en sus pulseras de cuero y vieron a Taryn y a Angel hacer lo mismo. Una vez terminaron, él las acompañó a la zona de espera.

Cuando la última de las niñas se marchó con sus padres, Taryn se giró hacia él y le ajustó la pulsera alrededor de la muñeca.

–Tienes suerte de que este año los accesorios estén tan de moda –le dijo.

El roce de Taryn contra su muñeca fue ligero, pero excitante. Estaba cerca, pero él la quería más cerca todavía. «Pronto», pensó recordando el último beso. La expectación era genial, pero con el tiempo ambos querrían más.

Ella, con los dedos aún posados en su muñeca, sonrió.

–He de reconocer, grandullón, que ya no te intimida un grupo de niñas pequeñas.

–¿Crees que la mayoría de los hombres habrían estado atemorizados mucho tiempo?

–Sé que sí. Y sé que hay muy pocos que se sentirían cómodos llevando esto –dijo señalando la pulsera–. Sabes que voy a ir a CDS, ¿verdad?

–Me lo ha dicho Justice –le contó algo sobre marketing y sobre cómo los veían sus clientes.

–¿Entonces no te importará si estoy al mando?

Él sonrió lentamente.

–¿De eso trata todo esto? No, Taryn, no me intimidas tampoco. Me gusta que seas buena en tu trabajo. Me gusta que vayas por ahí dando órdenes a tus futbolistas.

Le gustaba ella, en general, pero decirlo los llevaría a un lugar al que ninguno de los dos necesitaba ir. Estaban buscando algo de diversión, no nada romántico. El desafío, no la caída.

–¿Estás diciendo que también puedo darte órdenes a ti?

–Eso no pasará nunca.

–Pareces muy seguro de ti mismo.

–Lo estoy.

Ella se apoyó en él un segundo y se apartó al instante.

–Bien.

Taryn había llegado a un punto en su carrera en el que ya rara vez se ponía nerviosa antes de reunirse con un cliente. Pero ir a CDS era distinto y conocía el motivo de que así fuera: cierto hombre con ojos grises y una forma de mirarla que la hacía sentirse femenina y coqueta. También podía añadir «insegura», aunque esa no era una emoción que se permitiera sentir.

Aun así, se había tomado su tiempo para elegir la ropa y se había decantado por una chaqueta Hervé Léger blanca y negra y una falda lápiz negra. Sus zapatos eran unos Valentino con los dedos al aire, una plataforma de cinco centímetros y un tacón de doce. Quería poder ser la persona más alta de la sala porque el tamaño implicaba poder. Kenny se lo había enseñado. No estaba dispuesta a ponerse cachas, pero sí que podía lucir unos buenos taconazos.

Cruzó el aparcamiento hasta la entrada y entró en las oficinas. Justice estaba esperando junto al mostrador de recepción. La saludó y le estrechó la mano antes de llevarla a la sala de reuniones.

Una vez estuvieron sentados, le ofreció café y encendió el ordenador para mostrarle una presentación en Power-Point.

–Como te he dicho, nuestro negocio se divide en dos partes principales. Ofrecemos formación profesional a gente que quiere entrar en la industria de los servicios de protección.

Ella lo miró.

–No lo llamáis así de verdad, ¿no?

Él esbozó una sonrisa.

–No –la imagen pasó de un hombre con pantalones de bolsillos y una camiseta a un grupo de hombres y mujeres ataviados con traje–. Además realizamos retiros corporativos, la oportunidad de que un grupo experimente algo fuera de su zona de confort. Les permite unirse, crear un vínculo. Consuelo se encarga de la mayoría de las clases.

Le mostró distintos anuncios que habían empleado y le pasó copias de otros materiales.

Taryn sacó un portátil de su maletín y lo encendió. Justice le dio la clave del Wi-Fi y ella se conectó a Internet.

–Vamos a ver vuestra Web –dijo deslizando los dedos sobre el panel táctil y haciendo clic en la página–. Aquí está lo que creo que hay que ver más detenidamente.

Dos horas después, Justice y ella habían estudiado todo el material y cada página de la Web. Taryn había tomado notas sobre lo que era más importante para él, y había compartido sus ideas sobre qué mejoras se podrían hacer.

Le había sugerido un área privada para sus clientes del ámbito de la seguridad en la que se requiriera una contraseña. Así, con la codificación apropiada, se podría compartir información sin correr ningún riesgo.

–Me has dado buenas ideas –le dijo Justice–. ¿Lista para la demostración?

–Es lo que estaba deseando –le respondió con una sonrisa.

Sería la primera vez que vería a Angel en su ambiente de trabajo. Normalmente eso no era algo que le interesara, pero Angel no era el típico hombre de oficina.

Justice levantó el teléfono y marcó tres números.

–Estamos listos –dijo por el auricular.

Lo siguió hasta el final del pasillo y hasta lo que parecía un gran gimnasio. Había ventanas que llegaban hasta el alto techo. La luz entraba por ellas, pero desde fuera nadie podía ver qué pasaba dentro. Había pesas y cuerdas, y colchonetas sobre el suelo, aunque no había ni una sola elíptica.

Ford, Consuelo y Angel entraron. Todos llevaban pantalones militares verdes y camisetas negras; la de Consuelo era de tirantes. Taryn hacía ejercicio cuatro o cinco días a la semana, sus treinta minutos de cardio y después treinta minutos de Pilates que la mantenían tonificada y flexible. Consideraba que se encontraba en una forma bastante decente, pero al lado de esos cuerpos, se sentía floja y fofa.

Sus chicos tenían músculos, pero Angel y Ford tenían el pecho más ancho... y más duro. Consuelo tenía una definición muscular que Taryn no había creído que fuera posible en una mujer. Sospechaba que tenía que ver con la finalidad del entrenamiento: sus chicos entrenaban para jugar mientras que los chicos de CDS habían entrenado para mantenerse con vida.

–A Taryn le gustaría ver una demostración –dijo Justice.

Ford le dio un codazo a Angel, que le guiñó un ojo a Taryn.

—Yo juego.

Angel y Ford se miraron. Taryn no estaba segura de qué esperar, pero desde luego no una partida de piedra, papel o tijera. Ford perdió con su piedra ante el papel de Angel. Angel se colocó al lado de Taryn mientras Ford se acercaba a Consuelo.

—¿Es que no queréis luchar contra una mujer? —preguntó en voz baja—. ¿Por eso…?

Consuelo agarró a Ford del brazo. Y antes de que Taryn pudiera terminar su frase, el hombre más alto y fuerte salió volando. Más deprisa de lo que podría haber imaginado, Consuelo estaba encima de él, poniéndole el pie en el cuello. Incluso sin entrenamiento militar, Taryn podía ver que con un poco de presión, podría aplastarle el cuello al hombre y matarlo.

Angel sonrió.

—No me gusta entrenar con ella porque pelea sucio y suele ganar.

Taryn se estremeció.

—Lo pillo. Recuérdame que nunca dé una de sus clases de defensa personal.

—A los civiles se lo pone fácil.

—Sospecho que tenemos definiciones distintas para «fácil».

Él seguía riéndose cuando se situó al lado de sus amigos.

La demostración duró alrededor de quince minutos. Podían hacer cosas con sus cuerpos que la dejaron boquiabierta. La carrera trepando por las cuerdas fue alucinante, no sabía que la gente de verdad pudiera moverse así de deprisa.

Cuando todo terminó, Angel la acompañó a su coche.

—Bonitos zapatos —le dijo al detenerse.

Ella se giró.

—Lo sé. Son fabulosos —echó su bolso en el asiento trasero y después se volvió hacia Angel. Bajo la luz del sol, la cicatriz de su cuello parecía más pronunciada—. Estoy acostumbrada a estar rodeada de hombres físicamente poderosos, pero tú eres diferente. Kenny, Jack y Sam podrían partirme en dos como si fuera una ramita sin ni siquiera intentarlo. Tú podrías hacerlo y, además, ocultar el cuerpo y echar una carrera de veinte millas sin ni siquiera sudar.

—Sudaría —dijo esbozando media sonrisa—. Aunque no mucho.

—¿Te gustaba ser soldado?

Él pensó la respuesta un segundo.

—Sí, me gustaba. Para mí tenía sentido servir a mi país. A la guerra no le encontraba sentido, pero me habían entrenado para no hacer preguntas. Y sé que lo hice bien.

Ella le agarró una mano y la giró. Había sido francotirador, había matado porque lo habían entrenado para ello, pero además era el mismo hombre que llevaba una pulsera de cuero con abalorios porque era el Guardián de la Arboleda de la FLM. Un hombre de contradicciones.

Pensó en su mujer y en su hijo. En cómo los había amado y perdido. Seguro que gran parte de su corazón había muerto con ellos.

Lo miró a los ojos.

—No tienes que preocuparte. No estoy buscando amor eterno —le dijo.

—¿Por qué no?

—Porque no creo que sea posible.

—¿El amor? ¿O un amor que dure?

—Las dos cosas.

Él cerró los dedos alrededor de los suyos.

—Te equivocas. Están ahí fuera.

Tal vez, pero requerirían un nivel de confianza que ella

no tenía. Todo el mundo aprendía lecciones durante la infancia y esa era la suya.
–No quieres entregar tu corazón –le dijo ella.
Él negó con la cabeza.
–No.
–Entonces esto nos va bien a los dos.

Capítulo 10

Jack alargó la mano por encima de la mesa de reuniones y agarró un dónut.
—¿Ya hemos terminado aquí?
Taryn volteó la mirada.
—Dios mío, ¿es que no podemos tener ni una sola reunión sin que estés quejándote de cuánto dura?
—Es aburrido.
Taryn volvió a centrar la atención en sus notas.
—Que alguien le pegue.
Las sillas se movieron, se oyeron pasos seguidos de un golpe y un:
—¡Pagarás por esto, Kenny!
Kenny se rio sin más.
—Solo estoy haciendo lo que la señora ha pedido.
Taryn levantó la mirada justo cuando los chicos volvieron a sus asientos. Esperó a que estuvieran ubicados antes de hablar sobre la campaña para LL@R.
—¿Estás practicando para nuestro fin de semana con Cole? —preguntó Jack.
—Sí. He hecho escalada y este fin de semana voy a hacer kayak.
Sam enarcó las cejas.
—¿En serio?

–Por supuesto –respondió sonriendo con petulancia–. Ya os he dicho que puedo con todo lo que quiera el cliente.

Gracias a su trato con Angel y a su entrenamiento nocturno cargando con esa mochila increíblemente pesada, estaba sintiéndose cada vez más segura de sí misma en lo que a sus habilidades al aire libre se refería.

No le había hecho mucha gracia la idea de ir remando río abajo hasta que se había dado cuenta de que eso significaba no tener que ir de caminata con la mochila a cuestas. Así ahora podría llevarla flotando y eso era mucho más sencillo.

Ojeó el resto de la lista.

–Pues a mí con esto me queda claro. ¿Vosotros tres tenéis algo que discutir?

Jack había estado recostado en su silla, pero ahora la echó hacia delante de golpe.

–Sí. Tenemos que cambiar el eslogan del pueblo. Antes no pasaba nada, pero ahora vivimos aquí.

Taryn lo miró.

–¿Cómo dices? ¿De qué estás hablando?

–El pueblo tiene un eslogan –le dijo Sam–. ¿Es que no lo sabes?

–Supongo –dijo quedándose pensativa un segundo–. «Fool's Gold. La tierra de los finales felices». ¿Qué problema tiene...? –de pronto entendió el doble sentido de «finales felices».

–¿Lo ves? –dijo Kenny–. Es gracioso, aunque ellos no pretendan que lo sea.

–Seguro que eso solo lo veis vosotros tres. Parecéis adolescentes. Nadie más está pensando lo que pensáis vosotros.

–Tú sí –le dijo Jack–. Ahora no podrás ver el eslogan de otra forma.

Odiaba admitirlo, pero tenía razón.

–Final feliz –en cierto contexto podía ser un eufemismo

para un orgasmo. Normalmente, un orgasmo masculino–. Vale, de acuerdo, se lo comentaré a la alcaldesa.

–¿Puedo ir para oírlo? –le preguntó Kenny entusiasmado.

–No, no puedes. Bastante me va a costar de por sí explicarle el doble sentido de los finales felices a una mujer que pasa de los sesenta. Lo último que necesito es que, encima, te estés riendo por detrás.

¿Cómo demonios iba a comenzar esa conversación con la alcaldesa?

–A lo mejor te ayuda que te demos algunas ideas.

Taryn miró a Jack.

–¿Hablas en serio o te estás burlando de mí? Porque hay otras cosas que podría estar haciendo ahora mismo.

–Aquí antes había escasez de hombres –dijo Kenny en un intento de ayudar–. Ahora no la hay.

Sam se aclaró la voz.

–«Fool's Gold. El pueblo adonde los hombres se vienen corriendo».

Los tres empezaron a reírse. Taryn recogió sus carpetas y se marchó. «Críos», pensó. ¡Estaba trabajando con unos críos!

Comenzó a andar hacia su despacho justo cuando Larissa la detuvo.

–Tienes visita –le dijo su amiga. Larissa parecía más preocupada que complacida–. No sabía cómo pararlas.

–Eso no suena nada bien. ¿De quién estamos hablando?

Larissa miró hacia el despacho de Taryn.

–Son dos señoras mayores. Eddie y Gladys. Las he visto por el pueblo. Me gustaría decir que son inofensivas, pero me dan mala espina.

–Seguro que quieren que les patrocinemos algo –dijo Taryn andando por el pasillo–. Una carrera o, a lo mejor, juegan a los bolos –o a lo mejor querían que los chicos hicieran alguna aparición pública. Tres exjugadores de fútbol americano tan guapos como Kenny, Sam y Jack podían atraer multitudes.

Entró en su despacho y vio a dos mujeres esperando junto a su mesa. Una de ellas llevaba una camiseta de estampado floral con pantalones deportivos y la otra un chándal de velvetón de color amarillo chillón.

—Buenos días —dijo con una sonrisa—. Soy Taryn Crawford. ¿En qué puedo ayudarlas?

—Soy Eddie —dijo la mujer del chándal—. Y esta es Gladys. Queremos hablar sobre el partido de baloncesto.

Taryn no sabía a qué se refería.

—¿Qué partido?

Gladys y Eddie se miraron como si se estuvieran diciendo en silencio que Taryn parecía mucho más lista de lo que era en realidad.

—El de por la mañana, con los chicos de la escuela de guardaespaldas. No es todas las mañanas. Queremos saber qué mañanas son.

Taryn se sentó en su escritorio.

—¿Es que el ruido las está molestando?

Las mujeres se miraron de nuevo. Eddie suspiró y habló más despacio.

—No vivimos cerca, así que no, no nos molesta. Queremos saber cuándo van a jugar para poder venir a verlos.

—¿Se refieren al partido de baloncesto que los chicos juegan por las mañanas para hacer ejercicio?

—Sí —respondió Eddie exasperada—. El mismo. La mitad de ellos se quitan las camisetas y queremos verlos.

Taryn abrió la boca de par en par y la cerró al instante antes de asentir.

—Por supuesto —respondió, no muy segura de si el hecho de que esas ancianas quisieran ver a unos tipos semidesnudos jugando al baloncesto fuera impresionante o, más bien, diera repelús—. Si quieren darme su dirección de correo electrónico, les enviaré el calendario de partidos.

—Te lo agradeceríamos mucho —respondió Eddie mientras Gladys y ella se levantaban.

Taryn las acompañó afuera y volvió a su despacho. Al sentarse pensó en contarles a los chicos lo que había pasado. Sacudió la cabeza. «Mejor que lo descubran por ellos mismos».

Angel vio cómo Taryn aparcaba junto a su todoterreno. Se había ofrecido a llevarla al punto de salida de su aventura en kayak, pero a ella le había surgido una teleconferencia con un cliente en el último momento.

—Lo siento —le dijo al cerrar el coche y acercarse a él—. Hay una crisis en el mundo de los restaurantes de sushi, o al menos para tres de los que trabajan con nosotros. Sasha Andersson, el actor, denunció una intoxicación y eso puede ser letal para un restaurante. Por suerte simplemente se puso malo por haber bebido demasiado y desde entonces se ha disculpado, pero, aun así, hay que hacer un lavado de imagen.

Angel asentía mientras ella hablaba, más interesado en lo que llevaba puesto que en lo que estaba diciendo. Parecía que Taryn había hecho sus investigaciones de nuevo. Llevaba unos pantalones resistentes al agua y una camiseta de manga larga, el pelo recogido en una larga cola de caballo y una gorra debajo del brazo. Ya se había guardado una pequeña cartera en un bolsillo lateral de la pierna y había hecho lo mismo con las llaves del coche.

—Siento lo de la crisis de sushi.

—Ya, seguro. No te importa lo más mínimo —le dijo con tono divertido.

—Podría importarme un poco más, pero no mucho.

Ella se acercó, se puso de puntillas y lo besó en la boca suavemente.

—¿Es que no estás al tanto de los cotilleos de los famosos?

—No.

–¡Ese es mi soldado machote!

Le dio una palmadita en el brazo, aunque, después de ese beso, a él le habría gustado que lo hubiera tocado en otras partes. Pero tenían un largo día por delante. Primero el trabajo, y luego el placer.

La llevó hasta dos barcas amarradas a un pequeño muelle.

–¿Qué sabes del kayak?

Ella lo miró.

–¿En serio? ¿Es que no te fías de mí?

–Solo quiero información por razones de seguridad.

–Eso dicen todos. De acuerdo; hay distintos tamaños de kayaks según el propósito. Unos son mejores para agua abierta, y otros son mejores para lagos. Hay también kayaks más grandes para travesías de varios días, lo cual no tiene sentido para mí. Se parece demasiado a acampar.

Angel contuvo una sonrisa. Como había sospechado, había hecho sus deberes. Y lo respetaba. Ella le contó las maniobras básicas para alejarse y acercarse a la orilla y el mejor modo de subir y bajar de un kayak.

–Todo se basa en el centro de gravedad y con eso se refieren al trasero. Tú pon tu trasero a salvo en el barco y el resto viene seguido. Por lo que he visto en los vídeos, subir parece mucho más fácil que bajar. ¿Quieres que te demuestre distintas técnicas de remo?

–A lo mejor después –le dijo él.

Levantó del suelo la pequeña nevera que había llevado y que contenía un almuerzo ligero. Después fueron hasta el muelle.

–Vamos a ir río abajo varios kilómetros. Ayer recorrí el camino caminando y parece muy tranquilo. Eso sí, no olvides que esto es agua de deshielo y que hace frío.

–Así que no debería caerme –miró al agua durante un segundo–. Sabes que esto solo fluye hacia una dirección. ¿Cómo volvemos a nuestros coches?

—Nos van a recoger en el otro lado. Hago una llamada y un tipo se reúne con nosotros. Cargamos los kayaks y volvemos aquí en coche.

—Pues directamente podríamos ir conduciendo hasta allí y admirar las vistas por la ventanilla.

—Podríamos, pero no lo haremos.

—Ya me lo imaginaba.

Él metió el almuerzo en el kayak y le pasó un chaleco salvavidas. Ella se lo puso. Angel hizo lo mismo con el suyo y plantó un pie en la barca para que no se tambaleara.

—Las damas primero.

—Qué suerte tengo.

Con sigilo, Taryn se acercó y se detuvo. Después de sacudir la cabeza, se sentó en el muelle en paralelo al kayak, lo agarró y deslizó el trasero hasta sentarse en el centro. La barca apenas se meció. Metió las piernas, se acomodó y sonrió.

—¿Lo ves?

—La suerte del principiante —respondió él pasándole el remo. Desató la cuerda del amarre—. Espérame.

Ella sonrió.

—¿Es que crees que quiero ir río abajo yo sola? De eso nada —apoyó el remo sobre sus rodillas y se agarró al muelle.

Angel subió a su barca, desatracó y dejó que la corriente lo arrastrara hasta donde estaba ella. La corriente era un poco más brusca de lo que se habría esperado, pero manejable de todos modos.

—¿Lista?

Ella asintió y él empujó su barca.

Fácilmente, se mantuvo a su lado observando sus movimientos. Dudaba un poco, pero no lo hacía demasiado mal. Mientras remaba, fue tomando más confianza y su kayak empezó a moverse más deprisa.

Era última hora de la mañana y el cielo estaba despejado y luminoso. Podían oír los pájaros a su alrededor, y los árboles habían recuperado sus hojas. Era mediados de mayo. La única nieve que quedaba estaba en lo más alto de las montañas.

−Esto es mejor que hacer senderismo con esa estúpida mochila.

−¿Te sigue pesando demasiado?

−La llevo media hora cada noche. Cada vez lo soporto mejor, pero te juro que en cuanto consigamos esa cuenta, voy a buscarme a algún diseñador de zapatos para representarlo. O tal vez una empresa que haga dulce de leche. Sería genial hacer degustaciones de dulce de leche.

Él miró hacia delante.

−Ahora viene una curva. Vamos a remar hacia fuera.

Ella arrugó la nariz.

−¿Porque el río se va a mover más lento por fuera que por dentro? Genial. Luego me harás calcular fracciones.

Apenas había terminado de hablar cuando su kayak se sacudió al cruzar una corriente subacuática. Taryn gritó. Instintivamente metió el remo en el agua para que la barca se mantuviera en la dirección que ella quería. La parte trasera coleó antes de enderezarse.

Angel se acercó.

−¿Estás bien?

Ella respiró hondo.

−Estoy bien. Eso no me ha gustado.

Él pensó en las nubes que se habían acumulado contra las montañas la noche anterior. No había llovido en el pueblo, pero seguro que en cotas más altas había humedad.

−Puede haber algo de escorrentía y el río puede que vaya más rápido hoy. Mantente cerca.

−Como te he dicho, no quiero hacer esto sola.

Se movieron por fuera de la curva y la trazaron. Al hacerlo, Angel vio que lo que antes había sido un punto tranquilo ahora bullía con agua que corría rápidamente por encima de las rocas. Maldijo en voz baja.

—Lo he oído —le dijo ella mirando al frente en lugar de a él—. Tiene pinta complicada.

Ya estaban avanzando más deprisa. Él señaló a la orilla.

—Rema hacia allí. Iremos caminando con los kayaks hasta que pasemos este tramo del río.

Ella asintió y comenzó a remar, pero no avanzaba nada. Con cada golpe de remo, se veía arrastrada hacia los pequeños rápidos. Angel movió su kayak hacia el suyo y alargó la mano.

—Vamos. Agárrame. Te pondré a salvo.

Ella frunció el ceño y sacudió la cabeza.

—Estoy bien.

—No lo estás. No tienes experiencia en esto. Dame la mano.

Ella lo miró.

—No pienso hacerlo, Angel. Si dejo de remar, me...

Su barca giró y ella gritó de nuevo. Angel remó hacia ella todo lo rápido que pudo, pero Taryn estaba atrapada por más corrientes que no podía ver y, por mucho que se esforzaba, ella no dejaba de alejarse más y más.

—¡Taryn! —gritó, furioso con ella por no haberse agarrado a él, y con él por no haberla cuidado mejor.

Taryn hacía todo lo que podía por colocar el kayak río abajo y hacia la orilla, pero el agua fluía cada vez más deprisa. De pronto la barca se sacudió hacia la izquierda y después hacia la derecha. Giró por completo y ella casi perdió el remo. Chocó contra unas rocas y gritó de nuevo un instante antes de desaparecer alrededor de una curva estrecha.

Angel remó todo lo deprisa que pudo a la vez que la buscaba, preguntándose cuánto tardaría en ver su kayak volcado y flotando delante de él o chocando contra la orilla.

Se recordó que Taryn llevaba el chaleco salvavidas y que el agua no era profunda. Por otro lado, estaba muy fría, aunque podría sobrevivir unos minutos hasta que él pudiera recogerla y ponerla a salvo. Sin embargo, la tensión que sentía en el pecho le decía que había miles de formas en las que podría resultar herida en el río en cuestión de segundos. O peor.

Rezaba y maldecía alternativamente mientras remaba río abajo y gritaba su nombre. Al cabo de unos momentos, vio el kayak en la orilla y a Taryn de pie al lado.

Avanzó hacia allí deseando poder avanzar más deprisa. Apenas había tocado tierra cuando ya estaba fuera del kayak y corriendo hacia ella. Taryn no se movió, estaba pálida y tenía los brazos cruzados por encima del pecho. Estaba seca, como pudo notar al agarrarla de los brazos y zarandearla.

–¿Pero qué demonios te pasa? –le preguntó con dureza–. ¡Podrías haberte matado! No sabes lo que haces. ¿Por qué no me has agarrado la mano? ¡Mierda, eso era lo único que tenías que hacer!

Taryn sabía que al final dejaría de temblar. La adrenalina se disiparía y podría respirar, hablar y pensar. Pero ahora mismo solo sentía temblores y agotamiento a medida que el miedo iba atenuándose lentamente.

Angel la miraba y su furia era palpable. No le temía, entendía que lo había asustado. Ella misma se había asustado. Cuando el agua la había atrapado, se había preguntado si acabaría ahogándose en un estúpido río en un páramo a las afueras de Fool's Gold.

Había luchado por no perder el control del kayak, eso lo había aprendido de los vídeos que había visto por YouTube. Había intentado colocar la proa en la dirección en la que se movía, igual que habría hecho para salvar un derrape con el coche. Pero el río había sido mucho más poderoso y la había arrastrado.

Una vez había bordeado la segunda curva, el agua se

había calmado y había podido ir remando hasta la orilla. Lo que le había parecido una eternidad probablemente había durado treinta segundos. Ahora tenía que enfrentarse a las secuelas físicas del susto y al hombre furioso y aterrado que tenía delante.

–Maldita sea, ¿es que no confías en mí? –le preguntó él.

Ella apretó los labios.

–Quiero –logró decir con la voz algo temblorosa–. Pero no puedo.

Angel bajó las manos y la miró. Taryn pudo ver confusión en ellos y también algo que parecía dolor. Porque no lo entendería, pensaría que era algo personal. Que no confiaba en él, cuando en realidad, no confiaba en nadie.

–Lo siento.

Él se dio la vuelta.

–No hay problema. Deja que me haga una idea de dónde estamos. Llamaré al hombre para que venga a buscarnos con el trailer y saldremos de aquí. Así podrás irte a casa.

Estaba ignorándola. Ignorándolos a los dos. Atrás había quedado el hombre bromista y sexy que tanto la había atraído y encantado. Y aunque no había estado buscando amor eterno, sí que había querido seguir viendo a Angel. Saber más de él. Había querido hacer el amor con él y pasar más tiempo a su lado. Había querido reírse y charlar, porque estar con él era fácil, pero además desafiante.

Y no estaba lista para que eso terminara.

Él sacó su móvil y comprobó que hubiera cobertura. Sacudió la cabeza, fue hasta su kayak y lo subió más a la orilla. Sacó la nevera que contenía su almuerzo y otra caja pequeña. Dentro había un teléfono más sofisticado, probablemente de esos que funcionaban por satélite más que por antena.

Comenzó a marcar.

—Para —le dijo Taryn—. Para.
Él levantó la cabeza.
Ella se rodeó con sus brazos con más fuerza. Los temblores habían cesado, pero la adrenalina seguía ahí. Se sentía asustada, aunque también más poderosa. Había sobrevivido. ¿No era buena noticia? Había sobrevivido y no era la primera vez en su vida que lo había tenido todo en contra.
Alzó la barbilla y respiró hondo.
—Mi padre era un borracho miserable. Cuando era pequeña se iba de juerga cada pocos meses y, cuando lo hacía, nos pegaba a mi madre y a mí, pero sobre todo a ella. A veces solo eran moretones, y otras veces la mandaba al hospital. Vivíamos en Los Ángeles. Como hay muchos hospitales, cada vez iba a uno distinto y así no tenía que contarle a nadie lo que había pasado de verdad y nadie ataba cabos.
Angel metió el teléfono satélite en la caja y la miró. Ella intentó descifrar en qué estaba pensando, pero no pudo. Sabía que no servía de nada intentarlo. Si él no quería que supiera qué se le pasaba por la cabeza, sería imposible adivinarlo. Mejor sonsacarle todo cuando pudiera.
—A mí no me pegó mucho —continuó mirando al suelo. Así mejor; se sentía más segura mirando al barro, las hojas y las ramas—. Al menos no al principio. Pero cuando tenía diez años, ella se marchó. Volví del colegio y se había ido.
Taryn recordó el impacto de entrar en casa y ver que todas las cosas de su madre habían desaparecido. Era como si nunca hubiera estado allí. Había estado llorando cuando su padre había entrado por la puerta y se había acercado a él esperando que la reconfortara.
—Fue la primera noche que me pegó —dijo en voz baja—. Estaba aterrorizada. Sabía de lo que era capaz. Sabía qué pasaría a continuación.
—¿Con qué frecuencia? —preguntó Angel.
Ella seguía mirando al suelo.

–Un par de veces al mes. Normalmente eran magulladuras, pero de vez en cuando la cosa era peor y tenía que ir a urgencias. Según me hacía mayor se iba volviendo más sencillo. Si el médico adivinaba que no me había caído por las escaleras, le decía que había sido mi novio.

Tragó saliva recordando el dolor, la humillación. Intentando esconder lo mucho que le dolía.

–Me escapé cuando tenía quince años, pero tardó un día en encontrarme y me llevó a casa a rastras. Después me pegó hasta que no pude andar y me ató a la cama durante casi una semana. Dijo que si me volvía a escapar, me encontraría y me mataría. Y le creí.

Había muchas otras cosas que decir, como que su padre era muy apreciado por los vecinos, como que no era uno de esos locos que se ponían como un basilisco por encontrar platos sin fregar en la pila. Que nunca había abusado sexualmente de ella y que no se fijaba en si había hecho o no los deberes. Que cuando no bebía veía deporte por la tele, cortaba el césped e iba a la iglesia, pero cuando salía de juerga, volvía convertido en el mismo demonio.

–Un día, cuando tenía casi diecisiete años, él estaba subido al tejado reparando unas tejas. Me pidió que le llevara una caja de clavos –recordó que en aquel momento se había sentido segura porque no creía que estuviera bebiendo. Era un sábado a primera hora de la mañana. Él tenía planes para ir con sus amigos al partido de los Dodgers, así que sabía que no pasaría nada.

Había subido la escalera con los clavos, pero al llegar arriba había visto botellas de cerveza al lado de su padre. El temor había sido instintivo. No había sabido qué hacer y su indecisión la había hecho empezar a resbalarse.

Recordó que había gritado. Recordaba que había intentado mantenerse en la escalera y que había extendido la mano hacia su padre para que la agarrara.

Él había alargado el brazo, pero en lugar de agarrarle la

mano o la muñeca, había agarrado la botella de cerveza y le había dado un buen trago. Después, Taryn había caído al suelo con todo el peso sobre el brazo. Había sentido y oído la rotura.

La vecina de enfrente había visto la caída y había insistido en llevarla al hospital. La mujer, mayor y viuda, se había quedado con ella diciendo que era su tía. Más tarde, cuando le habían puesto una escayola, la mujer, Lena, le había dado quinientos dólares en metálico.

–Esta es tu oportunidad –le había dicho Lena–. Desaparece, niña. Desaparece antes de que te mate.

Taryn se la había quedado mirando.

–¿Lo sabes?

–Todos lo sabemos, pero le tememos tanto como tú. Márchate ahora mientras puedes. Márchate y no vuelvas nunca.

Taryn volvió al presente y le contó a Angel todos los datos de aquel último día.

–Hice lo que me dijo. Desaparecí. Hice autostop hasta San Francisco y encontré unos cuantos trabajos de salario bajo con los que apenas podía mantenerme. Cada semana iba a la biblioteca y leía el periódico. Un día había un artículo sobre un hombre que se había dado un tiro en la cabeza. Era mi padre.

El resto de la historia fue más sencilla de contar: cómo había regresado a Los Ángeles y se había sacado el Examen de Desarrollo de Educación General. Cómo había trabajado para pagarse la universidad. Cómo le había escaseado mucho el dinero y cada par de semestres había tenido que dejarlo para volver a ahorrar suficiente dinero para seguir pagándose las clases. Cómo se las había tenido que apañar con libros destartalados que otros alumnos habían desechado.

Finalmente lo miró y se sintió agradecida al ver que seguía sin poder descifrar su expresión.

–Nadie lo sabe –admitió–. Ni Jack ni nadie. A la gente simplemente le digo que mis padres están muertos. No sé si mi madre lo estará o no, nunca he intentado encontrarla. ¿Por qué iba a hacerlo? Ella me dejó sola con un monstruo cuando tenía diez años. Sabía lo que iba a pasar y de todos modos me abandonó.

Se detuvo para controlar la emoción que la invadía porque había aprendido que había ciertos sitios a los que jamás podía ir. No, si quería ser fuerte. Si se permitía pensar en el pasado, si hacía demasiadas preguntas, jamás podría superarlo.

Por eso había ignorado su pasado y había mirado únicamente hacia delante. Se había hecho cada vez más dura y había aprendido a sobrevivir por sí sola. Hasta que un día un guapo jugador de fútbol americano la había encontrado comiendo sobras de sándwiches como si fueran la única comida que hubiera tomado en tres días.

Respiró hondo.

–Por eso no he alargado la mano. No podía. No por ti, sino por él.

Angel la miró.

–Lo entiendo –dijo finalmente.

Caminó hacia ella, se puso a su lado y la abrazó. La abrazó tan fuerte que ella no podía respirar, pero no le importaba. Quería estar cerca de él. Quería que la abrazara. Y cuando brotaron las lágrimas, no intentó detenerlas.

Capítulo 11

Taryn no estaba segura de cuánto tiempo había pasado en los fuertes brazos de Angel. El firme latido de su corazón la alentaba. Desprendía calidez y solidez, y Taryn sabía que él jamás golpearía a nadie más débil que él. No era como su padre. Pocos hombres lo eran. Pero las cicatrices eran profundas.

Angel le secó las lágrimas antes de agachar la cabeza y besarla. Su boca resultó suave contra la suya. Reconfortante. Él quería que el beso fuera reconfortante. Pero en cuanto Taryn sintió sus labios, quiso algo más. Algo más.

Taryn se movió para poder rodearlo por el cuello y se puso de puntillas. Separó la boca. El calor la recorría despertándole un intenso deseo. Ladeó la cabeza y, con delicadeza, deslizó la boca sobre su labio inferior.

Al instante, el cuerpo de Angel reaccionó; ella sintió la tensión de sus músculos y una leve vacilación, como si no estuviera seguro. Porque no quería ni molestarla ni aprovecharse de ella.

Ella se apartó y lo miró.

—¿Eliges este momento para comportarte como un caballero? —le preguntó al quitarse el chaleco salvavidas.

A Angel se le tensó un músculo de la barbilla. Sin hablar, se acercó al kayak y de un pequeño hueco sacó lo que parecía una manta. Probablemente para el picnic, pensó ella. Qué práctico.

Lo vio dejar caer el chaleco salvavidas al suelo y quitarse las botas, y sintió una punzada de decepción. Así que iban a tomárselo de forma civilizada. Ella se había esperado algo más que cada uno desnudándose por su cuenta y una sesión de sexo educado a continuación.

Sabía que seguía afectada por lo que había pasado en el río y por su confesión, pero ¿por qué tenía que ser así? ¿Dónde estaba la pasión? ¿Por qué no podía encontrar un hombre que se dejara llevar y…?

Él se detuvo frente a ella.

—¿Estás segura?

Ella suspiró y asintió.

Angel la llevó hacia sí, bajó la cabeza y la besó. Pero ese beso no tuvo nada de educado. Fue ardiente y profundo, y la pilló totalmente desprevenida. Hundió la lengua en su boca, provocando que ella se acercara más a él.

La rodeó con los brazos, pero sin abrazarla. Deslizaba las manos por su cuerpo de arriba abajo como si necesitara decubrir cada centímetro de ella en ese mismo instante. Como si no tuviera suficiente. Estaba frenético mientras sus dedos y palmas trazaban la forma de su espalda, de sus nalgas, de sus caderas.

Un intenso deseó ardió en el cuerpo de Taryn haciendo que le resultara muy complicado pensar con claridad. Quería sentir, pensó al relajarse en su beso. Quería sentir, solo sentir. Sus manos, su cuerpo… todo. Quería perderse en lo que podían hacerse el uno al otro.

Él le tiró de la camiseta y ella levantó los brazos para que pudiera quitársela. Unos segundos más tarde vino el sujetador. Angel cubrió sus pechos con sus manos y exploró la suavidad de su piel con sus dedos antes de posarlos en sus pezones y rozar esas tersas cumbres. El deseo la recorrió formando una línea directa desde sus pechos hasta su vientre. Los músculos se iban tensando a la vez que la piel se inflamaba.

Taryn agarró la camiseta de Angel y él se apartó lo suficiente para poder quitársela. Su torso desnudo era ancho, con músculos que sobresalían y unas cuantas cicatrices. Cicatrices que más tarde exploraría, pensó al inclinarse y besar el centro de su pecho.

Él le lanzó una pícara sonrisa antes de ponerse de rodillas y desabrocharle las botas. Una vez se las quitó, siguió arrodillado y le bajó los vaqueros con un único movimiento que hizo que el tanga saliera también con ellos. La observó mientras Taryn se los sacaba por los pies.

Por un instante, Taryn fue consciente de que estaba desnuda en mitad del bosque; no sabía ni dónde estaban, ni lo cerca que se encontraban de la carretera, ni si el tipo del kayak podría aparecer en cualquier momento. Pero entonces decidió que no le importaba. Deseaba lo que fuera que iba a pasar con Angel y no le importaban las consecuencias.

Esperó a que se levantara, pero él no lo hizo, sino que la rodeó con un brazo y la acercó para separar los tiernos pliegues de piel que protegían su punto más femenino. Ella apenas tuvo tiempo de prepararse antes de que él la besara haciéndole emitir un grito ahogado.

La primera caricia de su lengua la exploró, la segunda encontró su clítoris y la tercera hizo que tuviera que agarrarse a sus hombros para no caerse.

No había forma digna de estar de pie, descalza, mientras un hombre la lamía para provocarle un orgasmo, pensó al separar más las piernas y hundir los dedos en sus hombros, pero no le importaba. Cerró los ojos, echó la cabeza atrás y se entregó a las caricias.

Él la acariciaba trazando círculos y, cada tres o cuatro movimientos, lo hacía un poco más deprisa y más intensamente. Le agarró las manos y se las colocó de modo que ella misma se mantuviera abierta para él. Taryn podía sentir su cálido aliento sobre su piel y las caricias de su lengua que, en alguna que otra ocasión, rozaron las puntas de sus dedos.

Le empezaron a temblar las piernas y sentía tensión en los pechos; todo su cuerpo estaba centrado en lo que Angel le estaba haciendo. La tensión fue en aumento, empujándola hacia el objetivo final. Él cubrió su trasero con una mano y hundió los dedos en su piel. La otra mano la deslizó hacia el interior de su muslo y hundió dos dedos en ella.

La invasión resultó exquisita. Taryn quiso hundirse en él, pero no podía moverse. Apenas podía mantenerse en pie, tenía las piernas separadas, los muslos temblando, y él seguía moviendo la lengua contra su cuerpo.

Estaba acercándose. Estaba tan cerca que respiraba entrecortadamente. Unas caricias más.

—Angel —dijo entre gemidos.

Él hundía los dedos en ella y los retiraba. Una y otra vez. Estaba llegando. Prácticamente podía verlo.

Entonces Angel se detuvo. Por completo. Sus dedos pararon y su lengua dejó de moverse. Allí estaba ella, con su cuerpo preparado, pero sin forma de...

Angel posó los labios contra su clítoris y succionó con fuerza. En el mismo momento, hundió los dedos encontrando su punto G. Ella llegó al orgasmo sin previo aviso, temblando y jadeando, gritando, temiendo caerse pero incapaz de hacer nada más que permitirle llevarla al límite una y otra vez.

Apenas había cesado el último temblor que la recorrió, cuando él se apartó. La agarró y la tendió en la manta. Estaba temblando y confusa. Notó movimiento, pero apenas fue consciente de que Angel estaba deshaciéndose de la ropa. Sintió sus vaqueros junto a sus caderas y tocó la suave tela desgastada preguntándose cuándo había sido la última vez que se había sentido tan increíblemente satisfecha.

Al instante, Angel ya estaba entre sus muslos. La llenó con un solo movimiento y ella pasó de estar aturdida a estar alerta en un instante. Abrió los ojos de par en par. Angel estaba encima, adentrándose en ella.

Podía ver su rostro, sus hombros, sus ojos llenos de pasión, y le sonrió. Iba a estar muy bien.

Y él no la decepcionó. Ese hombre tenía control y estilo. Encontró un ritmo y una profundidad que llegó a lo más profundo de su cuerpo y, justo cuando estaba a punto de relajarse con todas esas sensaciones, él comenzó a moverse, primero despacio, luego más deprisa, luego despacio otra vez. Taryn estaba húmeda, inflamada y llegando a otro orgasmo.

Estaba a punto de rodearlo con sus piernas, cuando él se giró y ella quedó encima de él.

Se movió un poco para encontrar una postura cómoda sobre su erección. Se soltó la coleta y sacudió la cabeza haciendo que su melena cayera suelta alrededor de ambos. Después de posar las manos sobre sus hombros, le sonrió y comenzó a moverse.

—¿Crees que tienes el control? —le preguntó Angel mientras ella se movía arriba y abajo muy, muy, lentamente.

—Sé que sí.

Angel enarcó una ceja. Posó las manos sobre sus pechos y tocó sus pezones. El ligero roce hizo que Taryn comenzara a mover las caderas un poco más deprisa. Mientras, Angel masajeaba sus pechos. Después del último orgasmo todo su cuerpo estaba más sensible y le costaba recordar que estaba intentando contenerse porque, ¿de qué servía? Angel estaba desnudo, excitado, y dentro de ella.

Él siguió acariciando sus pechos y con la mirada fija en ella.

—Vamos, llega al orgasmo para mí.

La orden fue inesperada y sexy. Siguió moviéndose

arriba y abajo, incapaz de detenerse y abarcando todo el placer que podía.

Angel bajó las manos a sus caderas para guiar sus movimientos. Cuando ella por fin estaba llegando al clímax, él se hundió profundamente una última vez y se dejó arrastrar por el placer.

—¿Qué probabilidades hay de que comas desnuda? —le preguntó Angel después de que Taryn y él se hubieran dado un baño en el agua helada. Ya sabía la respuesta, pero suponía que no se podía juzgar a un hombre por preguntar.

Era un hombre y disfrutaba contemplando el cuerpo femenino. Taryn era alta y esbelta. Le gustaban sus pechos pequeños y juguetones. Sus pezones eran ligeramente grandes y siempre parecían estar oscuros. Eso sí que le excitaba, y que su larga melena hubiera jugado al escondite con sus pezones había sido un añadido. Tenía las piernas largas y la zona del pubis recortada pero no depilada, justo como prefería.

Ella arrastró la mirada desde la pila de ropa tirada por el suelo hasta la nevera y, finalmente, hasta él.

—Claro —dijo y se sentó en la manta.

¡Bien!

Angel abrió la nevera y sacó los sándwiches. También había botellas de agua y fruta cortada. Taryn se sentó con las piernas cruzadas y agarró uno de los sándwiches.

Él la miró. Estaba totalmente desnuda. Su melena le cubría los pechos parcialmente, pero no lo suficiente como para que no supusieran una distracción. Y lo peor era que con las piernas así, podía verla por completo. Aún estaba húmeda e inflamada y él estaba excitándose de nuevo.

Taryn le dio un mordisco al sándwich y tragó. Arrugó la boca.

–¿Hay algún problema?

Angel maldijo, le quitó el sándwich, lo tiró a la nevera, se tendió sobre ella y comenzó a besarle el pecho.

–Lo has hecho a propósito –la acusó, justo antes de lamerle un pezón.

–Solo he hecho lo que me has pedido.

–Porque sabías lo que pasaría.

–¿Ah, sí? –preguntó ella con una sonrisa mientras lo rodeaba con sus brazos.

El lunes por la mañana, Taryn salía de su coche en dirección a la oficina. Al otro lado de la calle el partido de baloncesto estaba en todo su apogeo. Se detuvo para verlos en acción y se disgustó al ver que Angel estaba en el equipo de las camisetas. ¡Qué pena! Porque ese hombre estaba muy bien sin ropa.

Habían hecho el amor otra vez, se habían vestido y habían almorzado antes de que hubieran ido a recogerlos. Angel había pasado el resto del fin de semana en su casa, la mayor parte del tiempo en su cama. Habían hablado de todo, excepto de lo que había pasado y lo que ella le había contado. Tenía la sensación de que él jamás volvería a sacarle el tema de su padre, pero, aun así, le parecía más que suficiente que otra persona conociera la verdad.

Entró en su despacho y encendió el ordenador. Al soltar el bolso, vio un sobre blanco con su nombre delante. Lo abrió y encontró una nota de Angel.

Porque nunca hemos hablado de esto. El papel que había debajo era una copia de un análisis de sangre de unos meses anteriores.

Taryn se dejó caer en la silla. Algunos amantes le habían enviado flores o joyas después de pasar un fin de semana con ella, otros le habían regalado ropa o billetes para hacer alguna escapada. Pero eso... eso era especial. Era un detalle muy considerado. Angel cuidaba a la gente.

Estaba tomando la píldora, así que el embarazo no era un problema, pero no habían utilizado preservativo hasta que habían llegado a su casa. Taryn se había temido que tendrían que tener una conversación algo incómoda en algún momento, pero él había manejado la situación.

Guardó la nota y la analítica en un bolsillo lateral de su bolso y se puso a trabajar. Tenía mucho papeleo con el que mantenerse ocupada, se recordó, y no había tiempo para derretirse por un hombre. Aun así, Angel era un tipo por el que derretirse y, además, alguien en quien casi podía confiar. «Casi» era la palabra clave.

Alrededor de las diez, Larissa entró en su despacho con dos tazas de café.

–¿Qué tal? –le preguntó su amiga.

Taryn esbozó una mueca de disgusto.

–Esta tarde tengo una cita con la alcaldesa Marsha. Tengo que explicarle a una mujer mayor por qué tiene que cambiar el eslogan del pueblo y no me apetece nada.

Larissa dejó una de las tazas sobre la mesa y se sentó en la silla de las visitas.

–¿Qué tal ha ido el fin de semana?

–Bien, ¿y el tuyo?

–He ido a una conferencia en Sacramento.

–¿De Greenpeace?

–No, pero era sobre rescate y preservación de animales –Larissa se inclinó hacia delante–. ¿Qué sabes de los monos titís?

Taryn sacudió la cabeza.

–No.

–Pero si son adorables.

–No. Ni se te ocurra. Nada de monos. Ni aquí ni en tu apartamento. No.

–Pero...

–No. Y lo digo en serio, Larissa. No te metas en eso. Acabaremos lamentándolo todos.

–Deberías alegrarte de que te acompañe –dijo Jack mientras atravesaban el pueblo en el coche.
–Eso está por ver –farfulló Taryn, no segura de cómo había terminado teniendo que ser la que hablara con la alcaldesa Marsha sobre el eslogan del pueblo. Aunque tampoco es que pudiera haber dejado que lo hicieran Kenny y Jack solos. ¡A saber qué podrían haberle dicho!
Él aparcó su Mercedes delante del ayuntamiento y salió para abrirle la puerta. Al posar la mano sobre la parte baja de su espalda y llevarla hacia los escalones, Taryn tuvo que admitir que, por mucho que se quejara de los chicos, eran buenos tipos y con muy buenos modales. Y lo que era más, respetaban a las mujeres, pagaban sus facturas a tiempo y, en el caso de Jack, soportaba las locuras de Larissa.
–Por cierto –dijo ella–. Si Larissa te dice algo sobre un mono tití, dile que no.
–¿Monos?
–Sí, y esos muerden. Lo he mirado en Internet. Son animales salvajes y solo queremos que estén en su hábitat natural. Y, por cierto, su hábitat natural no es tu casa.
–De acuerdo.
Taryn lo miró.
–¿En serio?
Jack se encogió de hombros.
–Claro. Puedo hacerme el fuerte ante ella.
Taryn se rio.
–Sí, eso ya lo hemos visto todos.
–¿Estás diciendo que no puedo?
–Estoy diciendo que no lo harás. Hay una diferencia.
Cuando entraron en el viejo edificio, Taryn se detuvo para observar la arquitectura. Había murales y una amplia

escalera. Todo muy bonito si no fuera porque estaba allí para entregar malas noticias y, sin duda, para verse metida en algo que no quería hacer.

—Tú tienes la culpa de esto —le dijo a Jack.

—Tenemos que entregarnos a la comunidad. Es algo bueno.

—Ya te lo recordaré más tarde, cuando te esté pegando con un palo.

Él le guiñó un ojo y señaló hacia las escaleras.

—El despacho de la alcaldesa está por ahí.

—¿Cómo lo sabes?

—Soy adivino.

—Seguro que lo has mirado antes de venir aquí.

—Eso también.

Subieron a la segunda planta. Según se acercaban al despacho, una mujer salió de otro despacho y fue hacia ellos. Taryn reconoció a la preciosa pelirroja embarazada. Felicia Boylan se ocupaba de organizar los festivales del pueblo. La había conocido la primera vez que había visitado el pueblo. Felicia era extremadamente inteligente y bastante franca, ambas, cualidades que Taryn admiraba.

—Buenas tardes —saludó Felicia al acercarse—. La alcaldesa Marsha me ha pedido que esté presente en la reunión. Si el eslogan del pueblo va a cambiar, tendremos que reflejarlo en nuestra publicidad de los festivales. Dependiendo de cuál sea el cambio, podemos aprovecharlo. Aunque he de señalar que habrá gastos. Material impreso, pancartas, actualizaciones de la Web.

Jack se quedó atónito por toda la información que acompañó al recibimiento. Taryn solo sonrió.

—Me alegro de verte. Estoy de acuerdo en que habrá gastos. Habrá que valorarlos.

—Me gusta el eslogan —murmuró Felicia según los llevaba hacia la sala de espera del despacho de la alcaldesa—. Yo tengo mi propio final feliz en Fool's Gold.

Jack soltó una risita. Taryn miró la barriga de la mujer y supo exactamente en qué estaba pensando su amigo. Le dio un codazo para que se mantuviera callado.

Al cruzar las puertas dobles del despacho, vio a una mujer mayor sentada junto a la mesa.

—Hola, Marjorie —dijo Felicia sonriéndole—. ¿Podemos pasar?

Marjorie asintió y señaló hacia la puerta medio abierta.

La alcaldesa estaba esperándolos. Les estrechó la mano y los llevó hasta una pequeña mesa de reuniones junto a la ventana. Llevaba un traje, perlas alrededor del cuello y el pelo recogido en un moño.

—¿En qué puedo ayudaros? —preguntó cuando todos estuvieron sentados.

Taryn miró a Jack, que sonrió, y contuvo un suspiro de frustración. Estaba claro que iba a tener que ser ella la que hablara.

Ojalá hubiera llevado papeles, repartir informes siempre era una buena distracción. ¿Pero qué iba a hacer? ¿Un diagrama de un «final feliz»?

—Nos preocupa el eslogan del pueblo —comenzó Taryn.

—Eso me pusiste en tu mensaje —la alcaldesa parecía amable, aunque no del todo interesada en el asunto—. Fool's Gold lleva casi cien años siendo la tierra de los finales felices y no estoy segura de que queramos cambiar eso.

Jack empezó a reír. Taryn lo miró.

—Estoy de acuerdo con la alcaldesa —comenzó a decir Felicia—. La gente viene aquí y se enamora. El final feliz es...

Se quedó paralizada, con la boca abierta, como si fuera a seguir hablando. A continuación, abrió los ojos de par en par.

—¡Ay, no! —se giró hacia la alcaldesa—. Tienen razón. La tierra de los finales felices. «Final feliz» es un eufemismo para un orgasmo masculino, como al final de un masaje.

Cuando la masajista femenina estimula el pene del hombre hasta que...

—Gracias —dijo la alcaldesa Marsha con rotundidad—. Lo capto —tenía las mejillas sonrojadas—. Ninguno hemos pensado nunca en el nombre de ese modo, pero ahora que lo habéis señalado, parece algo en lo que deberíamos habernos fijado hace mucho tiempo.

Taryn se moría de la vergüenza.

—Sí, bueno, Jack, Kenny y Sam se fijaron. Por motivos obvios.

—¿Porque son inmaduros y tienen necesidad de eyacular? —preguntó Felicia.

Taryn sonrió.

—Sí, será por eso.

—¡Ey! —exclamó Jack ofendido—. Nosotros somos más que eso.

Felicia asintió.

—Sí, claro. Tenéis profundidad emocional, pero lo que pasa es que la necesidad del hombre del orgasmo es muy poderosa. Puede provocar problemas para centrarse en lo que de verdad importa y a la hora de tomar decisiones —se inclinó hacia él—. Me he fijado en que enamorarse y comprometerse en una relación larga suele redireccionar la energía sexual de un hombre. Cuando un hombre tiene una pareja a la que ama de verdad, es más capaz de dirigir sus energías de un modo positivo.

La alcaldesa se aclaró la voz.

—Tal vez podríamos ceñirnos a hablar del tema que tenemos entre manos. El eslogan del pueblo.

—Estamos trabajando en distintas opciones —dijo Taryn—. ¿Quiere oírlas en algún momento, o a lo mejor prefiere pensar usted en algo?

—Creo que lo dejaré en manos de los profesionales. ¿Tenéis alguna idea de qué dirección vais a tomar?

Jack empezó a hablar, pero Taryn lo miró. Lo último que

quería era que le dijera a la alcaldesa algo como: «Fool's Gold, el lugar donde los hombres se vienen corriendo».

–Aún es pronto –dijo–. Deje que prepare una presentación.

–Sería de gran ayuda –le dijo la alcaldesa al levantarse–. Será un trabajo sin remunerar, por interés público.

Las palabras fueron una afirmación, no una pregunta. Taryn asintió. Más tarde trataría el asunto con los chicos, pero ya que habían creado el problema, no creía que estuvieran en posición de quejarse.

Volvieron a estrecharse la mano y los tres salieron del despacho. Una vez en el pasillo, Felicia se giró hacia Jack.

–Tengo que hablar de una cosa con Taryn. Es de naturaleza femenina y puede que te moleste, así que te sugiero que te marches.

Jack las miró.

–No tenéis que decírmelo dos veces. Llámame cuando quieras que venga a recogerte.

Y, prácticamente, se marchó volando por las escaleras.

Felicia señaló un banco que había en el pasillo. Taryn se sentó a su lado y esperó. No podía imaginar de qué querría hablarle la otra mujer, y menos tratándose de un tema de «naturaleza femenina».

–Como sabes, estoy embarazada.

Taryn miró su barriga y asintió.

–Has llegado al punto en que ya no puedes ocultarlo.

Felicia sonrió.

–Gideon y yo empezamos a probar en diciembre. Creo que me quedé embarazada enseguida. Me hice la prueba la mañana de nuestra boda y dio positivo –su sonrisa se desvaneció–. Voy a tener una niña.

–No lo entiendo. ¿Es que querías un niño?

–No, me habría hecho la misma ilusión fuera el sexo que fuera. Mi preocupación es que Gideon tiene un hijo. Carter ayuda mucho y había pensado en utilizar sus recuerdos de la infancia para ayudarme a ser mejor madre, pero le preocupa que sus experiencias como niño no me den suficiente información a la hora de criar a una niña.

Taryn no conocía toda la historia de Felicia. Había oído alguna cosa que otra, que de pequeña había sido tan inteligente que sus padres le habían tenido miedo y, como resultado, la habían criado en el laboratorio de una universidad. Después se había abierto camino en el ejército donde había trabajado como experta en logística para un equipo de Fuerzas Especiales. Ahora dirigía los festivales del pueblo.

Aunque su pasado era extraordinario, Taryn podía ver que Felicia no se sentía preparada para ser madre.

—¿En qué te puedo ayudar? No tengo hijos, ni tampoco mucha experiencia con ellos.

—Eso es verdad. Sin embargo, Angel y tú estáis trabajando juntos con una nueva arboleda de la FLM. He hablado mucho con Patience sobre criar a Lillie, pero me gustaría tener mucha más información. Me gustaría mucho ir a alguna reunión y ver a las niñas. He pensado que pasar algo de tiempo con ellas puede ayudarme a entenderlas mejor.

Si la pregunta hubiera venido de cualquier otra persona, Taryn le habría dicho a la mujer en cuestión que se olvidara y lo superara, que tener un hijo sería una experiencia con la que iría aprendiendo sobre la marcha, tal como le había pasado a millones de mujeres. Pero sabía que Felicia era distinta. Taryn sabía lo que significaba no encajar nunca del todo. Felicia lo había experimentado porque era muy inteligente. Taryn había sido una marginada porque no había podido permitir que nadie se le acercara tanto como para llegar a descubrir sus secretos familiares.

Tocó el brazo de Felicia con delicadeza.

—Se va a celebrar un té de madres e hijas. Angel me acaba de escribir para contármelo —sonrió—. Está de los nervios, lo cual es bastante gracioso. Si vinieras, podrías ver a las niñas y cómo se relacionan con sus madres.

Felicia asintió.

–Sería maravilloso y me ayudaría mucho. Muchas gracias –se detuvo–. Te abrazaría, pero no estoy segura de que nuestra relación haya llegado a un nivel de cercanía suficiente y no quiero que te sientas incómoda.

Taryn se rio y alargó los brazos.

–Hagamos una locura –dijo.

Felicia se abalanzó sobre Taryn y la abrazó con fuerza. Cuando las dos se habían separado, Felicia se estaba secando las lágrimas.

–Las hormonas son muy poderosas. Me pongo a llorar por lo más mínimo. Es desconcertante. Por otro lado, mi deseo sexual ha aumentado considerablemente. Gideon dice que lo tengo agotado –sonrió–. Y le encanta.

–Eres muy rara. Me caes muy bien, aunque eres rara.

–Lo sé, pero he aprendido a vivir con ello.

Capítulo 12

Angel descubrió que ser Guardián de la Arboleda le robaba mucho más tiempo del que había imaginado. El problema no eran las reuniones con las niñas, sino que le pidieran que asistiera a ellas dos veces por semana. En esa ocasión se había llevado a Taryn con la excusa de no olvidar ningún detalle para la próxima reunión de té de madres e hijas, pero lo cierto era que quería la distracción de tenerla cerca.

Le gustaba estar a su lado. No solo mirarla, sino respirar el mismo aire. Le gustaba cómo se movía, cómo hablaba y cómo se reía. Durante los últimos años había descubierto que le gustaban las mujeres fuertes, con actitud. Marie había sido así, con su salvaje estilo cajún; había sabido insultarlo en idiomas que él jamás había oído.

Consuelo también era una mujer dura, razón por la que le gustaba compartir casa con ella. Tenía unas reglas muy simples y, si todo el mundo las seguía, la vida con ella era sencilla. Si no, era peor que despertar con un escorpión en la cama.

Taryn era igual de poderosa, pero de un modo completamente distinto. Dirigía un negocio multimillonario, mantenía a raya a unos exjugadores de fútbol americano y podía pasarse tranquilamente una tarde enseñando a niñas de siete años a hacer trenzas de raíz.

Al entrar en la sala de reuniones, se acercó a ella.
—Te has deshecho del traje de negocios.
—Quería encajar.
Él esbozó una sonrisa. Su idea de encajar eran unos pantalones capri blancos con estampado de hojas negras, una camiseta blanca de manga corta ajustada y sandalias de cuña negras con tiras. Un conjunto que, tal como suponía, debía de costar más que la cuota mensual de un coche. Su bolso tenía un gran lazo y estaba hecho por alguien llamado Valentino. No sabía quién era Valentino, pero suponía que esa persona jamás había estado en Fool's Gold.

Se sentaron en la gran mesa. Taryn se inclinó hacia él para decirle:
—A las mujeres les gustas.
Él miró a su alrededor. La mayoría eran mujeres, aunque era de esperar.
—Algunos padres vienen a las reuniones.
—Sí, pero las sonrisas especiales te las dirigen solo a ti.
Él esbozó una sonrisa.
—Es por la cicatriz. A las chicas les molan las cicatrices.
Ella enarcó las cejas.
—¿Ah sí?
Denise Hendrix se situó en la cabecera de la mesa, se sentó y dio comienzo a la reunión.

Cada uno de los Guardianes tenía que dar parte de su arboleda. Angel esperó a que llegara su turno, se levantó y dijo que las niñas llevaban bien su proyecto de servicio a la comunidad y que los cachorritos estaban respondiendo bien a sus atenciones. Después, se sentó todo lo deprisa que pudo.

Taryn se acercó y le dio una palmadita en la pierna.
—Bien hecho —le susurró.
Cuando todo el mundo había dado parte del estado de su arboleda, Denise removió unos papeles y sonrió.
—Tengo noticias geniales. Como ya sabéis todos los que

ya habéis sido Guardianes de la Arboleda, intentamos organizar una acampada con todas las arboledas. Por razones de logística pensamos que no podríamos hacerlo este año, pero el camping que más nos gusta ha quedado disponible, así que allá vamos.

Varias mujeres vitorearon. Taryn se quedó seria.

—¿Acampada? —preguntó en voz baja—. ¿Dormir al aire libre a propósito?

Él se rio.

—Míralo como una sesión práctica para tu fin de semana con los de Living Life at a Run.

—Preferiría no hacerlo. Los dos tenemos pensado ir a hacer senderismo, ¿es que no basta con eso?

Angel sonrió.

—Esta tarde os enviaré por correo todos los detalles —continuó Denise—. Como hemos hecho en el pasado, habrá una zona de camping para los padres que quieran ir —miró a Angel—. Angel, esto te afecta especialmente a ti. Tú tienes la arboleda más joven y para muchas de las niñas sería su primera experiencia en una acampada y la primera vez que duerman fuera de su casa y lejos de su familia. Eso puede generar reacciones emocionales.

Su alegría ante la idea de una acampada de fin de semana se desvaneció.

—¿Reacciones emocionales?

Varias de las mujeres se rieron.

—No es nada que no vayas a poder manejar —le dijo Denise.

«¿Qué apostamos?», pensó en lugar de decirlo en voz alta.

—Te recomiendo que animes a las familias a instalarse en la zona de camping destinada para que puedan estar cerca si se produce alguna crisis —se detuvo—. Con las niñas.

¿Crisis? ¿Y por qué iba a haber una crisis?

Denise pasó a otro tema y, quince minutos más tarde, habían terminado.

El resto del grupo se marchó rápidamente, pero Angel permaneció en su asiento. Taryn estaba sentada a su lado. Sus ojos violetas brillaban de diversión.

–Estás feliz –gruñó él.

–Me estoy divirtiendo, hay una diferencia. Ahora no soy la única preocupada con la acampada de las arboledas.

–No quiero que mis niñas lloren –no podía soportar las lágrimas–, ni que se pongan tristes. Las acampadas son divertidas. Haremos senderismo y aprenderemos cosas sobre la naturaleza –tenía unos sencillos trucos de supervivencia que podía enseñarles.

–Seguro que estarán bien. Denise solo intentaba asegurarte que todo irá bien. Tener a los padres cerca es una buena idea.

Y él estaba de acuerdo, pero aun así... ¿Llantos?

Taryn se levantó.

–Si te hace sentir mejor, primero tenemos que celebrar el té de madres e hijas. Será divertido.

Él se levantó y posó la mano en la parte baja de su espalda.

–¿Esa es tu idea de ayudar?

–¿Es que no te gusta el té? Habrá galletas. Las galletas ayudan.

–No tengo cinco años. No puedes cambiar mi estado de ánimo con una galleta.

–Es bueno saberlo –se detuvo en la puerta y lo miró–. ¿Qué podría cambiarlo?

Él pensó en cómo había sido junto al río, cómo había aceptado todo lo que él había ofrecido y lo había dejado sin aliento. Pensó en su fin de semana juntos y en cómo siempre estaba preparada y con ganas de volver a jugar.

Pensó en sus malditos tacones, en lo mandona y femenina que era, en lo dulce que era con las niñas. Si alguna vez se planteara romper las reglas, lo haría con ella. Pero eso nunca sucedería.

Taryn se acercó y le besó la boca ligeramente.

–Es bueno saberlo –le murmuró al oído.

–¿Es bueno saber qué?

–Cómo puedo cambiar tu estado de ánimo.

Él seguía riéndose cuando bajaron y salieron a la calle.

–¿Cómo se te presenta la tarde?

–Tengo trabajo que hacer, aunque ninguna reunión.

–¿Tienes tiempo para almorzar?

–Claro.

Le agarró las manos y la llevó hacia la calle Quinta.

–¿Has estado en Margaritaville? Tienen una comida genial.

–Margaritas cargadas... no es lo que tomo con el almuerzo.

–Podrías hacer una excepción.

–Entonces no podría volver a la oficina.

–Lo sé.

Ella se rio.

–¿Intentas que me porte mal? No haría falta mucho –señaló las cajas de flores en las puertas de las tiendas por las que pasaban.

–Cambian las flores constantemente. Siempre están floreciendo y listas para cada estación. Cuando los chicos me trajeron aquí por primera vez, pensé que había caído en una especie de infierno con forma de serie de televisión de los cincuenta.

–¿No te gustó el pueblo? –¿qué podía no gustarle de allí?

–Me pareció pequeño y provinciano –admitió–. La gente era demasiado simpática. No hace falta que me estén saludando cada quince segundos. No me podía creer que fuéramos a venir aquí por mayoría de votos.

—¿Y ahora?

Miró a su alrededor.

—Me está empezando a gustar. A ti, por supuesto, te gustó desde el principio.

—Claro. Ford creció aquí y hablaba de ello todo el tiempo. Justice pasó un año aquí cuando era adolescente y lo que contaban me recordaba a donde nací yo. Y para cuando Justice me pidió que me uniera a CDS, estaba deseando encontrar un lugar donde asentarme.

—¿Echar raíces?

—Algo así.

Él entendía que aceptar Fool's Gold como su hogar significaba dejar atrás una parte de lo que había tenido con Marie y Marcus porque no formarían parte de ello. Pero a ella le habría encantado estar ahí. Y en cuanto a su hijo, bueno... Marcus siempre estaba con él.

Taryn lo hizo detenerse y lo llevó hacia el edificio para no estar parados en mitad de la calle. Después le acarició la mejilla.

—¿Estás bien?

—Estoy bien.

Los ojos violetas de Taryn lo miraban fijamente.

—Lo que quiero decir es si puedo ayudarte en algo. Te estás perdiendo en el pasado. ¿Estás pensando en Marie y Marcus?

Él mantuvo una expresión neutral, aunque por dentro estaba atónito. ¿Cómo lo había adivinado?

—Tiene sentido —continuó ella—. Estuvisteis juntos mucho tiempo. Erais una familia. Ella siempre formará parte de ti. Como Marcus —le dirigió una tierna sonrisa—. Sé que hay cosas de las niñas que te asustan, pero creo que para ti es más sencillo relacionarte con niñas pequeñas. Trabajar con chicos adolescentes te habría traído muchos recuerdos y podría haber sido muy duro.

Él le acarició el pelo.

–¿Cuándo te has vuelto tan lista?
–Siempre he sido lista.
–La echo mucho de menos. Me siento culpable.
–¿Por ser feliz? ¿Por seguir adelante? ¿No habría querido ella eso?
–Sí, aunque no me refiero a eso. Marie era muy práctica y realista, habría esperado que saliera adelante –vaciló–. Pero es culpa mía que murieran.
–Fue un accidente de coche. Tú ni siquiera estabas allí.
–Y debería haber estado. Debería haberlos mantenido a salvo.

Ahí estaba la verdad, pronunciada inesperadamente. Era su trabajo mantener a la gente a salvo y, aun así, no había sido capaz de salvar a las dos personas que más amaba. Un cliché, pensó, aceptando toda la verdad del asunto.

Suponía que Taryn le diría que se equivocaba o que intentaría convencerle de que no pensara así, pero en lugar de eso, Taryn lo besó y tiró de él hacia el restaurante. Una vez estuvieron sentados, ella le habló sobre su reunión con la alcaldesa Marsha y lo hizo reír al describirle cómo le había explicado Felicia Boylan cuál era el significado de un «final feliz».

Aunque no pudiera comprender del todo por lo que había pasado, parecía que Taryn aceptaba su verdad junto con sus consecuencias. Una combinación extraña. Una que él había tenido la suerte de encontrar.

Después del almuerzo con Angel, Taryn estaba demasiado inquieta como para volver a la oficina. Dio un paseo por el pueblo y acabó frente a la tienda Luna de Papel. Ver el familiar logo le recordó la historia de Dellina sobre los vestidos de novia almacenados y la reacción de Sam. Aún se reía cuando entró en el establecimiento.

La nueva entrada aún estaba tapiada, así que tuvo que acceder por el refinado mundo de las cosas de boda. Había una joven novia subida a una plataforma frente a cinco espejos. Llevaba un vestido de tul y encaje blancos, y la acompañaban las que parecían ser su mejor amiga, su madre y su abuela.

Isabel vio a Taryn y corrió hacia ella.

—Sálvame —le susurró—. Todo en esta familia es precioso. Ella es su preciosa hija. Quieren que esté preciosa el día de su boda. La familia del novio es...

—¿Preciosa? —preguntó Taryn.

Isabel gruñó.

—Exacto —le hizo una seña a Madeline, su socia—. Las dejo en tus capaces manos.

Madeline sonrió.

—Intentaré que la experiencia sea lo más preciosa posible.

—Eso, hazlo.

Isabel hizo una llamada rápida y después le indicó a Taryn que la acompañara al fondo de la tienda. Apartaron un grueso plástico que cubría una entrada y entraron en la zona contigua. Taryn se detuvo mientras observaba los cambios que encontraba desde la última vez que había estado ahí.

Las paredes estaban pintadas de un gris azulado claro, y la mayoría del mobiliario ya estaba instalado. La zona de despacho al fondo aún estaba por terminar y el suelo era de hormigón, pero por lo demás tenía buena pinta.

—Casi lo tienes terminado —le dijo Taryn.

—Lo sé. La semana que viene empiezan con los suelos. Le vamos a poner extra de almohadillado para que las piernas nos duelan menos de tanto movernos por aquí. El sistema de sonido ya está listo. Ford y yo lo preparamos el fin de semana pasado.

—¿Y luego estuvisteis de fiesta hasta el amanecer?

Isabel subió y bajó las cejas.

—Algo así —señaló un perchero portátil—. Vamos. Tengo unas cosas que quiero enseñarte.

Taryn la siguió encantada. Isabel había firmado un contrato con varios diseñadores nuevos de ropa y accesorios que ofrecían piezas frescas y un estilo atractivo. Algunas estaban demasiado a la vanguardia para su gusto, pero había un sorprendente número de prendas que se podría poner perfectamente.

Isabel le mostró una cazadora de piel verde esmeralda con la cintura entallada. Había un vestido rojo vivo con cortes en la cintura y dos trajes sastre, uno de los cuales parecía tener un ribete de piel de serpiente.

—Estoy alucinada —dijo Taryn. Pisó sobre la toalla que Isabel había colocado en el suelo, se quitó las sandalias, la camisa y los pantalones, y agarró el vestido rojo.

—¡Hola, soy yo! —gritó alguien.

Patience Garret, la mujer de Justice y propietaria del Brew-haha, entró y, al ver a Taryn en ropa interior, se paró en seco.

—¡Ay, lo siento! —dijo empezando a girarse.

—Estás en el lugar adecuado —le dijo Isabel—. He sacado unas cosas para Taryn y todavía tengo ese fantástico vestido negro para ti —sonrió a Taryn—. Justice y Patience van a tener una cita romántica. Él le dijo que saldrían a cenar a un sitio bonito y estoy ayudándola a actualizar su armario.

Taryn se apartó para hacerle hueco en la toalla.

—Por favor, ven —le dijo al meterse el vestido por la cabeza.

Cuando alzó la mirada, Patience se estaba mordiendo el labio inferior, y Taryn se preguntó si estaría molesta por no tener una prueba privada de vestidos.

—Puedo venir luego —se apresuró a decir.

Isabel miró a Patience, que se sonrojó.

—No es eso —le aseguró Patience—. Es que se te ve tan cómoda ahí de pie en ropa interior.

Taryn suspiró.

–Lo siento. Es por los chicos. Han entrado en el vestuario montones de veces. Al principio me enfadaba, pero al final me tuve que acostumbrar.

Patience asintió.

–A mí esto me viene bien, ser un poco aventurera. ¿Llevas tanga? ¿No son incómodos?

Isabel se rio.

–Vas a tener que darnos lecciones para convertirnos en mujeres sexys y poderosas.

–Y que lleven tangas –añadió Patience.

Era guapa, con el pelo castaño y los ojos marrones. Tiró de la camiseta del Brew-haha y se la quitó junto a los vaqueros. Taryn se dijo que no debía juzgar ni las braguitas tipo biquini de algodón blancas que llevaba, ni el sujetador de algodón blanco sin ningún adorno. No había duda de que Patience era mucho mejor persona de lo que ella podía aspirar a ser.

Patience se puso el vestido negro. Era sencillo, de tirantes, ajustado, con costuras en el pecho y varios centímetros por encima de la rodilla.

–Muy bonito –dijo Taryn–. Te sienta genial.

–Es muy ajustado –respondió Patience tirando del bajo–. Y corto.

–Es sexy –la corrigió Taryn–. Necesitas un sujetador realzador y un tanga a juego –sonrió–. Pero no dejes que él te vea vistiéndote, porque si no, no llegaréis a la cena nunca.

Patience respiró hondo.

–Tienes razón. Estoy ocupada con el Brew-haha y él está ocupado con CDS. Tenemos a Lillie y tenemos que ocuparnos de la casa también. Necesito ser más atrevida –se giró hacia Isabel–. ¡Me lo llevo!

–Deberías –le contestó Isabel con una sonrisa–. Es Taryn, que nos inspira a todas.

Taryn se quitó el vestido rojo y lo colgó en la percha.

—Lo quiero seguro. Ahora voy a probarme el de piel de serpiente.

Isabel suspiró.

—Ni siquiera voy a preguntarte si tienes zapatos apropiados para este. Ya he visto lo que llevas.

—Y si no los tengo, me los compro. Me encantan la ropa y los accesorios, y no me importa que se sepa.

—Quiero pedirte prestada tu actitud por una noche –le dijo Patience–. Justice no se lo podría creer.

—Ford tampoco –admitió Isabel.

—Vuestros chicos os quieren tal como sois –les recordó Taryn–. Y mi actitud tiene un precio.

Les sonrió, como si fuera una broma, pero estaba diciendo la verdad. Ella adoptaba esa actitud porque en ocasiones era lo único que tenía para seguir adelante. Había aprendido muy pronto a no confiar en la gente y que el mundo podía ser un lugar frío e insensible. Fingir una fortaleza que no siempre tenía la había ayudado a salir adelante en más de una ocasión, pero ahora que estaba en un lugar donde, tal vez, podía relajarse un poco, no sabía cómo bajar la guardia. Al menos, no todo el tiempo.

Había hecho amigos allí y daba gracias por ello, pero de vez en cuando miraba a mujeres como Patience e Isabel y las envidiaba. Las amaban y ellas podían amar a cambio. ¿Cómo sería eso? Y no se refería al amor de tipo amistad, sino al amor romántico. Ese amor en el que eres la persona más importante en la vida de alguien. Ese amor en el que había un compromiso y la promesa de compartir una vida para siempre.

Por un segundo pensó en Angel, y después sacudió la cabeza. Le había dejado claro que no estaba buscando una relación, y ella había pasado por demasiadas cosas como para desear e ilusionarse con algo que no podría tener.

Estaban bien juntos, el sexo era impresionante y no la

ponía de los nervios. Para ella eso ya bastaba e iba a disfrutarlo mientras durara.

La invitación había sido muy clara. Las niñas tenían que ir con vestido al té de madres e hijas, y Taryn lo interpretó como que las mujeres también tenían que hacer lo mismo.

Agradecía la oportunidad de poder ponerse su vestido de cóctel de organza de Naeem Khan. Se había enamorado del modelo de seda con estampado blanco y negro hacía unos meses y no había sabido dónde lucirlo. Sí, de acuerdo, a lo mejor era un poco exagerado para el evento, pero no le importaba. La falda de vuelo la hacía sentirse como una extra en una película de los años cincuenta. Se había puesto sus sandalias de Pedro García Candela y se había recogido el pelo en un moño. Unos sencillos diamantes de perlas habían completado el look.

Todas las Bellotas estaban sentadas alrededor de unas mesas en un pequeño salón de baile del Ronan's Lodge. Las niñas vestían tonos pastel primaverales y algunas madres también habían optado por ponerse sus mejores galas. Otras, en cambio, llevaban vaqueros y camisetas. Resultaba gracioso que solo hubiera un hombre en la reunión. Un caballero de pelo oscuro, ojos grises y expresión afligida.

Taryn se acercó a Angel.

—Deja de buscar la salida.

Él se aclaró la voz y se pasó el dedo por el cuello de su camisa negra, como si quisiera soltarse la corbata a pesar de que, en realidad, no llevaba.

—No es verdad.

—Te quedan treinta segundos para ponerte a sudar de los nervios.

Esos ojos grises se posaron en ella.

—Jamás he sudado por nervios en mi vida.

–Siempre hay una primera vez para todo el mundo –se giró y sonrió al ver a Regan acercarse seguida de su madre.

La preciosa niña de siete años sonrió a Angel.

–Esta es mi madre. Mamá, es Angel, nuestro Guardián de la Arboleda. Y Taryn. Está ayudándolo.

La madre de Regan debía de tener unos pocos años más que Taryn y llevaba una alianza de boda, pero eso no impidió que batiera las pestañas al saludar a Angel.

–Regan habla mucho de ti –dijo efusivamente–. Estás haciendo un trabajo maravilloso con todas las niñas –mientras hablaba, posó la mano en el brazo de Angel–. Si necesitas ayuda, puedes llamarme.

Si Angel no hubiera estado tan nervioso de por sí, Taryn se habría enfadado. ¿Desde cuándo se había vuelto ella invisible? Sin embargo, su pequeño enfado quedó aplacado por lo mucho que se estaba divirtiendo.

–Oh, mira –dijo mirando hacia la entrada–. Felicia está aquí. Ahora mismo vuelvo.

–No me dejes aquí –le dijo Angel apretando los dientes.

Taryn le sonrió.

–Regan, ¿tu mami y tú cuidaréis bien de él, verdad?

La pequeña asintió con gran entusiasmo.

Angel le lanzó a Taryn una mirada que le prometía venganza más tarde, y ella solo esperó que cumpliera con su palabra. Fue hasta donde se encontraba Felicia mirando a todas las niñas y a sus madres.

–Todas llevan ropa de color pastel –dijo tocando la tela de su vestido sin mangas corte imperio–. No sabía qué ponerme.

–Estás genial –Taryn la agarró del brazo y la llevó hacia una mesa que había en un lateral–. El té comienza en unos cuarenta y cinco minutos. Hasta entonces las niñas tienen que relacionarse entre ellas y con las madres. Hay ponche. Pensé que te gustaría servirlo. Así puedes hablar con las niñas mientras tanto.

Felicia asintió.

–Gracias. Tener una tarea me vendrá bien. Estar ahí de pie mirando a las niñas podría despertar alarma y no quiero –se tocó la barriga–. He estado leyendo mucho, pero cuando se trata de niños hay cosas que hay que experimentar más que aprender.

Taryn se detuvo y se colocó delante de Felicia.

–No conozco toda tu historia. Sé que eres más lista que todos nosotros, y puede que eso te haga sentir como un bicho raro a veces.

Felicia arrugó la boca.

–«Bicho raro» es un término excelente.

Taryn sacudió la cabeza.

–No me refiero a eso. Te doy un consejo: quiere a tu bebé y haz que lo sepa. Eso es lo que necesitan los niños. El resto va solo.

La expresión de Felicia se suavizó.

–¿Tu madre no te quiso?

–Me abandonó. Fue horrible –en cierto sentido, el abandono de su madre había sido peor que el maltrato de su padre, porque su madre había sabido lo que le pasaría y se había marchado de todos modos.

Felicia asintió.

–Gracias. Tienes razón. Carter, mi hijastro, también me dice eso. Ya quiero a mi niña. Solo quiero hacer lo correcto.

–¿Todo el tiempo? ¿Qué probabilidades hay de que eso pase?

Felicia se rio.

–Muy pocas.

Siguieron caminando hacia la mesa del ponche. Felicia lo señaló.

–Dice la leyenda que unos marineros ingleses descubrieron el ponche en la India. La etimología de «ponche» viene de la palabra hindú que indica «cinco», refiriéndose a los cinco ingredientes que forman la bebida. Se supone que tiene que tener un sabor dulce, uno ácido, algo amargo, algo flojo y alcohol. Algunas versiones posteriores usaron té como base.

Taryn se quedó mirando la bebida rosa.

–Espero que este no tenga alcohol, porque, si no, estaremos metidas en un buen lío.

–Seguro que no es más que una bebida azucarada. Las niñas empezarán a sentir los efectos cuando se sirvan los sándwiches.

–Va a ser una tarde muy emocionante.

Una vez dejó allí a Felicia, vio que Angel estaba rodeado por más madres todavía y se marchó en la dirección contraria. «¡Que emplee sus habilidades de macho furtivo para salir de esta!», pensó con una sonrisa.

Vio a Bailey y a Chloe charlando en un grupo. Bailey la vio y le dijo algo a Chloe antes de ir hacia ella.

Llevaba un vestido verde un poco ajustado. Su larga melena roja caía sobre sus hombros y no se había maquillado mucho.

–Esto está muy bien –le dijo al acercarse–. Me gusta que el grupo reúna a las niñas para que todas se hagan amigas. Cuando Chloe vaya a secundaria, ya conocerá a las niñas más mayores –bajó la voz–. Quería daros las gracias a Angel y a ti por la ayuda que le habéis dado a Chloe. Está muy emocionada con todas las actividades. Ya veo cambios en ella.

–Me alegro –dijo Taryn–. Es muy dulce. Cuando Angel le pidió que cuidara de uno de los cachorros, fue muy cariñosa con el perrito. Es una niña fantástica.

–Gracias. Ha sido muy duro estar sin su padre. Yo también lo echo de menos, aunque para mí es distinto.

Taryn no estaba segura de que eso fuera a ayudarla a llevar mejor su pérdida, pero decidió no decir nada.

Bailey sonrió.

—Chloe siempre está hablando de tu ropa y ya entiendo por qué. Es un vestido precioso.

Taryn se giró de un lado a otro para que la falda se moviera.

—¡Es un vicio! —dijo con tono alegre—. Y no me importa. Me encanta este vestido.

—Y los zapatos también son geniales.

Taryn se fijó en que los zapatos planos de Bailey estaban rozados de tanto uso. De pronto fue consciente de que su vestido había costado casi mil dólares y sintió la necesidad de disculparse.

—Voy a tener que cambiar mis vaqueros de mamá por algo más profesional y elegante —admitió Bailey.

—¿Te cambias de trabajo?

—Busco trabajo —dijo encogiéndose de hombros—. He tenido algunos a media jornada, sobre todo para poder estar con Chloe. Pero ella cada vez está mejor y necesitamos el dinero. El problema es que hace mucho que no tengo empleo fijo y los programas informáticos cambian cada pocos años, así que necesito poner al día mis habilidades.

—Seguro que habrá clases en el colegio universitario comunitario —propuso Taryn—. Podrías ponerte al día en cuestión de días.

Bailey asintió.

—He mirado por Internet y las clases son muy caras, así que sí, el colegio comunitario sería más sencillo y más barato.

—Además, conocerías a gente en tu misma situación. Podrías hacer contactos y después ir a comprarte un buen traje e impresionar a tu futuro jefe.

Distintas emociones recorrieron el rostro de Bailey.

—Es una idea genial —sonrió, aunque algo no iba bien. La calidez de su rostro se disipó al instante—. No quiero robarte más tiempo. Gracias de nuevo por toda la ayuda con Chloe.

Taryn asintió mientras la otra mujer se marchaba. Sabía que había metido la pata con algo, pero no sabía qué. Lo de la idea del colegio comunitario tenía sentido porque, ¿cómo, si no, iba Bailey a reciclar sus conocimientos? Pero si no era eso, habría sido...

–¿El traje? –murmuró para sí.

Tal vez tenía el dinero tan justo que no podría permitírselo, y eso hizo que Taryn se sintiera peor aún con su vestido. ¡Qué barbaridad haberse gastado tanto dinero en una prenda! Sí, se lo podía permitir sin problema, pero...

–Pareces disgustada –le dijo Angel al acercarse–. ¿Qué pasa?

–Nada –entrelazó los dedos–. Me siento estúpida.

–Eso no es posible.

Ella lo miró.

–¿Te parezco ridícula? ¿Con la ropa y los zapatos?

–¿A qué viene eso?

–No estás respondiendo a la pregunta.

–Es que no lo entiendo. Eres una mujer preciosa y vistes como quieres vestir. ¿Por qué eso te convierte en estúpida?

–Me gasto miles de dólares en mis cosas. ¿Sabes cuánto cuestan estos zapatos?

–No, ni me importa. ¿Te gustan?

–Sí.

–¿Te los puedes permitir?

–Claro.

–Pues entonces disfrútalos.

Sabía que tenía razón, pero no era tan sencillo. Vio a Bailey charlando con algunas de las otras madres y, mientras la observaba, sintió un extraño pinchazo en el estómago. Una necesidad de ayudar.

—Es este pueblo —farfulló—. No quería implicarme, no soy como tú, yo no conecto con la gente.
Angel le lanzó una delicada y sexy sonrisa.
—Odio ser yo el que te dé la noticia, Taryn, pero ya está pasando.
—Pues quiero que pare.
—Demasiado tarde.

Capítulo 13

Angel estaba dispuesto a admitir que era tan sexista como el que más. Sí, quería la igualdad de salarios y creía que debería haber más mujeres dirigiendo las mejores empresas del mundo. Creía que era bueno que hubiera mujeres en combate y opinaba que deberían darles más reconocimiento.

Pero esas actitudes estaban en el lado izquierdo de su cerebro. En el consciente, en el que razonaba. No tenían nada que ver con su reacción visceral al ver a Taryn presentándole sus ideas al equipo de CDS.

Estaba sentado al fondo con Ford y Consuelo. Justice estaba en la cabecera de la mesa de reuniones con Taryn a su lado, tecleando en su portátil cada pocos segundos para cambiar las imágenes de la pantalla.

Les había dado una explicación detallada sobre por qué su logo funcionaba y por qué el resto del material no. Les proporcionó estudios de mercado, información sobre tendencias corporativas, e incluso algunos gráficos sobre demografía. Aunque Angel, más que escuchar, estaba observando.

Llevaba un traje negro ajustado con algo que parecía piel de serpiente. Solo Taryn podía lucir algo así, pensó con admiración. Sus zapatos tenían un tacón tan fino y alto que podrían clasificarse como un arma, y su larga melena negra caía recta sobre su espalda. Resultaba poderosa e increíblemente sexy. No costaba imaginarla con una fusta... o esposas. Y no es que a él le gustara ese rollo, pero, si ella quería jugar, no creía que fuera a ser capaz de negarle nada.

Lo cual hacía que estar allí, escuchándola, resultara físicamente incómodo. Mientras que intentaba mantener el control, había pasado la última hora con una enorme excitación y por esto estaba teniendo cuidado de no moverse demasiado en la silla. Lo último que le hacía falta era que Ford se fijara y que empezara a burlarse.

La imagen cambió de nuevo y mostró un membrete y tarjetas de visita. Había distintos diseños, todos ellos variaciones con un mismo tema. Taryn habló más sobre qué le gustaba y por qué, y Justice hizo unas cuantas preguntas.

Angel fue desvinculándose de la conversación a medida que se preguntaba cómo habría sido Taryn si hubiera entrado en el mundo militar. La habrían hecho comandante, pensó. Le habría gustado la disciplina y los retos, aunque habría odiado los uniformes.

Cuando la reunión terminó, Taryn le estrechó la mano a todo el mundo. Justice dijo que discutirían sus ideas y que se pondrían en contacto con ella a finales de semana. Angel sabía que a su amigo le había gustado lo que había visto, pero no quería decirlo sin haberse reunido primero con su equipo.

—Tu chica es muy inteligente —dijo Ford.

Angel sonrió.

—¡Qué me vas a decir a mí! Luego nos vemos en CDS.

Ford asintió y se marchó con Consuelo. Cuando Angel se quedó a solas con Taryn, ella recogió su ordenador y comenzó a caminar por el pasillo.

—Bueno, ¿qué te ha parecido? —le preguntó.

—Ha sido una buena presentación. Ha sido clara y es obvio que has hecho tus deberes.

Entraron en el despacho de Taryn. Él cerró la puerta y bajó las persianas para que nadie pudiera verlos. Después se le acercó.

–CDS es un caso interesante –estaba diciendo Taryn mientras dejaba su portátil sobre la mesa. No se fijó en que Angel se estaba acercando. Se quitó la chaqueta y la echó sobre una silla–. La empresa tiene dos ramas bien distintas. Ese no suele ser un modelo de éxito, pero en este caso...

Angel la agarró de los brazos y la giró hacia él. Con esos malditos tacones estaba prácticamente a su altura, pero le parecía bien si eso le facilitaba besarla. Y eso hizo.

Taryn se apoyó contra Angel y lo rodeó con los brazos. Sentía su boca ardiente y hambrienta contra la suya.

–Y yo que esperaba que me dieras algún detalle más sobre la presentación –dijo con voz burlona–, pero creo que puedo aceptar esto en su lugar.

Él se acercó más y frotó su cuerpo contra el suyo. Taryn sintió su erección dura como una roca.

–Eres sexy cuando hablas de negocios, y cuando hablas de lo que sea. Eres sexy cuando caminas, cuando respiras.

Sentir su excitación hizo que su cuerpo reaccionara del mismo modo y, al momento, se sintió molesta por todas las capas de ropa que los separaba y por la magia que sus manos podían hacer sobre su piel desnuda. Miró hacia la puerta cerrada y vio que él había echado el pestillo.

–No es que sea dada a tener relaciones en la oficina –murmuró Taryn apretando los labios contra su mandíbula mientras él agarraba la cremallera de su falda.

–Yo tampoco.

Ella sonrió e inhaló su aroma.

–¿Estás pensando en el escritorio?

–Sí.

A Taryn la recorrió un escalofrío. Sería un poco hortera, pero maravilloso igualmente.

Cuando Angel le bajó la cremallera de la falda y esta cayó al suelo, ella ya se estaba quitando la blusa. Él se encargó de su sujetador y del tanga, aunque le dejó los tacones puestos. «Qué pervertidillo», pensó Taryn con una sonrisa.

Cuando fue a abrazarla, Taryn sacudió la cabeza y agitó el dedo índice.

–Tú estás vestido. A mí eso no me vale.

Apartó su ordenador, se sentó en el escritorio y separó las piernas.

–Estoy esperando.

Angel se tomó unos cinco segundos para mirarla de arriba abajo, deteniéndose en sus pechos y entre las piernas. Se le dilataron los ojos, apretó la mandíbula como si estuviera conteniéndose, pero, una vez empezó a quitarse la ropa, se movió deprisa y al instante estuvo desnudo y rodeándola con sus brazos.

Hundió la lengua en su boca y al mismo tiempo hundió su erección en su cuerpo. La llenó por completo y fue encendiendo cada terminación nerviosa que encontraba a su paso. Ella se aferró a él y ambos gimieron.

Taryn le rodeó las caderas con las piernas y lo acercó más a sí. Él seguía besándola, deslizando la lengua dentro de su boca, y al mismo tiempo cubría sus pechos con las manos y rozaba sus tersos pezones. Se retiraba y volvía a adentrarse en ella. Coló una mano entre los dos, posándola contra su vientre y acariciándole el clítoris con el pulgar.

«Esto es demasiado», pensó Taryn con desesperación. Los besos, las manos de Angel y cómo sabían exactamente cómo llenarla. Se apartó ligeramente para poder mirarlo a los ojos. El deseo ardía en ellos mientras los músculos de Angel se tensaban.

Lo sintió acercándose cada vez más, a la vez que ella,

pero quería contenerse, solo por un segundo, para prolongar el momento mientras pendía al borde del...

Su orgasmo la reclamó y cada parte de ella se estremeció a la vez que gritaba de placer. Aunque su cerebro la advirtió de que era una mala idea teniendo en cuenta dónde se encontraban, su cuerpo se perdió en el placer y perdió el control hasta el punto de que ni siquiera le importó.

Pero mientras abría la boca, Angel la hizo callar con un beso. Ella deslizó la lengua contra la suya para que viera lo agradable que era y, al instante, Angel estaba llegando al éxtasis y ambos estaban fundiéndose en un clímax mutuo.

Angel se alegraba de haber ido a correr solo porque no quería tener que dar explicaciones sobre su perpetua sonrisa. Se sentía relajado, pero fuerte, mientras subía la montaña. Maldita sea, qué bien lo había pasado con Taryn.

Había cronometrado su sesión en el despacho y desde el momento que había cerrado la puerta hasta que los dos se estaban vistiendo y riéndose como adolescentes, habían pasado cuatro minutos. En otras circunstancias se habría sentido avergonzado por su falta de control, pero ella había llegado al orgasmo tan rápido como él. Se había mostrado receptiva y deseosa... una combinación difícil de resistir.

Pasó corriendo por delante de una señal de Stop y de la carretera que conducía a la autopista, y estaba a punto de dirigirse al este junto a un sendero cuando vio un coche a un lado de la carretera. Era un vehículo de importación con diez años de antigüedad, una abolladura en el parachoques y una mujer de pie al lado.

Angel aminoró la marcha hasta detenerse y tardó un segundo en identificar a la mujer. Era rubia, llevaba unos pantalones de yoga y una camiseta llena de flores diminutas. ¿Laura? ¿Leslie? Frunció el ceño. Larissa. Trabajaba con Taryn.

Pero aunque sabía quién era, no podía estar seguro de que ella supiera lo mismo de él. Comenzó a acercarse lentamente con los brazos relajados en un intento de mostrarse lo menos amenazante posible.

–Hola. Soy Angel. Trabajo para CDS en el pueblo. ¿Tienes algún problema con el coche?

Larissa le sonrió.

–Así que tú eres el misterioso Angel. Lo he oído todo sobre ti. Me alegro de conocerte por fin.

Se dieron la mano. Él miró el coche.

–¿Qué problema hay?

Larissa suspiró.

–Estoy transportando un par de serpientes en peligro de extinción a un refugio de reptiles del desierto. Iba a tomar la autopista por las montañas porque pensé que sería un trayecto bonito.

Mencionó varias flores silvestres que estaban floreciendo y lo importantes que eran para el ecosistema. Angel esperó pacientemente.

Cuando ella se detuvo para tomar aire, él se movió hacia el coche.

–¿Por qué has parado?

–¡Ah, sí! No me van mucho las serpientes. Sé que ellas también son personas, pero prefiero las cosas con pelo. Por eso cuando he mirado atrás y he visto que la tapa no estaba cerrada del todo, me he puesto histérica. Me parece que una anda suelta por el coche, así que estaba a punto de llamar a Jack.

Durante un segundo, él pensó en dejarle hacerlo. Taryn le había advertido que Larissa era una buena samaritana a la que le encantaba arrastrar a la gente a sus proyectos. Pero lo cierto era que él no tenía ningún problema con las serpientes y, de todos modos, ¿cuánto podría tardar en capturarla dentro del coche?

–Yo me ocupo. ¿Has cerrado la tapa antes de bajar?

Larissa sacudió la cabeza.

–He gritado y he bajado del coche. Las llaves siguen en el contacto.

Él sonrió.

–Si te dan miedo las serpientes, ¿por qué has accedido a transportarlas?

–Alguien tenía que hacerlo. Necesitan un hogar.

Sí, sin duda, una buena samaritana, pero Taryn tenía razón, Larissa podía ser un problema. Aunque una vez que metiera la serpiente, o serpientes, de vuelta al contenedor, ya no sería problema suyo.

–¿Sabes si muerden? –abrió la puerta y entró en el vehículo.

–No estoy segura. ¡Ah! Pero alguien mencionó que podían ser venenosas.

–¡Te lo dije! –dijo Taryn con firmeza–. Lo dejé extremadamente claro. ¿Pero me escuchaste?

Si Angel no se estuviera sintiendo como si lo hubieran golpeado con una montaña, le habría hecho gracia la bronca, pero en ese momento estaba teniendo problemas para centrarse y le dolía el cuerpo como si estuviera pasando por la peor gripe de su vida.

–Sí, me lo dijiste –admitió.

Estaba en una cama, lo cual significaba que ya no estaba tirado a un lado de la carretera, pero no recordaba mucho del trayecto. Vio la vía intravenosa conectada a su brazo y supo que esa no era su cama.

–¿En el hospital, no?

–Sí, estás en el hospital. Te ha mordido una serpiente venenosa, lo cual es totalmente ridículo.

–Me siento como una mierda. ¿Qué te parece un poco de compasión?

–No estoy segura de que te la merezcas –sin embargo,

se sentó a su lado en la cama y, mientras le hablaba, le puso un paño frío sobre la frente.

–Creía que Larissa estaba de broma –admitió al recordar lo sucedido el día anterior. La serpiente, la mordedura, Larissa pidiendo una ambulancia–. Pero al menos metí la serpiente en el contenedor.

–Sí, lo hiciste. Larissa te lo agradece mucho y se siente culpable.

Miró a Taryn.

–Vas a gritarle, ¿verdad?

–Una y otra vez.

–No es culpa suya.

Le acarició la cara.

–¿La estás defendiendo? Estaba transportando serpientes venenosas sin tomar las precauciones apropiadas y podría haber muerto. Tú podrías haber muerto. Si iba a cruzar Estados, seguro que habría necesitado alguna clase de permiso, ¿pero se molestó en solicitarlos? ¡No! Le encantan sus causas y a veces no piensa.

–Estoy bien –posó la mano sobre la suya–. Puedes dar un poco de miedo, así que no te pases con ella.

Taryn lo miró.

–No me puedo creer que estés actuando así. Podrías haber muerto.

–Pero no he muerto.

La rabia que Taryn mostraba era casi de agradecer, pensó él mientras hacía lo posible por ignorar cómo le palpitaba todo el cuerpo. Su caricia lo ayudó, la delicadeza de sus manos. No le sorprendió que Taryn tuviera un lado tierno, sabía que aunque se quejaba de «los chicos», haría lo que fuera por protegerlos. Sin embargo, él no se había esperado verse como objeto de su preocupación.

De pronto, Consuelo apareció en la puerta.

–Tienes visita.

Él se quedó mirando a su compañera de piso.

—¿Qué estás haciendo aquí?
Ella se encogió de hombros.
—Me he enterado de lo que ha pasado. No me podía creer que fueras tan estúpido, así que he venido para burlarme de ti.
A pesar de esas palabras, él podía ver preocupación en sus ojos.
—Me conmueves.
—Más adelante te daré una paliza —farfulló al darse la vuelta.
Taryn se levantó y se pasó a la silla junto a la cama mientras Bailey y Chloe entraban en la habitación. Chloe tenía los ojos abiertos de par en par, se había quedado pálida y eso hacía que le resaltaran las pecas. Al verlo en la cama de hospital, se le llenaron los ojos de lágrimas. Y él, sin saber qué otra cosa hacer, alargó los brazos.
—Ey, peque.
La niña corrió hacia Angel, que la abrazó asombrado por lo pequeñita que era, aunque fuerte. Se aferró a él como si no fuera a despegarse jamás.
—Estaba asustada —susurró contra su pecho—. Creía que te ibas a morir.
Baile sonrió como avergonzada.
—Le dije que te pondrías bien, pero necesitaba verlo por sí misma. Siento que estemos molestando.
—No molestáis —respondió Angel—. No pasa nada.
—Es por... —Bailey se detuvo—. Es por su padre.
Angel agarró a Chloe suavemente de la barbilla para que lo mirara.
—Chloe, tu papá fue un héroe. Yo solo soy un tipo al que le ha mordido una serpiente. Fue una tontería por mi parte, pero los médicos se han ocupado de mí y me voy a poner bien.
Chloe se sorbió la nariz.
—¿Te dolió?
—Mucho.

—¿Está bien la serpiente?

—Sí. No fue culpa suya. Se comportó como se comportan las serpientes. Por eso tenemos que aprender a respetar a la naturaleza. Yo estaba intentando ayudarla, pero ella no lo sabía —se detuvo—. No me voy a morir.

La niña apretó los labios y asintió antes de empezar a llorar de nuevo. Angel la abrazó con fuerza. Taryn lo sorprendió al acercarse a Bailey y abrazar a la mujer. Consuelo sacudió la cabeza y fue hacia la puerta.

—A mí nadie me abraza —dijo con firmeza antes de salir al pasillo.

Taryn miró a Jack. Estaba sentado en una de las sillas para las visitas y no tenía pinta de ir a moverse, lo cual significaba que tenía pensado estar presente en la reunión con Larissa.

—Esto no tiene nada que ver contigo —le dijo Taryn.

—Claro que sí. Te vas a poner hecha una furia. No lo sueles hacer, así que la gente se olvida de cómo te pones, pero yo sé lo que va a pasar. Te pondrás a decir de todo y dejarás hundida a Larissa, que ya de por sí se siente fatal. Después se pondrá a llorar y se marchará.

—¿La estás protegiendo? —preguntó Taryn apoyando las manos en las caderas—. Sabes lo que ha pasado.

—Sí. Se ha equivocado. Está bien decirle que se ha equivocado. No está bien hacerla sentirse peor de lo que se siente ya. No quiero que se marche.

—Y de eso trata todo esto. De lo mucho que te disgustarías si se marchara.

—Tú también la echarías de menos.

Y eso era algo que Taryn podía admitir, si bien, a regañadientes.

—No voy a despedirla ni a intentar hacer que abandone, pero tiene que parar, Jack. Al menos con esto.

—Lo sé –se oyó desde la puerta.

Taryn levantó la mirada y vio a Larissa entrando en el despacho. Estaba tan pálida como Chloe el día anterior, aunque sin pecas. Se había recogido su larga melena rubia en una cola de caballo y llevaba unos vaqueros con una camiseta. Tenía ojeras y gesto de tristeza.

Entró y se sentó al lado de Jack. Tragó saliva antes de hablar.

—Lo siento muchísimo –susurró–. No quería hacerle daño a nadie. Tenéis que saberlo.

—Lo sé –respondió Taryn, a quien le costó mostrarse enfadada ahora que veía lo hundida que estaba Larissa–. Pero no puedes seguir haciendo esto.

Larissa asintió.

—Tienes razón. Una cosa es rescatar mariposas, y otra rescatar animales venenosos o peligrosos. No tengo la formación adecuada para ello –se le llenaron los ojos de lágrimas–. Pero es que cuando me llamaron, la situación parecía desesperada.

—Siempre lo hacen así –gruñó Taryn.

Jack miró a Taryn y acarició la espalda de Larissa.

—Intentabas ayudar. Es lo tuyo.

—¡Pues a Angel no lo ayudó! –contestó Taryn con brusquedad–. Y no es la primera vez. ¿Recuerdas esos perros de pelea que tuvo en tu casa? Tuviste que mudarte a un hotel. Esto es más de lo mismo.

Jack empezó a hablar, pero Larissa sacudió la cabeza.

—Tiene razón, hice que Angel acabara en el hospital. Si hubiéramos estado lejos de ayuda médica, podría haber muerto y es culpa mía –tragó saliva de nuevo y se puso derecha–. Tengo que ver lo que hago y ser más responsable. Lo siento.

—Disculpa aceptada –dijo Taryn sin querer torturar a su amiga–. Pero, por favor, dime que lo entiendes.

—Lo entiendo. Lo prometo. No puedo decir que vaya a dejar de ayudar, pero en el futuro tendré más cuidado.

Jack le lanzó a Taryn una mirada de advertencia, como diciéndole que había ido demasiado lejos. Taryn asintió.

—Eso es lo que necesitaba oír —dijo y se levantó—. No estoy enfadada.

—Lo estabas —contestó Larissa poniéndose de pie.

—Solo un poco.

Las dos mujeres se abrazaron.

—Lo siento muchísimo —repitió Larissa.

—Lo sé.

Jack acompañó a Larissa fuera del despacho.

Taryn fue hacia la ventana y se quedó mirando por ella. Estaba segura de que por fuera parecía estar normal, pero por dentro seguía temblando. Estar enfadada con Larissa la había ayudado a dejar sus preocupaciones de lado, pero ahora ya no le quedaban distracciones. Había estado deleitándose con el recuerdo del inesperado encuentro que había tenido con Angel la mañana que la habían llamado diciendo que estaba en el hospital por una mordedura de serpiente. ¡Vaya dos sucesos opuestos!

Se había asustado al saber que estaba en peligro y después se había quedado impactada por la intensidad de su preocupación. Su relación con Angel tenía que ser divertida, un par de adultos pasándolo bien juntos. Sin ataduras, sin promesas. No quería que fuera distinto. Ahí nadie tenía nada que ganar, porque ninguno de los dos quería un final feliz con amor eterno. Él ya había tenido el suyo y ella, bajo ningún concepto, le confiaría su corazón a nadie.

Capítulo 14

La secretaria de Taryn entró en el despacho. Taryn alzó la mirada y vio la preocupación en la expresión de la otra mujer.

–¿Qué? –preguntó levantándose al instante–. ¿Qué ha pasado?

Sabía que Angel estaba bien, le habían dado el alta del hospital hacía tres días y cada vez que lo veía lo encontraba mejor. Le habían permitido retomar sus actividades habituales y ese día había decidido volver al trabajo. Así que debía de haber pasado algo con los chicos. Conociéndolos, era imposible adivinar en qué desastre se habría metido alguno de ellos.

–Tienes visita –dijo Jude–. No tiene cita –se encogió de hombros– y, para serte sincera, estoy un poco nerviosa por tener que decirle que tiene que pedir una.

Taryn se relajó.

–Pues tengo que ver a la persona que ha logrado ponerte nerviosa a ti.

Siguió a su secretaria hasta la sala de espera y vio a Consuelo caminando de un lado para otro, inquieta. La pequeña mujer morena llevaba lo habitual en ella, una camiseta de tirantes y unos pantalones de bolsillos. Parecía un animal enjaulado.

Taryn sonrió.

—No te preocupes, puedo ocuparme de esto. Ven, Consuelo, estás asustando al personal.

Consuelo fue con ella hasta el despacho y se quedó de pie frente a su mesa. Se cruzó de brazos y alzó la barbilla.

—Tienes que pararlo —anunció.

—De acuerdo —Taryn se sentó y le indicó que hiciera lo mismo, pero la mujer permaneció de pie—. ¿Que pare qué?

—A la gente. La comida. ¿Sabes que tenemos unos doce guisos en la nevera ahora mismo? Y todavía más en el congelador. Las mujeres y los niños pasan por casa sin llamar primero. Quieren saber que Angel está bien y quieren hablar conmigo.

Taryn no se molestó en ocultar su diversión.

—¡Oh, eso es terrible! ¡Son todas unas perras!

Consuelo estrechó la mirada.

—¿Te estás burlando de mí? ¿Crees que es seguro hacerlo?

—Me siento con fuerza y valentía.

—Pues entonces eres tonta.

—Eso es muy posible —Taryn se cruzó de piernas—. ¿Qué quieres que haga al respecto? Angel es miembro de la comunidad y la gente se preocupa por él —decidió que era el momento perfecto para decir—: ¿No ves que harían lo mismo por ti si estuvieras enferma o herida?

Consuelo dio un paso atrás y miró a su alrededor, como si se esperara que las paredes fueran a cerrarse sobre ella.

—Mierda. Tienes razón. Sería horrible. Son muy simpáticos.

—¡Asquerosos! —asintió Taryn.

Consuelo la miró fijamente.

—¿Tienes claro que podría matarte ahí mismo, donde estás sentada?

—O prácticamente en cualquier otro lado, pero no lo harás. Disfruta de la comida. Seguro que está rica.

—Eso sí —admitió a regañadientes—, pero están en mi casa.

—Quédate con Kent los próximos días.

Consuelo enarcó las cejas.

—¿En su casa? Tiene un niño.

—Tiene un hijo adolescente que probablemente se imaginará que habéis tenido relaciones sexuales en más de una ocasión.

—¡Ay, Dios mío! No me creo que hayas podido decir eso.

A Taryn le encantó que la normalmente taciturna y dura Consuelo estuviera viviendo tan cerca de la frontera emocional. Por extraño que pareciera, eso la hizo sentirse más unida a ella.

Taryn se inclinó hacia delante y bajó la voz para decir:

—Todos nos lo imaginamos.

Consuelo se dejó caer en una de las sillas y gruñó.

—Odio estar aquí.

—No, no lo odias.

—No lo odio —admitió con un suspiro—. Pero es que es duro encajar. Cuesta mucho.

Eso era algo que Taryn entendía bien.

—Tanta amabilidad puede resultar agotadora.

—¿Verdad que sí? Y tener que saludar a todo el mundo, preguntar por la familia. Además, aquí todos o están embarazados o quedándose embarazados, o acaban de tener un bebé. Kent y yo no vamos a tener hijos.

—No sabía que habíais decidido eso.

—No hemos hablado de ello, pero no —arrugó la boca y su tono sonó nostálgico—. A menos que él quiera que tengamos un bebé.

—Serías una madre genial y amarías extremadamente. Sería muy bonito.

Consuelo la miró con brusquedad.

—No digas esa palabra cuando estés hablando de mí.

Taryn no estaba segura de si se refería a «madre» o a «bonito», pero de cualquier modo, obedecería con mucho gusto.

–Sí, señora.

–Debería matar a Larissa. Todo esto es culpa suya.

–Lo es, y ya se ha disculpado con Angel más de una vez. Ha aprendido la lección. Déjala tranquila.

Consuelo la observó fijamente.

–¿Defendiendo a una de los tuyos?

–Sí –una cosa era que Taryn regañara a Larissa, y otra muy distinta que lo hiciera alguien de fuera de la familia.

–Muy bien –Consuelo se levantó–. Sabes que odio esto, ¿verdad?

Taryn no estaba segura de si se refería a la invasión del pueblo, a tanta amabilidad por todas partes o a las expectativas que no estaba segura de poder cumplir. Sin embargo, asintió.

–Lo sé, pero se te pasará.

–Eso espero. Porque si no, no pienso hundirme sola.

Taryn se rio.

–¡Esa es la actitud!

Una semana después de la mordedura de serpiente, Angel se sentía como siempre. Larissa se había disculpado tantas veces que ya la evitaba, lo cual era complicado. Fool's Gold era un pueblo pequeño. Por eso ahora, mientras cruzaba la calle para dirigirse a una reunión, miró a ambos lados. No por si venían coches, sino en busca de una rubia en concreto que aún se culpaba por la mordedura de serpiente.

Logró llegar al edificio sin que se produjera el encuentro, y eso para él fue toda una victoria. Entró, le dijo su nombre a la recepcionista y, unos minutos después, lo estaban acompañando al despacho de Raúl Moreno.

Raúl se había mudado a Fool's Gold hacía unos años. Era un antiguo jugador de fútbol americano que ahora pasaba gran parte de su vida ayudando a niños desfavorecidos de la ciudad con su campamento de verano, End Zone for Kids, y con becas, la mayoría de las cuales eran financiadas con torneos de golf entre profesionales y aficionados.

Cuando Raúl había programado la reunión, se había negado a decirle de qué se trataba, pero Angel había hecho indagaciones. Su profesión le había enseñado que una investigación a fondo podía marcar la diferencia en cualquier situación. A pesar de ello, no había descubierto nada que indicara por qué Raúl quería una reunión. Su empresa era demasiado pequeña como para realizar eventos corporativos en CDS y, de haberse tratado de eso, habría contactado con Ford, que estaba al mando de las cuentas. Por otro lado, si lo que quería era conectar con más gente de su clase, debería haber llamado a Score.

Entró y encontró a Raúl sentado solo en un espacio abierto. Había muchas mesas, pero no despachos privados. Podía ver una zona de conferencias al fondo, acristalada.

Raúl se levantó de su mesa y caminó hacia Angel. Era alto, con el pelo y los ojos oscuros. Tenía la forma relajada de caminar de un hombre que se sentía cómodo consigo mismo; se encontraba en buena forma y probablemente podría desenvolverse bien por la calle, pero en una pelea de verdad, caería como el civil que era.

—Gracias por venir —dijo Raúl.
—Me diste la sensación de que era algo importante.
—Lo es.

Los dos hombres se estrecharon la mano. Raúl lo llevó hasta la sala de conferencias y le indicó que tomara asiento. Él hizo lo mismo y se giró hacia un pequeño portátil. En la pared de enfrente había una pantalla fija.

—¿Conoces mi programa? ¿End Zone for Kids?

Angel asintió.

—Niños de la ciudad vienen aquí a pasar un par de semanas en verano. Así se alejan del estrés de sus casas y viven en la naturaleza. Los niños de Fool's Gold van al campamento de día. Se conocen los unos a los otros y ven la vida desde las perspectivas de los demás. Al final todos cantan el *Kumbayá*.

Raúl sonrió.

—Algo así, pero sin la canción. Este es nuestro cuarto año. Estamos expandiendo el programa constantemente. Tuve la idea de convertirlo en una escuela durante todo el año y ofrecer clases de ciencia o algo así, pero ese plan se desbarató cuando una de las escuelas locales sufrió un incendio.

Angel pensó en sus reuniones con la alcaldesa Marsha.

—Deja que adivine. Ocuparon la instalación hasta que reconstruyeron la nueva escuela.

—Sí. Así que nos centramos en el campamento de verano. Ahora hay una escuela nueva y yo he recuperado mi campamento, pero sigo sin estar seguro de qué hacer en los meses de invierno. Los niños de hoy en día se enfrentan a muchos problemas que nosotros nunca tuvimos.

Angel asintió.

—Y tanto. Cuando llegábamos a casa, podíamos desconectar. Ahora con tantos medios sociales eso no es posible. Hay un contacto constante. Ya nada se olvida.

—El acoso escolar no termina cuando terminan las clases —apuntó Raúl mirándolo fijamente—. Eso es lo primero en lo que quiero centrarme. Una campaña antiacoso. Hay muchos estudios que hablan de los motivos por los que los chicos se convierten en acosadores. Si pudiéramos romper el círculo, aunque solo fuera en un colegio, sería todo un comienzo.

—Es una idea interesante —aunque Angel no sabía qué tenía que ver eso con él.

–Eso me pareció –Raúl se echó atrás en su silla–. Tengo una psicóloga en mi equipo. Dakota lleva estudiando esto casi dos años y tiene algunas teorías que quiero probar. Si encontramos un método que funcione, podemos desarrollar un programa. Después de probarlo, podemos llevarlo a las escuelas de todo el país.
–Ambicioso.
Raúl se encogió de hombros.
–He tenido mucha suerte. Tuve una carrera de éxito que me convirtió en un hombre rico. Alguien cercano a mí me enseñó la importancia de dar algo a cambio. Y así es como he elegido hacerlo.
Angel sabía que la mayoría de la gente pensaría que con el campamento bastaba.
–Quiero que te apuntes como uno de mis voluntarios.
–¿Por qué yo? –preguntó asombrado, y eso que él no se sorprendía fácilmente.
Raúl sonrió.
–He oído cosas buenas.
–Los chicos de Score saben de fútbol. Yo no.
–Son buenos tipos y pensé en ellos, pero creo que tú tienes las habilidades que estoy buscando –se rio–. Por un lado, puedes asustar al típico adolescente, y eso significa que te escucharán.
Angel se tocó la cicatriz del cuello. Sabía que resultaba intimidante, o al menos lo había sido antes, porque entre el tiempo que llevaba viviendo en Fool's Gold y tener a sus Bellotas revoloteando a su alrededor era capaz de olvidarlo de vez en cuando.
–No es un compromiso a largo plazo –le dijo Raúl–. Dos o tres horas a la semana, iremos viéndolo sobre la marcha. Una vez tengamos una idea de qué funciona y qué no, buscaremos otros voluntarios y expandiremos el programa.
Angel pensó en cómo en un principio había pensado en

trabajar con adolescentes por Marcus. No había estado al lado de su hijo, no había podido mantenerlo a salvo, y tal vez hacerlo con otros chavales disminuiría la persistente sensación de haber fracasado en la única cosa que importaba: proteger a las personas que quería.

–Claro. Lo haré.
–¡Genial! –Raúl se levantó–. Vamos.
Angel se levantó.
–¿Adónde?
–Al instituto. Algunos de los chicos tienen hora de estudio dentro de quince minutos. Podemos sacarlos y hablar con ellos –esbozó otra sonrisa–. Lo hablé con el orientador hace un par de días.
–¿Tan seguro estabas de que diría que sí?
–Pregunté por ahí. Parecías la clase de persona que aceptaría.

Angel no se molestó en preguntar qué clase era esa, sobre todo porque no quería saberlo.

Justo unos quince minutos después, Raúl y él estaban entrando en el Instituto Fool's Gold. Firmaron en la recepción y los acompañaron hasta una clase vacía. Apenas habían entrado en el aula cuando llegaron cinco chicos.

Los alumnos eran más jóvenes de lo que se había imaginado. Aún eran menudos y muy delgados, se los veía extraños en esos cuerpos de piernas y brazos demasiado largos. Más adelante se rellenarían, pero ahora mismo estaban atrapados entre la infancia y la madurez. Alumnos de secundaria, pensó al observar sus expresiones de curiosidad.

Debían de tener la misma edad que Marcus. Marcus, al que le habían encantado el béisbol, los cómics y Halo 2. Al que se le habían dado bien las Matemáticas, le había apasionado leer, pero había odiado hacer redacciones. Marcus, que había estado dando la tabarra a sus padres para que le compraran un perro, y que había ayudado a su madre a preparar el desayuno todos los domingos.

Fue como si el tiempo retrocediera y, de pronto, el aula desapareció. Angel estaba haciendo un trabajo, protegiendo a un banquero rico que había cabreado a un traficante de drogas sudamericano. Él y su jefe por aquel entonces, Tanner Keane, estaban escondidos con la familia en una cabaña aislada cerca de Asheville. Porque ¿quién iba a ir a buscar al banquero y a su familia a Carolina del Norte?

Angel estaba en el pueblo haciendo la compra cuando había recibido la llamada. Un agente de policía le había dado la noticia sobre la tormenta y el accidente. Había dicho que tanto el conductor como el acompañante habían muerto al instante, que no habían sufrido.

Recordó haber escuchado toda la información, pero no haberlo creído. No entender que Marie y Marcus se hubieran ido. Más tarde, había dado las gracias por el hecho de que hubieran tenido una muerte rápida, pero en un primer momento le había dicho al agente que se equivocaba, que tenía que haberse equivocado. Porque Angel había hablado con Marie solo una hora antes y ella en ningún momento había dicho que estuviera lloviendo.

Tanner había mandado a Angel a casa en el jet de la empresa. Aunque el médico de familia, también amigo cercano, había identificado los cuerpos, Angel había insistido en verlos. Había ignorado la sangre, los huesos rotos y los había abrazado a los dos. Pero había llegado demasiado tarde. Estaban fríos. Se habían ido.

La esposa de Tanner, Madison, se había encargado del funeral. Después, Angel había empezado a beber y no había parado en seis meses. En aquel tiempo se había planteado darse un tiro en la cabeza, y lo único que se lo había impedido había sido saber que, de haberlo hecho, Marie se habría sentido muy decepcionada con él.

Había intentado superar las distintas fases del dolor, pero se había quedado sumido en la rabia, y la persona a la que no lograba perdonar era él mismo. Porque si hubiera estado allí, si hubiera sido él el que conducía, ambos seguirían vivos.

—¿Angel?

Más que oír a Raúl decir su nombre, lo sintió. Volvió al presente con una fuerte y desagradable sacudida. El pasado se desvaneció y él se quedó allí de pie en una clase con cinco adolescentes mirándolo.

Se forzó a seguir ahí, a presentarse y a estrecharles la mano a los chavales. Se aprendió sus nombres y su historia, pero, en todo momento, lo único en lo que podía pensar era en su hijo. El hijo al que nunca volvería a ver. El hijo al que no había podido salvar.

Taryn estudiaba los gráficos para la presentación preliminar para Cole y el equipo de LL@R. No estaba segura de haber captado aún el espíritu de la compañía, pero mientras observaba las imágenes y la rotulación, tenía la sensación de que tal vez Angel y ella podrían pensar en un proyecto de arte utilizando gráficos por ordenador. A las Bellotas les encantaría. Tenía que haber un abalorio de la FLM por la creatividad, ya que parecía que había uno para todo lo demás.

Pero no servía el arte por el arte, pensó. Tenía que tener un uso práctico, pósters para un festival, tal vez, o para una campaña de concienciación. Allí prácticamente cada mes celebraban algo, así que podrían elegir una causa y diseñar pósters. ¡A las niñas les encantaría!

Entró en Internet y comenzó a buscar listados de qué cosas se celebraban y cuándo. Estaba el mes nacional del helado, algo que ella podría apoyar muy seriamente, aunque tal vez era mejor un día en concreto, algo referente al servicio a la comunidad estaría bien.

Continuó buscando. De pronto le sonó el teléfono y contestó.

—Taryn.

Hubo una pausa antes de que la otra persona hablara.
-Soy Justice.
Taryn dejó de teclear. Pasaba algo. Podía oírlo en su voz.
-¿Qué pasa?
-No lo sé -admitió él-. Angel ha tenido una reunión esta mañana con Raúl Moreno. Es un antiguo jugador de fútbol.
-Ya sé quién es -le dijo a Justice. Raúl era el que había invitado a los chicos a Fool's Gold la primera vez. Habían participado en su torneo de golf entre profesionales y aficionados y eso le había cambiado la vida a ella para siempre. Aunque ahora estaba menos enfadada que por entonces.
-Ha vuelto y se ha metido en la sala de entrenamiento. Está atizándole a un saco de arena.
-De acuerdo -respondió lentamente, no segura de qué hacer con esa información.
-Deberías venir en cuanto puedas -le dijo Justice.
La frase no fue una petición.
-Dame cinco minutos -dijo y colgó.
Y eso fue lo que tardó aproximadamente en agarrar su bolso, dirigirse al coche y conducir unas cuantas manzanas hasta CDS. Cuando llegó, aparcó y corrió adentro. Justice estaba esperando junto a la puerta.
-Siento haberte molestado -le dijo encogiéndose de hombros-. No quiere hablar ni con Ford ni conmigo, y no encuentro a Consuelo, así que...
-Me alegro de que me hayas llamado.
Estaban recorriendo el pasillo y ella podía oír un golpeteo que se hacía más fuerte según avanzaba. Entraron en la gran sala de entrenamiento y vio a Angel golpeando el saco una y otra vez. Incluso desde donde se encontraba, pudo ver que se había cubierto las manos con esparadrapo y que, aun así, la sangre se filtraba por la cinta y goteaba al suelo.
Pero lo que de verdad la asustó fue su expresión, su mi-

rada. No es que pareciera que acabara de ver a un monstruo. No, algo mucho peor, mucho más grande y aterrador que un monstruo. Era como si hubiera visto el infierno, y lo que fuera que hubiera encontrado allí ahora estuviera persiguiéndolo.

Dio un paso hacia él y sus tacones la hicieron tambalearse sobre la colchoneta. Se agachó, se los quitó y caminó descalza hasta donde él seguía castigando al saco. O tal vez castigándose a sí mismo.

–Angel –dijo situándose a su lado.

Aunque la miró, Taryn supo que no la estaba viendo. Al menos, no al principio.

–¿Taryn? ¿Qué estás haciendo aquí?

–He venido a buscarte. Vamos. Vamos a mi casa.

–¿Qué? ¿Por qué?

Estaba pálido. El sudor le empapaba la camiseta. Cuando le tocó el brazo, tenía la piel húmeda. Tiró de él con delicadeza.

–Venga, vamos.

Había pensado que se resistiría, pero él asintió y se movió hacia ella. Después de ponerse los tacones, Taryn lo sacó de la sala y se reunieron con Justice en el vestíbulo, que le pasó una pequeña bolsa negra de tela gruesa.

–Una muda de ropa.

Ella la agarró.

–Luego te llamo.

Angel y Taryn salieron del edificio y se dirigieron al coche. Cuando ella abrió la puerta del copiloto, él entró sin que se lo pidiera.

Lo vio intentar abrocharse el cinturón, pero tenía las manos vendadas e hinchadas y no podía mover los dedos. Se agachó y se lo abrochó. Después, lo besó en la mejilla.

Él se giró hacia ella y, por un segundo, Taryn habría jurado que vio lágrimas en sus ojos. Pero entonces, él parpadeó y fue como si esas lágrimas nunca hubieran estado allí.

Capítulo 15

Angel no habló durante el breve trayecto hasta la casa de Taryn. Ella seguía mirándolo, intentando ver si estaba bien, pero no podía juzgar mucho por su perfil. Cuando llegaron a su casa, lo guio hasta dentro. Miró la bolsa y vio que Justice le había dado una muda completa, así que llevó a Angel hasta el baño principal y abrió el grifo de la ducha.

Después de quitarse los tacones y la chaqueta, le quitó la camiseta. Él se descalzó, se quitó los calcetines y se quedó inmóvil mientras ella le quitaba el esparadrapo de las manos.

Fue tan despacio y con tanto cuidado como pudo, aunque sabía que tenía que estar haciéndole daño. Tenía la piel cortada y magullada y la sangre brotaba de las heridas abiertas. Parecía como si hubiera estado en una pelea bestial... y en realidad suponía que así había sido. Se preguntó quién había sido el contrincante, y sospechaba que había sido él mismo. ¿Pero por qué?

Cuando terminó, abrió la puerta de la ducha.

—Termina de desvestirte y dúchate. Vuelvo en cinco minutos.

Él asintió. Taryn salió y cerró la puerta del baño. Exhaló lentamente cuando lo oyó cerrar la puerta de la ducha.

Se cambió de ropa rápidamente y sacó un kit de primeros auxilios. Para cuando volvió al baño, Angel ya se estaba secando. Había manchas de sangre en la toalla, pero a ella no le importó.

Una vez se vistió, lo llevó al comedor, donde lo había preparado todo. Al menos ahora Angel tenía las manos limpias. Utilizó un spray antiséptico y las vendas más grandes que encontró.

—¿Con esto bastará? ¿Crees que tendrías que ir al médico o a un hospital?

—Son solo unos rasguños.

Su voz sonó grave y áspera, como si no hubiera hablado en días... o hubiera estado gritando hasta quedarse ronco. Pero ella sabía que no se debía a ninguna de esas dos cosas. Mantuvo las manos delicadamente sobre las suyas, sin ejercer ningún tipo de presión sobre las heridas. Lo observó.

Tenía el pelo alborotado, húmedo y apuntando hacia todas partes. Estaba pálido. Aun así, sus anchos hombros lo hacían parecer poderoso. Poderoso, aunque distante.

—¿Angel? ¿Qué ha pasado?

Él la miró. Había algo en su mirada. Un vacío. Por un segundo se preguntó si sabría que estaba en la habitación con él.

Tragó saliva.

—Marie y yo éramos tan jóvenes. Unos críos, en realidad. Yo acababa de entrar en el ejército y ella trabajaba en la tienda de su tío. A su familia no le hacía gracia que saliéramos. Al principio no. Pero yo era como el típico perro callejero que no te puedes quitar de encima y decidí que, pasara lo que pasara, no me alejaría. Así que aceptaron lo inevitable y nos casamos. Dos meses después, embarqué.

Seguía mirando algo que ella no podía ver. ¿Le estaba contando la historia a ella o a alguien más? ¿Tal vez a sí mismo? Sabía que no importaba, que hablar y desahogarse lo ayudaría.

Angel maldijo.

—La echaba de menos y al mismo tiempo me encantaba lo que hacía. Y eso supuso que fuera una época difícil. Cuando llegué a casa un año después, me entregó un bebé. Había estado embarazada y no me lo había dicho. Me dijo que no había querido preocuparme, que estaba haciendo cosas peligrosas y necesitaba concentrarme. Lo había llamado Marcus por mi padre.

—Eso debió de hacerte sentir muy bien —dijo en voz baja—. Feliz.

—Lo era. Lo éramos. Éramos una familia y los quería a los dos.

Ella lo agarró de los brazos y le dio un cariñoso apretón. No sabía por qué estaba enfrentándose a esos recuerdos ese día, pero podía sentir su dolor.

—No es culpa tuya. Fue un accidente.

—Si hubiera estado allí... Si hubiera conducido yo...

—No es posible que una persona proteja a otra siempre.

—¡Lo sé! —su bramido llenó la habitación y se levantó—. Sé que no podía protegerlos de accidentes y del dolor, pero debería haberlo intentado. Debería haber estado allí. Los quería y no los mantuve a salvo.

Fue hasta la ventana y miró hacia el pequeño jardín. Ella lo observó no segura de qué hacer. Podía entender su dolor, pero no sabía lo que se sentía en realidad porque ella nunca se había permitido amar tanto. Ni siquiera a Jack, que se había acercado a ella más que nadie.

Nunca había estado enamorada, y nunca había querido estarlo. Y ahora que presenciaba el dolor de Angel, se preguntaba si de verdad valía la pena.

—¿Qué ha pasado hoy?

—He hablado con Raúl Moreno. Quiere mi ayuda con un programa antiacoso escolar que está poniendo en marcha. Le he dicho que lo haría y me ha llevado al instituto. Allí he hablado con unos adolescentes. Chicos.

Se giró lentamente y la miró. Tenía la mandíbula tensa como si estuviera conteniéndose todo lo posible.

–¿Sabes cuál es la ironía? Que cuando fui a ver a la alcaldesa Marsha sobre trabajar como voluntario y me contó lo de la FLM, pensé que trabajaría con chicos. Supuse que sabía cómo sería por Marcus. Y después, cuando me enteré de que eran niñas, me entró el pánico.

Ella sonrió.

–Sí, estaba allí.

Él sonrió levemente antes de fruncir la boca de nuevo.

–Me equivocaba. Estar con esos chicos casi me ha destrozado. Lo único en lo que podía pensar era en Marcus. En cómo era, en cómo murió. Apenas podía hablar. Raúl me ha cubierto. Voy a tener que contarle lo que me ha pasado.

«Y superarlo», pensó ella. Porque Angel no renunciaría a ese reto bajo ningún concepto.

–No sabía qué hacer –admitió–. El saco representa un lugar seguro.

Debería referirse a que golpear el saco era más seguro que conducir demasiado deprisa o emborracharse y ponerse al volante. Ella posó la mirada en sus manos vendadas, aunque no fue el mejor modo de intentar controlar la emoción.

–Siento hacerte pasar por esto –le dijo Angel.

–¿Por qué? –Taryn se levantó y fue hacia él–. Sientes lo que sientes. Tuviste una mujer y un hijo. Los perdiste a los dos de un modo terrible y de vez en cuando te sientes muy mal.

Él la miró a los ojos.

–¿Y ya está?

–¿Qué más te puedo decir?

–Podrías decirme que lo supere, que es hora de seguir adelante.

–Ni es mi estilo ni me corresponde decirte algo así.

Su amor por su familia no tenía nada que ver con ella, excepto tal vez para demostrar que casi todo el mundo era capaz de esa clase de compromiso menos ella. El amor requería confianza y ella jamás podría tenerla. Había hecho una elección mucho tiempo atrás y no veía razón para cambiar de opinión ahora.

Él la llevó hacia sí. Sus fuertes brazos la rodearon.

–Gracias –le susurró.

–Me tienes para lo que necesites.

Angel no habló, y a ella le pareció bien, porque si hubiera hablado, si hubiera dicho que le tomaba la palabra, eso los habría llevado a un lugar al que ninguno de los dos quería ir. Marie sería el amor de su vida mientras viviera, y Taryn sabía que ella jamás podría confiar en nadie. De ese modo, eran perfectos el uno para el otro. Ninguno de los dos permitiría que la relación se volviera seria.

Y aunque llegar a esa conclusión debería haberla reconfortado, por el contrario sintió una extraña sensación de tristeza. Como si hubiera perdido algo importante, algo que había estado a punto de alcanzar hasta que se le había escapado.

–Si llevaras zapatos planos, esto no sería un problema –dijo Larissa mientras Taryn aparcaba delante del bar de Jo.

Taryn miró a su amiga.

–Tú llevas zapatos planos. Podrías haber venido andando.

Larissa sonrió.

–Solo intentaba apoyarte.

–¿Viniendo en mi coche y después quejándote de mis zapatos? Vaya forma tan rara de dar apoyo.

–Soy una persona rara.

Cuando Taryn había llegado al trabajo esa mañana y había visto que tenía una cita para almorzar anotada en la agenda, había estado a punto de cancelarla porque desde que había recogido a Angel la tarde anterior, no había podido sacarse de la cabeza la sensación de que su mundo se había derrumbado. Pero entonces se había recordado que la vida tenía que seguir y que salir con sus amigas era la actividad más gratificante que conocía.

Agarró su bolso y bajó del coche. El bolso de cocodrilo y piel de pitón brillante le había llegado esa mañana. Lo había visto por Internet el día siguiente a la mordedura de serpiente de Angel y lo había comprado en un gesto de solidaridad. Hasta el momento, Larissa no se había fijado, y eso era bueno. Ella no creía en el uso de animales o reptiles para fabricar bolsos o zapatos. Aunque, tal como a Taryn le gustaba señalar, Larissa llevaba cuero de vez en cuando.

Entraron en el bar y vieron que Isabel, Felicia y Dellina ya habían pedido una mesa. Las tres mujeres las saludaron. Taryn sonrió al acercarse, ya que no quería que nadie supiera que no se encontraba en su mejor momento.

No podía olvidar lo que había sucedido el día anterior con Angel. Después del incidente con el saco, se había quedado con ella. Habían dormido juntos y, por la mañana, él le había hecho el amor, con manos hinchadas y todo. Se podía decir que volvía a ser el mismo de antes, pero Taryn sabía que no era así. Y ella seguía intentando comprender todas las emociones a las que se había enfrentado Angel, al dolor y al sufrimiento.

No estaba segura de qué sentía, y por eso no sabía cómo solucionarlo o hacerlo desaparecer directamente. Cualquiera de las dos cosas la ayudaría. Pero en lugar de eso se había quedado regodeándose en algo que no entendía y en la sensación cada vez mayor de que estaba con el agua hasta el cuello.

Larissa y ella acababan de sentarse cuando Consuelo se unió al grupo. Jo llegó con las cartas y mencionó que tenía un nuevo plato de nachos y cerdo por si querían probarlos.

Isabel gruñó.

–Intento perder cinco kilos.

Dellina le sonrió.

–No te lo tomes a mal, pero siempre estás intentando perder cinco kilos. Los nachos con cerdo suenan genial.

Consuelo miró a Isabel.

–Podría diseñar un programa de ejercicios y ponerte en forma para una buena pelea.

Isabel negó con la cabeza.

–No quiero pelearme con nadie. Para serte sincera, creo que preferiría quejarme de los kilos de más antes que ponerles remedio. No te ofendas.

–Tranquila –Consuelo se dirigió a Taryn–: Deberías hacer menos cardio y más pesas. Se te ve fuerte, pero cinco kilos más de músculo supondrían un gran cambio en tu metabolismo.

Taryn pensó en la sala de pesas de Score y supo que cualquiera de los chicos estaría encantado de prepararle un entrenamiento.

–Preferiría que me hicieran una endodoncia –murmuró–. Y ahora también quiero los nachos.

Larissa se inclinó hacia Consuelo.

–¿Así que estás trabajando en secreto para el distribuidor de los nachos de Jo?

–Supongo –murmuró Consuelo–. Ahora quiero un margarita.

Dellina sonrió.

–Me parece una idea genial, pero me siento obligada a decir que solo hemos quedado para almorzar. El alcohol implica una tarde muy larga.

Isabel soltó su carta sobre la mesa.

–Yo vuelvo andando.

–Yo estoy en periodo de gestación –dijo Felicia–. Jo ha accedido a prepararme un batido nutritivo que ayudará al desarrollo fetal.

–Nosotros volvemos en coche –dijo Larissa mirando a Taryn–. Es por sus zapatos.

Taryn agarró su bolso y sacó un par de zapatos planos que siempre llevaba para casos de emergencias.

–Puedo volver tambaleándome a la oficina si tú puedes.

A Larissa se le iluminó la mirada.

–Pues entonces, ¡a por unos margaritas!

–Yo también –dijo Consuelo–. Emborracharse suena divertido.

Isabel hizo una seña a Jo.

–Una jarra de margarita para la mesa. Y nachos.

Jo las miró.

–Os estáis volviendo un poco locas. ¿Vais a volver todas caminando?

Todas asintieron.

–¡Pues marchando unos margaritas! Y un batido para Felicia.

Menos de cinco minutos después, Taryn estaba bebiendo la fría bebida agridulce y esperando a que el tequila hiciera su magia. No recordaba la última vez que se había sentado con unas amigas a beber y se lo había pasado bien, probablemente porque nunca se le había dado bien hacer amigas. Después de que su madre se marchara, se había cerrado emocionalmente. Había temido a su padre lo suficiente como para no invitar a nadie a casa porque... ¿y si se presentaba borracho?

Después de escaparse, se había centrado únicamente en intentar mantenerse alimentada y a salvo, y no había tenido tiempo para tardes de ocio. Por eso, cualquier habilidad para mantener una charla entre chicas que pudiera haber adquirido había terminado atrofiándose... Hasta que se había mudado allí.

Aunque, bajo ningún concepto, les diría a los chicos que se estaba acostumbrando a vivir en Fool's Gold.

–Estoy a punto de inaugurar la nueva Luna de Papel –

dijo Isabel agarrando su copa–. Estoy contentísima por cómo ha salido todo –miró a Taryn–. Madeline está trabajando bien, ha progresado mucho con su mitad del negocio.

–Mejor para ti –Taryn sabía que Isabel prefería trabajar con los diseñadores y comprar inventario que tratar con futuras novias con altibajos emocionales.

–Sí. Tiene mucha paciencia con ellas y sabe ocuparse de las madres y de las suegras, lo cual es un arte –se detuvo–. Quiero que siga en la tienda. Ahora mismo no podrá haber un extra económico, pero estaba pensando en darle un pequeño porcentaje.

Dellina la miró.

–Eso ha sonado como una pregunta, no como una afirmación. ¿Estás buscando consejo? –se giró hacia Taryn–. No sabía que te habías dedicado a la venta al por menor.

Taryn ya podía sentir el tequila funcionando, probablemente porque estaba hambrienta, y no había duda de que Isabel estaba reaccionado igual. De lo contrario, esa era una conversación que habrían tenido en privado.

–No –respondió Taryn decidiendo que no tenía sentido ocultar la verdad, aunque tampoco es que hubiera sido un secreto. Más bien era algo que no había compartido con mucha gente–. Soy inversora en el negocio de Isabel.

–Más que eso –les dijo Isabel–. Básicamente ha pagado la reforma. Utilicé todos mis ahorros para dar una entrada considerable y comprar el negocio.

Consuelo enarcó las cejas.

–¿Así que fomentando el negocio local?

Larissa la miró.

–Eso es muy amable por tu parte. Estoy sorprendida.

Dellina se rio.

–¿Estás diciendo que no suele ser amable?

–¿Qué? –Larissa sacudió la cabeza–. No, por supuesto que es amable. Pero no siempre es obvio. Así de obvio –

juntó las manos–. Tenéis que dejar que Madeline se convierta en socia. Es perfecto.

Esas palabras eran muy típicas de Larissa, pensó Taryn. Dar su opinión sin conocer todos los datos, pero con la idea de salvar al mundo. Habría sido un momento apropiado para haber mencionado el incidente de la serpiente venenosa, pero Larissa por fin había dejado de disculparse y Taryn no quería que volviera a empezar.

Al instante Jo llegó con dos platos de nachos y, cuando Taryn vio la carne humeante, el queso derretido y los montones de guacamole por encima, supo que le tocaba una sesión extra de elíptica al día siguiente. Aun así, tenía la sensación de que valdría la pena.

Dio el primer bocado y casi gimió al saborear las especias del tierno cerdo junto con el sutil picante de la salsa.

Felicia se giró hacia Consuelo.

–¿Qué pasa?

–Nada. ¿Por qué me lo preguntas? ¿Por qué tiene que pasar algo?

La respuesta sonó muy tensa, pensó Taryn. Vio que todo el mundo estaba mirando a Consuelo, que, a su vez, las miraba a ellas.

Felicia le sirvió a su amiga un segundo margarita.

–Estás extremadamente tensa. No dejas de moverte en la silla y le estás dando vueltas a tu alianza tan deprisa que me preocupa que acabes haciéndote daño. Muestras los clásicos signos de tensión y ansiedad psicológica.

Taryn se sintió agradecida de estar sentada enfrente de las dos porque Consuelo no era persona dada a tomarse bien ese tipo de críticas; hasta se esperaba que respondiera con un ataque. Sin embargo, Consuelo se limitó a hundirse en el asiento y suspirar profundamente.

–Es Kent –farfulló–. Quiere que fijemos fecha para la boda.

Larissa frunció el ceño.

–No lo entiendo. ¿Es que no estáis comprometidos?

Consuelo observó el anillo de diamante que llevaba en el dedo.

–Sí, estamos comprometidos.

–Pues ahora una boda parece el paso más lógico –murmuró Dellina–. Al menos, desde un punto de vista profesional.

Consuelo mordió una patata. Masticó, tragó y le dio un trago a la copa.

–No estoy preparada –dijo al dejar la copa en la mesa–. Me está presionando. ¿Por qué tiene que presionarme?

Felicia sonrió.

–Tienes miedo. Esto es miedo. No te sientes presionada por organizar la boda, es el matrimonio en sí lo que te preocupa. No crees que puedas verte en esa clase de situación estable. Vas a mudarte a vivir con Kent y Reese, vas a formar parte de una familia. Hace muchos años que no tienes algo así y has olvidado cómo es.

De nuevo, Taryn, esperó un ataque, pero Consuelo se limitó a asentir, justo cuando los ojos se le llenaron de lágrimas.

–Lo sé. Es horrible. Estoy muy sensible, tengo cambios de humor y me encuentro asustada. ¡Lo odio!

–Kent es un tipo genial –dijo Isabel–. Está loco por ti. Si te preocupa cumplir las expectativas, no tienes por qué. Él no está buscando que te ocupes de su casa. Él puede hacerlo, lleva años haciéndolo.

–Lo sé –respondió Consuelo–. ¿Pero y si no puedo hacerlo?

–¿Lo quieres? –le preguntó Taryn.

Consuelo se sorbió la nariz.

–Sí. Más que a nada. En un principio mis sentimientos me asustaban, pero ahora me he acostumbrado a ellos. A nosotros. Lo necesito y no puedo dejar de necesitarlo. Lo que no sé es como gestionar la parte de ser normal.

Y eso era algo que Taryn podía entender. Ser normal tampoco entraba en su mundo. Eso y ser vulnerable. Ninguna de las dos cosas la hacía sentirse cómoda.

–Kent te ha elegido –le dijo Felicia a su amiga–. Cuando te conoció ya sabía que no eras normal.

Consuelo sonrió.

–Eso me hace sentir un poco mejor, pero sigo sin querer una boda grande, ni tampoco una pequeña. No quiero casarme, solo quiero estar casada. Si estuviera segura de que no espera de mí que sea normal, entonces creo que podría hacerlo.

Felicia asintió lentamente.

–Pero te da miedo que Kent se quede sin celebrar la ceremonia, el ritual delante de sus amigos y familia.

–Y Reese también –admitió Consuelo.

–Vas a tener que encontrar un punto medio. Habla con él, descubre qué parte de todo lo que conlleva casarse es la que más le importa. Sospecho que no es la ceremonia tanto como tú crees. Creo que te quiere en su casa y en su cama de forma permanente, que quiere comenzar su vida contigo.

Taryn se quedó impresionada con el conocimiento de Felicia sobre las complejidades de las relaciones humanas. A pesar de su desorbitada inteligencia, estaba empezando a ser intuitiva también.

Pidieron otra jarra de margaritas mientras seguían comiendo los nachos y Taryn sintió cómo iba relajándose. Esas mujeres eran muy simpáticas. Sus amigas. Casi podía confiar en ellas.

Pero tenía la sensación de que debería hacer algo más que eso, que debía exponerse emocionalmente. Esas mujeres eran sinceras y cariñosas. No le harían daño. No a propósito.

Sin quererlo, recordó el momento en que se cayó de aquella escalera; el momento de alargar la mano hacia su padre para que pudiera evitar que cayera. Recordó la mirada en sus ojos mientras había ignorado deliberadamente sus súplicas y cómo había gritado de camino al suelo. Y se preguntó si alguna vez sería capaz de olvidarlo lo suficiente como para alargar la mano hacia otra persona, figurada o literalmente, o si siempre se contendría en lugar de arriesgarse a caer.

Taryn colocó varias hojas de papel delante de la alcaldesa Marsha, cada una con un eslogan distinto.

—Hemos hecho un trabajo preliminar con los gráficos —dijo señalando los distintos tipos de letra y fondos— para mostrarle todo lo que es posible. De momento tenemos que centrarnos en la frase en sí.

Había llegado unos minutos antes de la reunión para revisar su maletín preocupada de que Sam y Kenny hubieran colado entre los papeles alguna broma sobre Fool's Gold, como aquello de «Fool's Gold, el lugar adonde los hombres se vienen corriendo». Llevaban días amenazando con hacerlo, pero por suerte solo los eslóganes buenos habían entrado en su bolsa.

Taryn y la alcaldesa los leyeron juntas. «Todo lo que reluce». «Un pueblo con un corazón de veinticuatro kilates». «Ven a por el oro». «Únete a la fiebre del oro». «El hogar de los que viven felices para siempre». «Un destino para el romance».

—Ese me gusta —dijo la alcaldesa señalando la tarjeta que decía: «Fool's Gold: Un destino para el romance».

—Se acerca al antiguo eslogan —dijo Taryn—, pero sin el doble sentido. Podemos preparar algunas ilustraciones si quiere.

—Deja que primero lo presente ante el consejo de la ciudad —le respondió la alcaldesa—. Espero alcanzar algún consenso antes de que volquéis más esfuerzo en esto. Créeme, podría tardar un poco.

–No es problema. Usted solo avíseme cuando esté lista para seguir adelante o si necesita más sugerencias –aunque no le apetecía nada volver a reunirse con Kenny y Sam para trabajar en ello, porque ¡a saber qué más se les ocurría si se les daba la oportunidad!
–Lo haré. Has hecho un gran trabajo. Gracias.
Taryn hizo ademán de agarrar su bolso, pero retrocedió.
–Si tiene un minuto, tengo una cosa más.
–Por supuesto.
Taryn se sentó en la gran mesa de reuniones, aunque después deseó haberse quedado de pie.
–Tengo un problema... –se detuvo–. Bueno, no es un problema exactamente. Quiero hacer algo y no estoy segura de cómo.
La expresión de la alcaldesa se suavizó.
–Tendrás que darme algún detalle más si quieres que te ayude.
Claro, tenía sentido. Taryn se estrujó las manos. Larissa sabría exactamente qué decir, pensó apenada. Larissa ya habría solucionado el problema y encontrado casas para gatitos y un erizo.
–¿Conoce a Bailey Voss y a su hija Chloe?
–Sí. Fue muy triste que muriera el marido de Bailey. Las cosas no salieron como habían planeado.
–Bailey está intentando volver al mercado laboral y le hice un comentario sobre comprarse un buen traje de chaqueta, pero, a juzgar por su cara, imaginé que ni tiene ninguno ni tampoco se lo puede permitir. Quiero regalarle uno, pero no sé cómo.
La alcaldesa se la quedó mirando unos segundos antes de asentir.
–Sí, entiendo que es un dilema –se levantó–. Buena suerte con eso.
Taryn parpadeó.
–¿Cómo dice? ¿No tiene nada que sugerirme? ¿No es

eso lo que hace usted? ¿Dar indicaciones y solucionar problemas?

La alcaldesa Marsha sonrió.

–No soy un agente de tráfico, querida. Y aunque es cierto que he intervenido en algunas situaciones, en este caso creo que tú lo sabrás hacer mejor que yo. Debe de haber algún modo de conseguirle un traje a la dulce Bailey. Seguro que ya se te ocurrirá algo.

Cuando quedó claro que la alcaldesa iba a salir de la sala, Taryn se levantó.

–¿Y ya está?

–Por ahora. Estoy planeando un viaje. ¿Te has enterado? Me marcho a Nueva Zelanda en unas semanas. Estoy emocionada –la alcaldesa comenzó a ir hacia la puerta–. Buena suerte con tu proyecto.

Capítulo 16

–No lo entiendo –dijo Taryn mientras echaba tierra en un tiesto grande–. La alcaldesa Marsha ayuda a la gente. Todo el mundo lo sabe, pero a mí acaba de ignorarme. ¿Crees que está enfadada conmigo o algo?

Angel soltó los dos arbolitos que había sacado de su coche y se acercó a ella. Apoyó las manos en sus caderas y le giró la cara hasta que lo miró.

–No está enfadada. Le caes muy bien. Está actuando como siempre.

Taryn sintió como si sus labios quisieran esbozar un alarmante gesto parecido a un puchero.

–Pero no se está implicando en esto. A eso me refiero.

–Claro que sí. Tienes razón. Suele inmiscuirse en todo y está vez se está echando atrás, y eso te tiene nerviosa. Su estilo es pillar a la gente desprevenida. Está manipulando la situación tanto como si te hubiera dicho qué hacer.

Taryn no lo había intrepretado así. Se acercó más a Angel.

–Puede que tengas razón –dijo, dejando que la calidez y la fortaleza de su cuerpo la reconfortaran–. Llevo dándole vueltas a esto sin parar desde que he salido de su despacho.

–Eso le encanta –le rodeó las mejillas con las manos–.

Encontrarás el mejor modo de conseguirle un traje a Bailey.

–Eso espero, pero habría sido más sencillo si la alcaldesa me hubiera ofrecido algún consejo –le sonrió–. De acuerdo, voy a dejar el tema.

–No tienes por qué hacerlo.

–Tenemos árboles que plantar.

Habían pasado la mañana en Plants for the Planet donde Taryn había elegido tres arces japoneses distintos. Todos eran lo suficientemente pequeños como para estar bien en maceteros, lo cual los convertía en candidatos perfectos para su pequeño patio. Ahora tenían que transplantarlos a sus nuevas casas.

Después de colocar los recipientes en su lugar, Angel había colocado piedras en el fondo para ayudar con el drenaje. Ahora ella sujetaba los árboles mientras él cortaba el plástico. Una vez lo apartó, liberó las raíces antes de meter los árboles en los tiestos.

–Se te da bien esto –le dijo ella–. No me habría imaginado que se te dieran bien las plantas.

–Sé algunas cosas.

Fue una respuesta bastante normal, pero ella vio la tensión en sus hombros y supo que Angel estaba apartando la cara deliberadamente. Levantó la bolsa de tierra y la vertió. Mientras él la alisaba, ella habló.

–No pasa nada por hablar de tu vida junto a Marie y Marcus –le dijo en voz baja.

Angel se puso derecho y se limpió las manos en los vaqueros.

–Pasó hace mucho tiempo.

–Pero sigue formando parte de quién eres. Lo entiendo. Si Marie no hubiera muerto, ahora mismo no estarías aquí, no nos habríamos conocido. Lo que sientes por ella no tiene nada que ver conmigo.

Él posó su mirada gris en ella.

—Eso que dices es bastante racional, pero este no es un tema racional.

—¿Por qué no? Estamos juntos porque ella no está. No tienes que fingir que no te gustaría que fuera diferente, que no la echas de menos.

Obviando el hecho de que ninguno de los dos quería un compromiso, e incluso si uno de los dos era más tradicional y lo quería todo, ella tendría que lidiar con un fantasma del pasado. Un primer amor. No se trataba de ser más amada o de luchar contra los recuerdos. Amar a Marie lo había convertido en quien era. Esa mujer formaba parte de él, al igual que el pasado de Taryn formaba parte de ella. No podía luchar contra lo que jamás podría cambiar.

—No quiero que finjas que no la amas —le dijo Taryn—. Me gusta que lo hagas. Te convierte en un buen tío.

Él la abrazó tan fuerte que a ella le costó respirar, pero no le importó, porque cuando se trataba de Angel, había descubierto que le gustaba la sensación de que no fuera a soltarla jamás.

Taryn miraba las filas de números. Odiaba tener que comprobar los libros de cuentas de un negocio. Era una de las razones por las que quería tanto a Sam, porque la protegía de eso en Score. Pero él no era socio de Luna de Papel y, como seguía enfadado porque ella insistía en que planificara la fiesta con Dellina, había estado segura de que se negaría a hacerle cualquier favor al respecto.

Razón por la que estaba atrapada en el escritorio de Isabel, revisando declaraciones mensuales y luchando contra una cefalea tensional. Revisó las facturas de la reforma y comprobó lo que quedaba por pagar.

—No has sobrepasado el presupuesto que tenías para la reforma. ¿Son estas todas las facturas?

Isabel se sentó enfrente.

—Sí. Encontré un buen trato con unos percheros que quería. Técnicamente estaban usados, pero nunca llegaron a desembalarlos. La gente que los compró tenía una tienda que quebró antes de llegar a abrirla.

—Una lección para todos nosotros.

Habían decidido mantener las dos partes del negocio bien diferenciadas. La tienda de vestidos de novia tendría una luz suave, música romántica y unos vestuarios gigantescos, mientras que en la zona de tienda «normal» el diseño era más desenfadado, la música más roquera y había mucho menos tul.

Taryn se puso derecha.

—Lo estás haciendo genial —abrió su bolso y sacó un cheque que representaba el último plazo de su inversión de cientos de miles de dólares. Con él Isabel compraría ropa y contrataría a empleados para ambas partes.

Isabel agarró el cheque y suspiró.

—Lo estamos haciendo de verdad.

—Sí —respondió Taryn sonriéndole—. He pensado mucho en lo que has dicho sobre Madeline, sobre lo de meterla en el negocio y me parece una buena idea. Como has dicho, que ella dirija la parte de las novias. Invitarla a participar del negocio hará que se sienta más motivada, aunque vas a tener que advertirla de que al principio no habrá beneficios que compartir.

Taryn abrió una carpeta y le pasó a Isabel una copia de la tabla que había elaborado. Mostraba a Madeline empezando con un dos por ciento inicial del negocio, y después, durante los siguientes cinco años, llegando hasta un diez por ciento. A Taryn le correspondía un cuarenta por ciento. Lo que sugería era que para cuando pasaran cinco años, el diez por ciento quedara dividido según el porcentaje de sus inversiones. De ese modo, Isabel tendría el cincuenta y cuatro por ciento, Taryn el treinta y seis y Madeline los diez restantes.

–Llegados a ese punto, lo revaluaremos. Sobre todo tú. En cinco años querrás empezar a comprarme mi parte.

Isabel abrió los ojos de par en par.

–¿Vas a dejar la sociedad?

–No tengo por qué, pero para entonces ya estarás lista para seguir sola. Confía en mí, te vas a cansar de tener una socia vigilándote.

–Tal vez, pero ahora mismo agradezco tu perspicacia para los negocios.

Isabel firmó el cheque y después se acercó a una pequeña nevera para sacar dos refrescos light.

–¿Alguna repercusión tras nuestro almuerzo de hace unos días?

Taryn sonrió.

–Me pillé una buena borrachera, de eso no hay duda. Pero ya estoy bien –abrió la lata de refresco–. Consuelo estuvo sorprendente.

Isabel se sentó frente a ella.

–¿No querrás decir «aterrada»? Su relación es muy inesperada. Quiero decir, Kent es un gran tipo, pero el modo en que Consuelo lo mira, parece como si él tuviera súper poderes secretos.

–A lo mejor para ella sí que los tiene –murmuró Taryn–. Es bonito que esté enamorada tan locamente. O tal vez solo esté loca.

–Kent es profe de Matemáticas –sacudió la cabeza–. No lo entiendo, pero bueno, sí que demuestra que hay alguien para todo el mundo.

Taryn dio un trago y se negó a especular sobre el tema porque no le importaba si había alguien para ella. No le interesaba.

–Es gracioso que esté esforzándose tanto por ser una mujer convencional –dijo en su lugar–. No sé mucho sobre su pasado, pero supongo que esta es la primera vez que ha intentado ser como los demás.

—Tienes razón. Te juro que a Ford le aterroriza.

—Angel no admitirá que le tiene miedo —dijo Taryn con una sonrisa—, pero la rehúye bastante. Y eso solo hace que ella me caiga aún mejor. Al final todo se reduce a complacer a Kent y a querer encajar. Sé que los hombres cambian cuando entran en una relación, pero parece que las mujeres cambiamos más, o estamos dispuestas a hacerlo, al menos. Aunque a lo mejor estoy generalizando.

—No lo creo —Isabel se inclinó hacia ella—. Queremos unirnos, la conexión es importante, incluso para una mujer como Consuelo. Desconozco todo su pasado, pero tengo la sensación de que siempre ha querido ir a su aire.

—O a lo mejor ha tenido que hacerlo —murmuró Taryn pensando en que la gente solía estar definida por aquello que había vivido.

Se levantó y se acercó al único perchero que había instalado Isabel. Allí tenía todos los vestidos para probárselos. Todos tan preciosos, pensó tocando la tela. Hechos a medida por diseñadores con mucho futuro. Llegarían a costar miles de dólares.

Una vez abriera la tienda, Isabel tendría un rango de precios y, aunque jamás competiría con una tienda de descuentos, no todas las prendas serían caras. Esperaban sacar provecho de los turistas que gastaban su tiempo y su dinero en el pueblo, pero su plan de negocio también incluía la venta a los residentes.

Aun así, ¿podría alguien como Bailey permitirse comprar allí?

—Fool's Gold necesita una tienda de segunda mano —dijo pensativa.

Tras ella, Isabel pareció atragantarse.

—¿Qué? ¿Intentas hundirme el negocio antes de siquiera abrirlo?

Taryn miró a Isabel y vio que esta tenía los ojos abiertos de par en par. Alzó las manos inmediatamente.

—¡Lo siento! No pretendo asustarte. Solo estaba pensando que hay gente que no se puede permitir un bolso de mil dólares.

—Pues entonces no necesitan comprárselo. ¿Una tienda de segunda mano? Dime que no vas a invertir en una.

—No —volvió al escritorio—. En serio, no pasa nada. Solo estaba pensando... —suspiró—. He conocido a una mujer, es viuda y tiene una hija pequeña, y está a punto de entrar en el mercado laboral y, por lo que sé, no tiene un traje en condiciones para hacer una entrevista. No estoy segura de que pueda permitírselo. No sé por qué me agobia tanto, pero así es. Y no es porque no pueda darle uno, el problema es que no lo va a querer aceptar. Por eso se me ha ocurrido que una tienda de segunda mano sería la solución.

Isabel volvió a respirar con normalidad.

—¿Y por qué no lo has dicho antes? Por poco me provocas un infarto.

—Lo cual no era mi objetivo por muchas razones —pensó en Bailey—. No sé qué hacer. He ido a ver a la alcaldesa Marsha y básicamente me ha ignorado. Me ha dicho que estaba segura de que encontraría una solución.

—¿Nuestra alcaldesa Marsha?

Taryn asintió.

—¿Impactante, verdad? Eso es lo que pensé yo también. ¿No tiene fama de entrometerse en todo? Y eso significa que ahora no sé cómo ayudar. Como te he dicho, no puedo acercarme y regalarle un traje sin más. Sería incómodo y se sentiría insultada.

Isabel levantó su refresco.

—Pues celebremos una fiesta de intercambio.

—¿Una qué?

—Un intercambio de ropa. Podemos celebrarlo aquí. Invitamos a un grupo de mujeres para que traigan ropa que ya no quieren y nos las intercambiamos. Podemos pedir una pequeña donación para alguna obra local si quieres que parezca que lo estamos haciendo por alguna causa. Así tu amiga no sospechará.

–Es Bailey Voss. ¿La conoces?

–No, creo que no.

–Es genial. Si usáramos la misma talla, le daría uno de mis trajes.

Isabel la miró.

–¿Alguien tiene tu talla? ¿Además de las supermodelos?

–Muy graciosa. Me gusta tu idea de la fiesta de intercambio. Podría comprar un par de trajes y fingir que son parte del intercambio. ¿Pero cómo descubro su talla?

–Yo me ocupo de eso –dijo Isabel anotando el nombre–. Después de trabajar aquí, puedo averiguar una talla a cincuenta metros. Pero no compres algo demasiado espectacular porque no se sentirá cómoda.

Taryn asintió.

–¿Debería dejar que te ocuparas de comprar el traje?

–No te ofendas, pero sí. Y también traeré a uno de mis sastres a la fiesta para que haga arreglos instantáneos.

–Yo correré con el gasto –dijo. Al momento recordó los zapatos desgastados de Bailey–. Traigamos también zapatos y bolsos. ¿Por qué no decimos que todo el mundo tiene que poner cinco dólares en el bote por cada artículo que se lleven? ¿Sabes adivinar números de zapato?

–No tan bien –admitió Isabel–. ¿Cómo de alta es?

–Como un metro setenta.

–Entonces no menos de un treinta y ocho, probablemente –Isabel sonrió–. Tienes los pies grandes. Trae algunos de tus zapatos viejos.

Taryn la miró.

–Yo no tengo los pies grandes. Soy alta. Mis pies son del tamaño adecuado.

–Tienes un cuarenta o un cuarenta y uno. Eso no es un pie pequeño.

–Voy a hacer como si no lo hubiera oído. De acuerdo, celebraremos la fiesta. Vamos a correr la voz. ¡Ah, espera! ¡Ya sé! Contrataré a Dellina para que lo organice todo. Podemos tener comida y música también –pensó en las diferencias entre Sam y Dellina y añadió–: De todos modos, no va a organizar la fiesta de empresa.
–¿La qué?
–Nada –respondió Taryn con un suspiro–. Negocios de Score. Pero bueno, sí, hagámoslo. Nos divertiremos.

–Vale, esto ya es demasiado, incluso tratándose de Fool's Gold –dijo Taryn mientras Angel y ella cruzaban el centro del pueblo dando un paseo–. Acepto lo de celebrar las fiestas principales y también festejar el verano, el otoño y la cosecha, pero ¿los Días de Rosie la Remachadora? ¿En serio?
–¿Es que no has leído los pósters? –le preguntó Angel con una sonrisa–. Puede que hubiera nacido por aquí.
–No lo creo.
–Pero no puedes estar segura. Además, estamos celebrando la contribución de las mujeres. Deberías apoyar eso.
–Lo apoyaré más cuando no haya más injusticias salariales –miró a los turistas que abarrotaban las calles–. Y no es que no me encante un buen festival.
–No te gustan –bromeó él.
Ella le sonrió.
–Me estoy acostumbrando a ellos.
Era una soleada mañana de domingo. Angel la había llamado la noche anterior y le había propuesto que pasaran el día juntos. Iban a dar una vuelta por el festival hasta la hora del almuerzo y después tal vez irían a ver una película. Él cocinaría chuletones por la noche y al día siguiente arreglarían el jardín de Taryn.
Implícita en la invitación estaba que él pasara la noche en su casa, un plan que ella apoyaba totalmente. Última-

mente había notado que dormía mejor cuando Angel estaba en su cama, aunque, por supuesto, podía deberse a las cosas que hacían antes de irse a dormir.

Ahora, mientras él le tomaba la mano, ella entrelazó los dedos con los suyos y sintió que una gran dicha invadía su cuerpo. Estar con Angel la hacía sentirse bien.

Avanzaban lentamente entre la multitud. Había puestos a ambos lados de las calles y el calendario de eventos prometía música en directo algo más tarde.

—¡Angel, Taryn!

Allison, una niña rubia con gafas, corrió hacia ellos. Llevaba una camiseta rosa y pantalones cortos blancos. Al acercarse, se subió las gafas.

—Hola. Os he visto y quería presentaros a mi tío Ryder —estaba tirando de un hombre muy guapo. Parecía tener unos treinta años, tenía la piel bronceada y esbozaba una mueca de diversión. Era alto, mediría más de metro noventa, así que le sacaba varias cabezas a la niña—. Es un fotógrafo muy famoso —les sonrió—. Es mi tío favorito.

Ryder les estrechó la mano.

—Hola. Allison exagera un poquito. No soy tan famoso.

A Taryn le gustó el modo en que Ryder puso las manos sobre los hombros de su sobrina en un gesto de amor y cariño, en lugar de molestarse con ella.

—Eres su tío favorito —dijo Taryn.

—Porque soy su único tío.

Allison sacudió la cabeza.

—Serías mi favorito de todos modos. Angel es mi Guardián de la Arboleda.

—Es verdad, eres una Bellota —centró su atención en Angel—. ¿Y qué tal? ¿Te está gustando la FLM?

—¿Sabes lo que es? —preguntó Angel.

—Viví en Fool's Gold hasta que tuve diez años. Después nos mudamos a Denver —miró a su alrededor—. Es un lugar genial. Me dio mucha pena irme.

—Ha venido a pasar el fin de semana —dijo Allison apoyándose en Ryder—. Le he enseñado mis abalorios.

Hablaron unos minutos y después Allison se llevó a su tío a comprar un pastel. Taryn observó cómo se alejaban.

—Te portas muy bien con las niñas —dijo ella—. Te adoran.

—Soy su único Guardián de la Arboleda, no conocen otra cosa.

—¿Y por eso es más fácil engañarlas? No lo creo, grandullón. Están locas por ti —le dio un codazo en el brazo con cariño—. Además, ahora ya sabes hacer trenzas de raíz. Vales muchísimo.

—Llevaba tiempo buscando una habilidad para completar mi currículo.

Ella seguía riéndose cuando se detuvieron frente a un puesto de sombreros. Eran sombreros de trapo con un ala que se podía enroscar o dejar bajada, pero lo que los hacía distintos eran las flores de seda. Algunos de los detalles eran pequeños capullos, pero otros eran ramos completos.

Taryn tiró del brazo de Angel, pero él no se movió.

—No, ni hablar. He oído que este año se llevan mucho los accesorios, así que voy a comprarte un sombrero.

Un sombrero que ella jamás se pondría, pensó Taryn mientras él iba eligiendo y descartando modelos. Finalmente se decantó por uno negro con rosas rojas y muchas hojas verdes. Después, se lo puso. Le colocó el ala hasta que quedó como él quería, y a continuación giró a Taryn hacia un espejo.

—¿Qué te parece?

Ella jamás llevaría un sombrero así, pero esa no era la cuestión. Podía verse y ver a Angel reflejado. Él seguía colocándoselo y sus dedos le tocaron ligeramente la mejilla haciendo que sintiera un pellizco en el corazón. Un pellizco no parecido a nada que hubiera experimentado antes.

Se quedó sin aliento y el mundo dio unas cuantas vueltas antes de detenerse. Y entonces lo supo. Estaba enamorada de Angel.

Ella, que había jurado que jamás pondría su corazón en peligro, pasara lo que pasara. Ella, que definía su mundo en función de cuánto lo controlaba. Ella, que siempre se había enorgullecido de su dureza, se había enamorado loca y profundamente.

–¿Taryn? ¿Qué pasa? –la giró para que lo mirara–. Te has puesto pálida –le tocó la frente antes de agarrarle la muñeca y tomarle el pulso–. Tienes el corazón acelerado. ¿Estás enferma?

Lo estaba, pensó con desesperación. Enferma de amor. ¡Ay, Dios! ¿Cómo había podido pasar? ¿Por qué no había estado prestando atención?

Pero después del momento de pánico llegó una sensación de seguridad y certeza y pensó que no pasaba nada malo. Que sucediera lo que sucediera, que independientemente de cómo terminara todo, se había enamorado. Y que al entregar su corazón, se había liberado de la última cadena que su padre le había puesto. Había superado sus miedos.

Respiró hondo y le sonrió.

–Estoy bien, solo un poco mareada. Esta mañana no he desayunado.

Él pagó el sombrero, la rodeó por la cintura y la llevó hacia los puestos de comida.

–Pues vamos a darte algo de comer ahora mismo.

El tacto de Angel era firme. Ella sabía que la cuidaría. No era amor, porque él ya había entregado su corazón y no podía volver a hacerlo. Lo entendía. Más adelante se enfrentaría a ese dolor, pero por el momento le bastaba con saber que no era un bicho raro, como había pensado, que era prácticamente como todos los demás.

Angel pidió un sándwich y un refresco para cada uno, y después se aseguró de que ella se lo comiera todo. Seguían discutiendo qué hacer esa tarde cuando Consuelo se acercó y les dio un papel con una dirección escrita.

–A las cinco en punto esta tarde –dijo mirándolos–. En la casa de la madre de Kent. Habrá comida. No tardéis y no me digáis que no podéis ir. ¿He hablado claro?

–Sí, señora –respondió Angel.

Taryn sonrió.

–No me das miedo y sí, allí estaré también. ¿Qué pasa?

–Nada de lo que quiera hablar –farfulló Consuelo y se marchó.

Taryn había dudado qué ponerse para el evento indefinido de Consuelo. Suponía que sería algo como una barbacoa y por eso se decantó por un sencillo vestido de tirantes con un jersey por si hacía fresco. Y ya que tendría que andar por el césped, se calzó unas sandalias de plataforma.

Angel la recogió a las cinco menos cuarto y recorrieron en coche las manzanas que los separaban de la casa de Denise. Cuando llegaron, ya había unos cuantos coches aparcados delante y varias personas caminando hacia la entrada.

–Parece una fiesta grande –dijo él mientras iba hacia la puerta del copiloto para abrirla. Cuando ella plantó los pies en el suelo, se le acercó para añadir–: No nos quedemos hasta muy tarde.

La combinación de su aliento y su voz la hicieron temblar. Lo miró a los ojos.

–Eso suena muy bien.

Él le acarició la mejilla con sus labios antes de echar a caminar hacia la entrada.

Nevada Hendrix Janack, una de las trillizas Hendrix, los recibió en el vestíbulo.

–Todo el mundo está detrás. Cruzad la casa. Hay muchos sitios para sentarse –se detuvo–. Angel, ¿verdad?

Él asintió.

—Mi hermano tiene que hablar contigo —señaló al pasillo—. Por allí. Taryn, ¿puedes llegar sola al jardín?

Ford llegó en ese momento y agarró a Angel por el brazo.

—Has venido. ¡Bien! Hola, Taryn —y con eso, los dos se marcharon.

Taryn se preguntó qué estaría pasando. Siguió el pasillo hasta la parte trasera de la casa y entró en la enorme cocina. Desde ahí podía ver unas grandes ventanas. Fuera se había colocado una carpa enorme. Los laterales estaban recogidos y por eso pudo ver las brillantes luces que decoraban los mástiles. Había hileras de sillas y un pasillo central. Sobre una pequeña mesa en un extremo del jardín había una preciosa tarta, una pista de baile a la izquierda y flores por todas partes. De no ser porque le parecía imposible, habría dicho que la habían invitado a una boda.

Dellina entró a la cocina desde el jardín y sonrió al ver a Taryn.

—No puedo hablar, estoy demasiado ocupada. ¿Quién planea una boda con veinticuatro horas de antelación? No es posible, pero aquí estamos.

A Taryn no le hizo falta preguntar el nombre de la novia. Solo había una pareja que pudiera casarse en el jardín de Denise de esa forma.

Salió. Los invitados estaban hablando y claramente emocionados por lo que estaba pasando. Había camareros moviéndose a su alrededor con copas de champán y bandejas de aperitivos.

—Mi señora.

Se giró y vio a Jack acercándole una copa. La aceptó y le sonrió.

—Estás aquí.

—Nos han convocado —le dijo señalando hacia donde estaban Sam y Kenny charlando con unas personas que ella no conocía.

—Larissa se va a arrepentir de haberse perdido la boda —dijo Taryn. Larissa había ido a Los Ángeles a visitar a una de sus hermanas durante el fin de semana.

—Le guardaré un trozo de tarta. ¿Dónde está tu pareja?

—No lo sé. Se lo han llevado. A lo mejor forma parte de la fiesta —hacía mucho tiempo que Angel conocía a Consuelo y suponía que la mujer quería que participara de forma activa en la celebración.

—Lo han organizado muy rápido —dijo Jack. A pesar del sol de la tarde, parecía cómodo con el traje y la corbata. Aunque, claro, Jack se sentía cómodo en todas partes.

—Y tanto —respondió Taryn. Le habló del almuerzo que había tenido con sus amigas y de cómo Consuelo se había mostrado tan hundida—. A lo mejor así, sí que podía hacerlo.

Jack la rodeó con el brazo.

—El matrimonio no estuvo tan mal.

—¿Te refieres a las seis semanas que duró? —le preguntó con tono alegre.

Él le sonrió.

La alcaldesa Marsha se situó en la zona principal de la carpa y les pidió a todos que tomaran asiento. Taryn y Jack se sentaron juntos. Ella le guardó un sitio a Angel por si se unía a ellos más tarde. Cuando la música empezó a sonar, Kent, Reese y Ford se situaron junto a la alcaldesa.

Felicia empezó a caminar por el pasillo; supuso que era la dama de honor. La marcha nupcial comenzó y los invitados se levantaron. Se giró y vio a Consuelo con vestido de novia y velo incluido acompañada por Angel y Justice. Estaba preciosa, aunque le pareció que luchaba contra unos terribles nervios.

Cuando llegó al final del pasillo, Justice y Angel le levantaron el velo y le dieron un beso en la mejilla. Después dieron un paso a la izquierda para situarse al lado de Felicia.

—Séquito masculino y femenino —susurró Jack—. Muy moderno.

Ella sonrió y centró su atención en la ceremonia.

—Estamos encantados de que todos hayáis podido asistir a tan maravillosa ocasión —comenzó a decir la alcaldesa—. Aunque intento asistir a todas las bodas que se celebran en el pueblo, no siempre tengo la suerte de oficiarlas. Gracias a los dos por esta dichosa oportunidad.

Bajó la mirada hacia el libro que sostenía y miró de nuevo a los invitados.

—Hoy celebramos y presenciamos la unión de Kent Hendrix y Consuelo Ly. Se pronunciarán los tradicionales votos, pero primero nuestra maravillosa pareja quiere decirse algo.

Consuelo le pasó su ramo a Felicia y miró a Kent.

—Te quiero —dijo con voz ligeramente temblorosa—. Mucho. Prometo que siempre te lo demostraré y que acudiré a ti cuando tenga miedo —le lanzó una sonrisa—. Aunque no puedo decir que vaya a ser normal siempre.

Kent sonrió.

—Yo seré normal por los dos —se puso serio para añadir—: Siempre cuidaré de ti, Consuelo. Siempre estaré a tu lado —miró atrás.

Reese se acercó un poco.

—Yo también. Vamos a ser una familia.

A Taryn se le saltaron las lágrimas. Se preguntó si Angel la miraría, si le comunicaría que, aunque no compartían ese grado de sentimientos, sí que se preocupaba por ella. Pero no, no la miró en ningún momento.

En cambio, Jack sí que le agarró la mano.

—Qué bonito —murmuró.

—Sí.

—Aunque fugarse para casarse también tiene lo suyo.

Eso era lo que habían hecho ellos.

—Sí, tiene que te gastas menos dinero en el catering.

Él sonrió.

–Eso es verdad. Me alegro de que fuera tu amigo el que tuvo el problema con la serpiente. A mí probablemente me habría matado.

Ella se rio.

–Seguro que sí.

–Estás con un buen tipo.

Taryn miró a Angel.

–Sí, es verdad.

Y como si los hubiera oído, Angel se giró hacia ella y le guiñó un ojo. Ella le respondió con una sonrisa, y supo que, en ese momento, su mundo se había iluminado un poco más.

Capítulo 17

—Han venido a verte unos niños —dijo Larissa con una sonrisa—. Dos niñas. Saben tu nombre.
Taryn sonrió.
—¿Captó un tono acusatorio?
—Es que me sorprende que te juntes con niños pequeños.
—Sabes que soy Guardián de la Arboleda auxiliar.
—Ya lo he oído —respondió Larissa sonriendo antes de salir al pasillo.
Taryn seguía riéndose cuando Chloe y Layla, otra Bellota, entraron. Se levantó y bordeó el escritorio.
—Hola, chicas. ¿Qué tal?
Chloe dejó la mochila en una silla y sacó una cuerda.
—Tenemos problemas con nuestros nudos. Angel está ocupado y pronto iremos de acampada. Después de montar las tiendas habrá una prueba. Sabemos que hay un conejo y un agujero, pero no nos acordamos del árbol.
Layla hizo un gesto de exasperación.
—Le he preguntado a mi padre, pero no sabe.
Parecía estar decepcionadísima con el hombre.
Taryn contuvo la sonrisa a la vez que el estómago le dio un vuelco. A las Bellotas se les pedía un nivel alto de competencia haciendo nudos. Angel les había enseñado en

la última reunión y, aunque Taryn había practicado con los demás, no había prestado mucha atención a los detalles. Después de todo, Angel era el experto en actividades al aire libre. Ella simplemente estaba fingiendo.

En las últimas semanas habían hecho senderismo en dos ocasiones y habían repetido con los kayaks sin incidentes, aunque sí con sexo, lo cual lo había hecho más divertido aún. ¿Pero nudos? No sabía nada de nudos.

Pero eso no podía decírselo a las niñas, como tampoco podía inventarse que podía enseñarles. Antes de poder pensar en el modo de confesar y buscar los nudos en Internet, Kenny pasó por el pasillo.

Taryn lo llamó. Él entró en el despacho, miró a las niñas y enarcó las cejas.

–¿Hay algo que quieras admitir?

Ella ignoró la mirada de diversión.

–Kenny, son dos de mis Bellotas. Chloe y Layla. Estábamos hablando de los nudos que tenemos que aprender y me preguntaba si tú sabías algo del tema.

Kenny miró a las niñas. Se apoyó contra el marco de la puerta como si tuviera todo el tiempo del mundo... y decidió que lo emplearía todo para torturarla.

–¿Acampada?

Chloe asintió.

–Todas las arboledas vamos a ir de acampada. Layla y yo somos Bellotas, como ha dicho Taryn. Somos las más pequeñas. Las demás son Brotes, Plantones, Árboles que tocan el cielo y Robles Poderosos.

Layla asintió.

Kenny arrugó la boca, y Taryn supo que ese gesto no se debía a la dulzura innata de Chloe. Su amigo estaba almacenando información que emplearía contra ella cuando menos se lo esperara.

Pensó en decirle que no es que hubiera estado ocultando su puesto como auxiliar, que simplemente no había hablado mucho de ello. Jack lo sabía, pero ahora que lo pensaba, era más que probable que los otros dos no.

—¿Con que Bellotas, eh? —preguntó Kenny—. Lo cual significa que perteneces a la...

—Futura Legión de los Máa-zib —respondió Chloe—. La FLM.

—Suena divertido y puedo ver que sois dos fieras guerreras. Estoy impresionado.

Taryn estaba a punto de mirar a Kenny cuando se dio cuenta de lo mucho que había estado hablando Chloe. Normalmente era la tímida, pero no parecía serlo delante de Kenny. Qué interesante. Era un tipo grande, alto y ancho, con unas manos enormes. La gente solía ponerse nerviosa a su lado, pero esas dos niñas no.

—Dime si tienes experiencia con nudos —dijo Taryn—. ¿Puedes ayudar?

—Claro que puedo —respondió sonriéndole—. Fui un Eagle Scout.

—Sé lo que es eso —dijo Layla—. Mi hermano quiere ser un Eagle Scout —arrugó la nariz—. Pero me dijo que no me ayudaría con mis nudos —esbozó una amplia sonrisa—. Está enfadado porque el fin de semana pasado se escapó para salir con sus amigos y me chivé.

Taryn miró a Kenny.

—¿Aún quieres burlarte de las chicas de la FLM?

—No me estaba burlando —respondió al acercarse al escritorio y sentarse en una de las sillas—. Pero me impresionan tus habilidades de seguimiento —le dijo a Layla.

—Sale por la ventana que hay al final del pasillo —prosiguió la niña—. Está justo al lado de mi habitación y el suelo cruje mucho ahí.

—Parece que se merecía que lo pillaras. ¿Se ha metido en líos?

Layla asintió.

—Está castigado.

—Y enfurruñado —dijo Kenny—. Porque, de lo contrario, te habría ayudado.

Las dos niñas se rieron.

Kenny alargó la mano hacia la cuerda y Chloe se la entregó. Le dijeron lo que intentaban hacer y, más deprisa de lo que ella habría creído posible, él había hecho el nudo y se lo había devuelto.

—¡Vaya! —exclamó Chloe—. ¿Puedes enseñarnos a hacer eso?

—Sí.

Taryn se sentó en su silla y observó cómo Kenny iba mostrándoles los pasos lentamente. Las niñas miraban y asentían, y después cada una repitió sus movimientos. Se fijó en que las dos se fueron acercando cada vez más hasta que estuvieron apoyándose en él. Chloe parecía especialmente entusiasmada, mirándolo a la cara cuando hablaba y sonriéndole como si fuera una especie de superhéroe.

Una vez habían logrado el nudo, le dieron las gracias y se marcharon. Taryn esperó hasta que se fueron para darle las gracias también.

Él se encogió de hombros.

—No es para tanto. Me alegro de haber ayudado.

—Has estado genial. Les has gustado mucho.

La mirada azul de Kenny se mantuvo neutra, no expresó nada.

—Se te dan muy bien los niños —continuó ella observándolo fijamente.

—Olvídalo —le contestó con rotundidad.

—Kenny, tienes que superarlo.

—Ya lo he hecho.

—No, no es verdad. Estás ignorando lo que pasó. No hablas de ello.

—No hay nada que decir.

Él se levantó y se marchó. Taryn suspiró, no muy segura de cuánto debía presionarlo. Todo el mundo tenía un pasado y ella lo sabía mejor que nadie, pero odiaba ver a Kenny evitando relacionarse por lo que le había pasado. No era justo, aunque, bueno, tampoco era ella la que podía solucionarlo.

A pesar de la boda fugaz que Dellina había organizado con lo que Taryn suponía que habrían sido quince minutos de preaviso, había logrado organizar el intercambio de ropa en cuestión de días.

Luna de Papel, que pronto tendría la reforma terminada, había quedado despejada de todo equipo de construcción. Ya estaba instalada la nueva moqueta, al igual que lo estaban la mayoría de los elementos que iban integrados en las paredes. Unos percheros temporales tenían ropa colgada y grandes mesas estaban cubiertas de jerseys, bolsos y zapatos. Incluso había una vitrina con joyas. Los vestuarios estaban preparados y había varios espejos por toda la sala. La música salía de los altavoces ocultos.

Todas las prendas se habían entregado por adelantado, tal como se había solicitado en la invitación, y había notas adjuntadas a cada una de ellas con textos como: «Me lo he puesto una vez. No sé por qué me lo compré» o «Me ha encogido en el armario, aunque es raro porque nunca me lo he llegado a poner».

Contra la pared del fondo había un bufé compuesto, en su mayoría, por comida fácil de comer mientras se compra y un servicio constante de cócteles de lo más femeninos.

Taryn había esperado reunir a unas diez o quince mujeres, aunque había por lo menos el doble. A algunas no las conocía, pero Isabel rápidamente hizo las presentaciones. En poco rato el nivel de ruido empezó a subir.

Madeline estaba al mando del intercambio. Sugería prendas a distintas personas y ofrecía zapatos y bolsos a juego.

–Sabe lo de los trajes para Bailey, ¿verdad? –preguntó Taryn en voz baja.

Isabel asintió.

–Le he conseguido un traje y también le he comprado un vestido.

Taryn la miró.

–¿Por qué?

–Pensé que le sentaría bien. Es azul marino, con una chaqueta. Así tiene dos usos, si le quita la chaqueta se lo puede poner para salir a cenar. Un traje es más limitado. Esto es Fool's Gold. ¿Dónde va a llevar un traje a diario? Sin embargo, un vestido puede llevarlo a muchos sitios distintos.

Taryn asintió.

–Tienes razón. Es que estoy muy nerviosa.

Le había dejado el tema de las compras a Isabel, que tenía el número de su tarjeta archivada. Total, ¿qué más daba un par de gastos más?

–Por Dios, Taryn, ¿pero qué talla tienes?

Pia Moreno salió de uno de los vestuarios con un traje de Taryn. El vestido morado le sentaba genial a Pia hasta que se giró y Taryn vio que no podía subir la cremallera.

–Acabas de tener un bebé –dijo Montana con comprensión.

–Sí, pero mi cintura jamás será así de pequeña –Pia miró a Taryn–. En serio, ¿qué llevas? ¿Una treinta y cuatro?

Taryn asintió.

–La mayoría de las veces.

–A mí me vale –dijo Noelle mirando el vestido que llevaba puesto Pia–, pero tu ropa es demasiado sofisticada. Sin embargo, estoy gravemente enamorada de algunos de tus zapatos.

Annabelle Stryker, una diminuta pelirroja, se acercó.

–Aquí todo es para altas. Yo solo podría intercambiar

ropa con Consuelo, y no compartimos el mismo sentido de la moda.

Taryn pensó en el amor que Consuelo les profesaba a los pantalones de estilo militar y a las camisetas de tirantes. Después miró el vestido con estampado floral de Annabelle.

–Te entiendo –aunque, de todos modos, Consuelo no participaba en el intercambio porque seguía de luna de miel con Kent.

Taryn vio a Bailey saliendo de unos de los probadores. Llevaba un vestido azul marino que le quedaba justo por encima de las rodillas. Le sentaba bien, resaltaba sus curvas, y el cuello redondo le favorecía sin ser demasiado bajo. Cuando se puso la chaqueta corta, Taryn entendió lo que había querido decir Isabel con lo del traje versátil.

Se acercó a la mesa de accesorios y agarró un par de pañuelos, un collar y unos pendientes.

–Pruébate esto –le dijo a Bailey–. Una mujer solo está completa con un poco de joyería maciza.

Isabel se rio.

–Eso no lo había oído nunca.

–Es una verdad poco conocida en las salas de juntas de todo Estados Unidos.

Bailey se rio.

–Me las probaré entonces, pero tengo que advertirte que solo me pongo bufandas y pañuelos para ir a la nieve.

–Pues será tu primera vez –dijo Taryn al colocárselo sobre los hombros.

Cinco minutos después todas estaban de acuerdo en que el vestido era un gran acierto, que el pañuelo azul, crema y dorado pegaba, pero solo con el vestido; con la chaqueta quedaba demasiado serio. Y sí, la joyería maciza hacía que pareciera que una mujer tenía poder.

–Lo has hecho muy bien –le susurró Taryn a Isabel

cuando Bailey había entrado de nuevo en el probador–. Ese vestido le sienta a la perfección.

–Es que tengo buen ojo –respondió Isabel con una sonrisa.

Nevada Janack, la trilliza que los había recibido a Angel y a ella en la boda, se acercó con un bolso de Jimmy Choo morado en las manos. Era de piel suave y con hebillas por delante.

–No lo entiendo –dijo Nevada acariciando el bolso con suavidad–. Si yo ni siquiera llevo bolso, pero este lo tengo que tener. Tengo que tenerlo.

–El amor por los bolsos es puro –le dijo Taryn–. Sobre todo la primera vez. Espero que los dos seáis muy felices juntos.

Nevada asintió.

–Voy a poner más de cinco dólares. Es precioso, ¿cómo podría comprarlo por tan poco dinero? Estaría mal.

Ya que el dinero iba destinado a un refugio de mujeres, Taryn se alegraba de animar a la gente a poner todo lo que pudieran permitirse.

Miró a su alrededor complacida de ver tantas mujeres probándose ropa y zapatos. El cuenco que estaban utilizando para reunir el dinero ya se había vaciado una vez y tendrían que hacerlo de nuevo.

Pensó en cómo la alcaldesa Marsha la había obligado a resolver el problema de Bailey por su cuenta y tenía la sensación de que, una vez más, la astuta política no se había equivocado.

El lugar elegido para la acampada de todas las arboledas se encontraba a veinticinco kilómetros del pueblo. Era un camping público que ocuparían durante el fin de semana. No solo había muchísimos árboles, aseos y grandes zonas para hacer hogueras, sino que además estaban divididas en dos niveles. El más bajo, junto al arroyo, y el alto, junto al aparcamiento. Ese último estaba destinado a los padres que querían estar cerca, pero no entrometerse en la experiencia. Si una de las chicas necesitaba un abrazo en mitad de la noche, mamá y papá estarían allí para dárselo.

Angel había aparcado en la zona del aparcamiento destinada para los Guardianes. Llevaba el coche lleno de toda clase de equipación, nueva en su mayor parte. Era de los que con una sola mochila se aventuraba por las montañas, pero esta situación era distinta. Quería que sus niñas disfrutaran al máximo la experiencia y eso significaba que tenía que hacerlo bien e ir preparado.

Cargó con todo lo que pudo y bajó por la empinada senda hacia el campamento. Allí ya estaban un par de los otros Guardianes.

Unos grandes árboles ofrecían sombra y cobijo. La zona este daba a las montañas. El arroyo atravesaba la zona oeste y fluía por el borde del bosque. Ahora que los días eran más cálidos, la nieve se estaba deshaciendo y el agua corría a buena velocidad. Pero era poco profunda, unos veinte centímetros. Además, por lo que Angel podía ver, la zona no parecía propensa a las inundaciones.

Encontró la zona de las Bellotas y soltó la mochila y un par de cajas. Había dos mesas de picnic y un camino marcado y pavimentado que conducía a los aseos. La zona de las tiendas de campaña era lo suficientemente grande como para colocarlas en círculo, con las entradas unas frente a otras.

Angel había llevado un mazo para fijar mejor los postes, y un rastrillo para alisar el terreno antes de levantar las tiendas. Aunque eran ocho Bellotas, dormirían dos por tienda. Incluyendo su tienda y una para Taryn, hacían un total de seis. El espacio era muy grande.

Por un segundo pensó en compartir tienda con Taryn y unir sus sacos de dormir, eso sí que lo disfrutaría. Se dio un minuto para imaginarla desnuda, con sus largas piernas entrelazadas con las suyas, pero al instante se sacó la imagen de la cabeza. Tenía la sensación de que en algún punto del Manual para los Guardianes de la Arboleda había una regla que prohibía que los cuidadores solteros compartieran tienda con el sexo opuesto.

Llevó la comida que había comprado a la zona de cocina común donde un pequeño generador se conectaba a una nevera portátil. La mujer que había allí agarró una carpeta al verlo.

–¿Vienes con las Bellotas?

–Ese soy yo –le pasó los huevos y las salchichas que había llevado. La fruta fresca la guardarían en su zona.

Hizo dos viajes más para cargar el resto del equipo. Al terminar, y mientras estaba cerrando el coche, Taryn apareció a su lado. Cuando bajó del coche vio que se había puesto vaqueros y una camiseta, que tenía el pelo recogido en una trenza y unas botas de senderismo más que prácticas.

–No estés tan sorprendido –le dijo ella dándole una palmadita en el brazo–. Sé cómo vestirme para cada ocasión.

Él la miró detenidamente.

–No llevas maquillaje.

Taryn arrugó la nariz.

–Lo sé. Solo protección solar. Pensé que no me podría desmaquillar por la noche ni maquillarme de día tan fácilmente, así que he decidido venir al natural. Pero no te acostumbres. La próxima vez que me veas, estaré subida a mis tacones y con mi maquillaje.

–Si solo fuera eso todo lo que llevas encima –murmuró.

Ella curvó la boca en una lenta sonrisa.

–Tal vez podríamos negociar eso.

Esa era una de las cosas que le gustaban de ella, pensó mientras Taryn abría su maletero. Ambos habían iniciado la relación partiendo de la misma premisa, y además era una mujer inteligente, sexy e inesperadamente encantadora. Y cuando él había pensado que las cosas no podían ir mejor, lo había ayudado cuando se había derrumbado por echar de menos a su hijo. Era una mujer fabulosa. Distinta a Marie, pero increíble a su modo.

Ella sacó una mochila enorme del maletero y se la colgó a los hombros. Angel hizo intención de quitársela, pero Taryn sacudió la cabeza.

–Esto es lo que voy a tener que llevar cuando vayamos con Cole –le recordó–. Si voy a hacer senderismo todo un día, debería poder caminar hasta el campamento ahora. Pero puedes llevar el resto de cosas.

El «resto» resultó ser provisiones para el fin de semana, pero no como las que había llevado Angel. Las bolsas de la compra estaban llenas de pinzas para el pelo, lazos, pintauñas con purpurina, varios kits para hacer bisutería y dos pequeños ramos de flores.

Angel se quedó mirando las cosas.

–No me mires en plan «¿pero en qué estabas pensando?» –le dijo Taryn con firmeza–. Vamos a estar aquí hasta el domingo. ¿Sabes cuánto tiempo es eso? Sí, habrá actividades para las arboledas, pero también habrá mucho tiempo libre. ¿De verdad quieres tener ocho niñas aburridas a tu cargo? Esto las mantendrá ocupadas y eso es bueno.

–Vale. ¿Pero para qué son las flores?

–Pensé que quedarían bonitas en la mesa.

–No has ido de acampada nunca, ¿verdad?

–No, pero esa no es la cuestión.

–Supongo que no.

La siguió por el sendero hasta la zona de acampada y le indicó qué parte les habían asignado. Ella soltó la mochila y la dejó en el suelo.

–Es bonito –dijo mirando los árboles y el cielo–. Lleva todo el día nublado. Espero que no llueva.

–Tu tienda es resistente al agua.

Ella arrugó la nariz.

—No me importa. Que lloviera echaría el fin de semana a perder. Las actividades al aire libre no serían tan divertidas y se me erizaría el pelo.

Angel se rio, la acercó a sí y la besó en la frente.

—Maldita sea, Taryn, ¿cómo lo haces?

Ella lo miró.

—¿Hacer qué?

—Sorprenderme constantemente.

Taryn sonrió.

—Es un don.

La miró a los ojos. La deseaba, pero había algo más. Una emoción que le hacía querer decir...

La soltó y dio un paso atrás. No debía complicarse, se recordó. No podía. No lo haría.

—¡Angel! ¡Taryn!

Se giraron y vieron a Kate y a Regan bajando corriendo por el sendero. Sus padres estaban detrás y cargados con el equipo de acampada. El resto de las niñas fue llegando durante la siguiente media hora. El padre de Allison se quedó por allí, como si quisiera ayudar. Taryn se acercó a él.

—Estará bien —le dijo—. Solo estáis a unos metros de distancia. Si te necesita, irá a buscarte.

El hombre asintió.

—Sí, lo sé, pero es su primera acampada. No quiero que se asuste.

Taryn murmuró algo que Angel no pudo oír y el padre de Allison se marchó con renuencia.

—¿Qué le has dicho? —le preguntó Angel cuando ella volvió a su lado.

—Que a la niña podría darle vergüenza que esté aquí y que no querrá que sus amigas la llamen «bebé».

—Utilizas la excusa de la vergüenza para controlar a los padres. Interesante.

Ella sonrió.

—Allison es una niña genial. Debería fiarse y confiar en que estará bien —miró a su alrededor y vio las tiendas apiladas—. ¿Tienes algún plan para esto?

Angel miró las tiendas y a las niñas, que lo observaban a su vez. Taryn tenía razón, necesitaba un plan. Apoyó las manos en las caderas.

—A ver, Bellotas. Una fila.

Las niñas se miraron, lo miraron a él, y muy despacio formaron una fila semirecta.

—He dicho que os pongáis ¡en fila! —dijo alzando la voz ligeramente en las últimas dos palabras.

Chloe empezó a reírse, pero puso recta su zona de la fila. Las demás hicieron lo mismo y le sonrieron.

—Mejor así. Vamos a levantar las tiendas. Todos trabajaremos en cada tienda para que veáis en qué se parecen y en qué se diferencian.

A Chloe se le iluminaron los ojos.

—Para conseguir nuestro abalorio de la acampada.

—Así es, Bellota.

Chloe se rio.

—Parece como si estuvieras en el ejército.

—Lo estuve. Y ahora, ¿con qué tienda empezamos?

Eligieron una tienda y se pusieron manos a la obra. Diez personas trabajando en una tienda en la que dormían dos resultó algo complicado, pero lo lograron. Fueron rotando tareas. Cada una de las niñas pudo practicar a colocar los mástiles y clavar los postes. Para cuando estaban terminando, habían levantado la tienda de Angel sin ayuda. Después, las ochos se metieron dentro y se dejaron caer al suelo fingiendo estar agotadas.

A las seis ya estaban haciendo fila para la cena. Taryn estaba a su lado.

—Nuestro grupo tiene que servir el desayuno, ¿verdad? —preguntó.

—El domingo. He traído huevos y salchichas. Están en

la nevera –cada arboleda era responsable de una comida. Las Bellotas tenían el segundo desayuno. Sería una tarea sencilla. Las niñas podían preparar huevos revueltos y salchichas mientras Taryn y él supervisaban el trabajo.
–Bien. Voy a encargar pastas danesas –dijo Taryn.
Angel enarcó las cejas.
–¿Eso no es hacer trampas?
–Son pastas danesas, no creo que nadie vaya a quejarse. Y para asegurarnos, el reparto incluye café con leche para los adultos.
–Espabilada –le susurró al oído.
–Lo intento.
Esperaron mientras las niñas se servían del bufé de hamburguesas y ensaladas y después se unían a las demás en la zona común. Después de la cena, limpiaron rápidamente y Denise Hendrix comunicó la agenda del día siguiente.
Harían una excursión seguida de las pruebas de nudos. Después del almuerzo había una hora libre antes de que el grupo escuchara una charla de un ecologista de Fool's Gold, y a continuación uno de los padres haría una demostración de artes marciales.
Chloe se dirigió a Angel.
–Deberían haberte pedido que lo hicieras tú.
Layla asintió.
–Podrías haberle dado una buena paliza.
Angel agradeció el apoyo, pero sabía que era importante que hubiera solidaridad.
–Aún no habéis visto al otro.
–No nos hace falta –respondió Chloe.
Las demás niñas asintieron.
–Tú eres nuestro héroe –dijo Taryn en tono de broma.
Angel se aclaró la voz y les indicó a las niñas que prestaran atención al resto de anuncios. Aunque no lo admitiría ante nadie, agradecía mucho que tuvieran tanta fe en él.

Estaba orgulloso de sus chicas y era agradable que ellas estuvieran orgullosas de él.

Tras los anuncios, fueron a sentarse junto a la enorme hoguera. Denise sacó un nombre de una caja y la niña elegida fue la encargada de encender el fuego.

Las astillas no tardaron en prender. El sol se estaba poniendo cuando las llamas se alzaron hacia el cielo. Uno de los Guardianes sacó su guitarra y comenzó a tocar. Taryn le dio un codazo a Angel.

–Gírate –dijo señalando a Regan, que estaba sentada a su lado.

–¿Qué?

–Vamos a sentarnos espalda contra espalda.

Él no sabía a qué se refería, pero hizo lo que le pidió. Regan se movió para quedar de espaldas a él, y lo mismo hizo la niña que tenía delante hasta que cuatro de las Bellotas estaban sentadas de espaldas a él y otras cuatro de espaldas a Taryn.

Taryn les pasó cuatro pequeñas coletas.

–Tú le haces una trenza de raíz a Regan mientras ella se la hace a Allison y así.

–¿De verdad?

–Es lo nuestro –le dijo a él–. Vamos, adelante.

Él, con gran diligencia, separó el pelo de la niña en tres partes y comenzó a trabajar fácilmente, ni siquiera le hizo falta pensar lo que tenía que ir haciendo.

En un principio, cuando se había enterado de que trabajaría con niñas, se había quedado desconcertado. Ahora que llevaba con ellas casi dos meses, estaba feliz con su misión. Le aportaban algo especial a su vida, y esperaba que él estuviera haciendo lo mismo por ellas.

Su plan inicial había sido renunciar al puesto al final de la temporada, pero se lo estaba planteando. Quería ver qué pasaría cuando fueran Brotes. Al parecer, la alcaldesa Marsha había sabido lo que hacía cuando le había asignado el puesto.

Capítulo 18

Taryn estaba pasándolo bien mientras contaban historias hasta que empezó a llover. Al principio era una fina bruma, pero rápidamente pasó a caer con fuerza.

–Dime otra vez por qué nos encanta ir de acampada –le dijo a Angel mientras conducían a las niñas hasta sus tiendas.

–Se pasará y, aunque no pase, no te mojarás en tu tienda.

–Famosas últimas palabras –murmuró antes de centrar su atención en las niñas–. A ver, vamos a por el cepillo de dientes y la pasta y todas al baño. Vamos a prepararnos para ir a dormir, pero después nos iremos todas a la tienda de Angel hasta que nos entre el sueño.

Él la miró.

–¿Por qué en mi tienda?

–Porque eres nuestro Guardián. ¿Adónde, si no, íbamos a ir?

–Te quieres vengar porque se te está erizando el pelo, ¿verdad?

–Algo así.

Las niñas se metieron en sus tiendas y recogieron lo que necesitaban antes de dirigirse al baño en tropel. Las demás niñas estaban allí, así que se formó una buena cola para usar el aseo hasta que todas terminaron.

Taryn entró en su tienda y la cerró. Angel había insistido en que metieran los bordes de la lona por debajo para que el agua se deslizara hacia la tierra más que colarse por la tienda. En un primer momento le había parecido una tontería, pero ahora agradecía que hubiera insistido. No le apetecía nada empaparse mientras dormía.

No se había llevado mucha ropa. Ropa interior y calcetines limpios, una camiseta para cada día y otro par de vaqueros. Como pijama había elegido unos pantalones de hacer yoga y una camiseta suave. En casa prefería dormir solo con una camiseta, pero ya que estaba de acampada había pensado que era mejor asegurarse de estar un poco más cubierta.

Desvestirse en la tienda resultó más complicado de lo que había imaginado. Como tenía poca altura, se había visto forzada a sentarse en el saco de dormir, que estaba colocado sobre un colchón de aire. Preocupada por que se viera su sombra por un lado de la tienda, apagó la linterna y se cambió en la oscuridad. El problema era que estaba demasiado oscuro y no veía lo que estaba haciendo.

–Alguien tiene que explicarme qué tiene todo esto de divertido –murmuró para sí mientras se ponía los pantalones.

Decidió que la camiseta que llevaba le serviría para pasar la noche y que se quitaría el sujetador después. Encendió la linterna, bajó la cremallera de la tienda y salió.

Ahora llovía con más fuerza y la temperatura había caído unos cuantos grados. Tembló mientras corría a la tienda de Angel.

Las niñas ya estaban allí a excepción de Olivia, que llegó unos segundos más tarde. Se apretujaron sujetando las linternas y mirando a Angel expectantes. Taryn intentó no hacer lo mismo, pero le resultó difícil. Era el único con experiencia en acampadas.

–Vamos a contar historias –dijo una vez estuvieron acomodados.

—¿De miedo? —preguntó Taryn. No estaba segura de querer verse después lidiando con ocho niñas con miedo a dormirse.

—¿Pueden ser de miedo? —preguntó Charlotte con los ojos de par en par—. ¿De mucho miedo?

Algunas de las niñas asintieron, pero otras cuantas no parecían tan encantadas con la idea.

—De miedo no —les dijo él—. Yo empiezo. Había una vez un conejito muy solitario...

—Me lo sé —dijo Regan—. Mi madre me leyó todos los cuentos del Conejito Solitario de pequeña. El Conejito Solitario encuentra un amigo, el Conejito Solitario se va de viaje, el Conejito Solitario y la mano mutilada.

Taryn se puso tensa.

—¿Qué? ¿Hay un cuento para niños sobre una mano mutilada?

Regan se rio.

—No, solo era una broma.

—Me alegra saberlo —murmuró Taryn preguntándose cómo podía saber Angel lo que eran los cuentos del Conejito Solitario. ¿Se los habría leído a su hijo hacía años? Una pregunta que esperaría a formular, pensó, justo antes de darse cuenta de que la lluvia caía con más fuerza. Golpeteaba contra la tienda como un tambor. Por el momento no se colaba por la lona, pero ¿no acabaría sucediendo?

Antes de poder preguntárselo a Angel, una de los otros Guardianes bajó la cremallera de la tienda.

—Hemos consultado el tiempo —dijo la mujer—. Va a estar lloviendo toda la noche. El frente que se suponía que iba a ir al norte ha caído al sur y ha aparcado encima de nosotros. Al parecer, lleva horas lloviendo en las montañas.

—¿Dónde de las montañas? —preguntó Angel con precaución de no alzar la voz. Porque el riachuelo del camping se alimentaba con agua de escorrentía de las montañas y, dependiendo de dónde estuviera lloviendo, empezaría a crecer. La pregunta era cuánto tardaría eso en suceder.

El otro Guardián se encogió de hombros.

—No estoy segura. Al este de nosotros. Estamos pensando en recoger y llevar a las chicas a casa.

Angel vaciló. Las condiciones climáticas formaban parte de la aventura de la acampada, y aprender a lidiar con los elementos sería una buena práctica. Por otro lado, sus niñas eran pequeñas y para la mayoría era su primera experiencia acampando. No quería que la lluvia fuera lo único que recordaran.

Miró a Taryn, que se encogió de hombros.

—Apoyaría las dos cosas. Sí, sería genial que hiciera mejor tiempo, pero eso nunca se puede garantizar.

Las niñas escucharon, pero ninguna ofreció su opinión.

—Hablaré con los demás a ver qué opinan. Después tomaremos una decisión en grupo.

—Por mí de acuerdo —respondió Angel.

La mujer se levantó y empezó a bajar la cremallera. Al hacerlo, se oyó un grito al otro lado del campamento.

Angel ya había abierto la tienda y estaba apartando a la mujer a un lado antes de que el sonido hubiera terminado de resonar por los árboles. Se había dejado las botas puestas, así que se movió con facilidad por el suelo mojado. La lluvia le empapaba la camiseta y se colaba en sus ojos mientras buscaba en la oscuridad para encontrar la fuente del problema.

—¡Está creciendo! ¡Está creciendo muy rápido!

Se dirigió hacia la mujer que gritaba. Otros Guardianes y algunas de las chicas más mayores se unieron a él. Encontró a dos mujeres junto a los bancos donde habían cenado un par de horas antes, pero lo que antes había sido una zona abierta y una rampa hacia un riachuelo ahora era un río creciendo y fluyendo rápidamente.

–No lo entiendo –dijo una de las mujeres.

–Es una riada –respondió él recordando la información sobre la lluvia en las montañas–. Combinada con deshielo. Está subiendo rápido. Tenemos que salir de aquí –los otros tres lo miraron–. ¡Ahora! –añadió gritando–. Buscad a vuestras niñas y volved a los coches. Contadlas a todas. No os dejéis a nadie atrás.

Consciente de que sus niñas lo estaban esperando, fue de un lado a otro avisando a todos los demás. Algunas de las niñas agarraron sus cosas, otras simplemente echaron a correr hacia el sendero. Cuando llegó a su tienda encontró a Taryn esperando bajo la lluvia. El agua le caía por la cara y estaba temblando.

–El arroyo está creciendo. Hay una riada. Ve con las niñas hacia el sendero. Estaréis a salvo una vez lleguéis a los coches.

–¿Qué vas a hacer tú?

–Comprobar que todo el mundo ha salido y después unirme a vosotras junto a los coches –la agarró de los brazos–. Cuéntalas a todas cuando llegues.

Ella asintió.

Se agachó y abrió la tienda. Ocho pares de ojos lo miraban.

–Hay una riada. Nos vamos ya. Taryn os va a llevar hacia el sendero mientras yo me aseguro de que todas las niñas hayan salido. Id de dos en dos. Llegáis en pareja y os marcháis en pareja. No se deja a nadie atrás.

Sintió su miedo. Una voz dentro de su cabeza no dejaba de recordarle que, aunque podía salvar al mundo, no había sido capaz de proteger a su familia. No dejaba de recordarle que esas niñas eran como Marcus y que Marcus estaba muerto.

–Estáis preparadas para hacerlo –les dijo con cariño–. Confío en vosotras. Nos reuniremos en lo alto, junto a los coches. ¿Todas listas?

Asintieron con solemnidad.

Angel esperó a que todas salieran de la tienda y tiró de los mástiles para que se hundiera. Haría lo mismo con las demás, era el modo más sencillo de comprobar que nadie se quedaba atrás ocultándose en ellas. Se aseguró de que Taryn conocía el camino hasta el aparcamiento y después volvió hacia el agua arremolinada.

Solo había estado fuera unos diez minutos, pero en ese poco tiempo, el agua había crecido por lo menos dos metros. Varias de las tiendas ya estaban medio hundidas en el agua para cuando llegó a las zonas más bajas del camping. El bramido del agua resonaba por las montañas.

Vadeó por el agua helada ignorando el frío que se alojaba por su cintura. Comprobó cada una de las tiendas y después corrió hacia el siguiente asentamiento.

En el tercero encontró a una niña de unos once o doce años. Estaba acurrucada junto a un árbol, llorando. Angel la agarró del brazo y tiró de ella. La lluvia caía con fuerza sobre los dos.

—Salgamos de aquí.

La niña sacudió la cabeza.

—No sé nadar.

—Pues entonces el mejor plan es alejarse del agua.

La niña tembló, pero no se movió. Angel no se molestó en seguir discutiendo. La levantó por los brazos y la llevó hasta el sendero principal, donde encontró a Taryn esperando.

—¿Qué demonios haces aquí? —le preguntó gritando.

—Asegurarme de que tú también sales —respondió Taryn—. No te preocupes. Todas las Bellotas están a salvo. He hecho recuento antes de volver.

Él maldijo y le acercó a la niña.

—Está en estado de shock. Llévala arriba y échale algo por encima para que entre en calor.

—De acuerdo.

Quería decirle más, pero tenía otras tres zonas que revisar. La lluvia caía con fuerza y podía oír el agua incluso desde allí. Subía muy deprisa.
—Ve —le dijo Taryn—. Yo me ocupo de ella.
Él asintió. A lo lejos se oyeron una especie de estallidos. Árboles, pensó al correr hacia el camino embarrado. El agua había llegado a los árboles.
No podía ver a lo lejos, la lluvia lo cegaba y estaba helado. Aun así, revisó las últimas zonas de acampada. Estaban vacías. Se giró hacia el sendero principal y vio que ahora estaba cubierto de agua que había ido subiendo por segundos.
Un par de neveras pasaron flotando por delante. Había una silla y un colchón de aire. Se movió más deprisa. Esperaba que Taryn hubiera apartado a la chica del camino, porque pronto dejaría de serlo.
Caminó por el agua, pero algo lo golpeó con fuerza y a punto estuvo de hacerlo caer. Se agarró a una rama de árbol y logró mantenerse en pie. Pero era imposible volver al camino.
Así que hizo lo único posible: ir por la montaña. Arrastrándose bajo las ramas y entre los arbustos. Barro y escombros se colaban en su ropa, pero seguía moviéndose. Se oyó un estruendo cuando parte de la montaña comenzó a derrumbarse. Al momento estaba levantándose por un lateral para poder llegar al aparcamiento y hacer recuento.
Llegó unos minutos después. Todo era un caos. Los padres corrían desesperados en busca de sus hijas. Angel se apartó el barro de la cara y notó que la lluvia había cesado. Pero la riada seguía subiendo.
—¡Por favor, atento todo el mundo! —gritó Denise Hendrix intentando que el grupo prestara atención.
Angel se acercó a ella, se colocó dos dedos en la boca y soltó un fortísimo silbido. Todo el mundo se giró hacia él.
—¡Que todo el mundo venga aquí! —gritó—. Padres, ha-

ced filas de diez. Dejad de llorar y de gritar y venid aquí. ¡Ahora! Yo mismo he revisado todo el campamento. Las tiendas están vacías.

Para entonces todas habían desaparecido, pero no había motivos para mencionar eso.

—Haced filas —repitió—. Solo en grupos de diez. Niñas, quedaos con vuestra arboleda. Guardianes, decidles dónde queréis que se sitúen.

El número no importaba en realidad, pero sabía por experiencia que si la gente estaba ocupada contando cuántos había por fila, tenía menos tendencia a dejarse llevar por el pánico.

Todo el mundo empezó a hacer lo que les dijo y pronto estaban agrupados y contando.

Se movió por allí buscando a sus niñas, pero no las encontró. A ninguna. Se le encogió el pecho y le resultó imposible respirar. Entonces oyó el segundo grito de la noche.

Angel echó a correr. Encontró a varias niñas en el camino que conducía a la zona de acampada, pero Taryn no estaba allí. Ni tampoco Chloe ni Regan.

—Regan ha perdido su pulsera —le dijo Allison agarrándose a su mano—. Chloe y ella han ido a buscarlo y, cuando Taryn se ha enterado, se ha enfadado muchísimo y ha ido tras ellas. Aún no han vuelto.

Angel le dijo que se alejara de allí. Otros padres llegaron para ocuparse de las niñas y él empezó a bajar el camino. El suelo se movía bajo sus pies y se vio obligado a retroceder.

—¿Angel?

Oyó la voz tan débil que casi se desvanecía en el viento.

—¿Chloe?

—¿Angel? Estamos aquí.

Siguió el sonido y se movió a la derecha. Podía oír el

agua pero no veía nada. Varios padres se acercaron y encendieron linternas. Entonces Angel captó movimiento. Regan y Chloe estaban agarradas a un árbol. Taryn estaba con ellas. El agua golpeaba contra sus pies.

–Hemos ido a buscar mi pulsera –admitió Regan cuando lo vio–. Taryn nos ha dicho que nos quedáramos con las demás, pero no lo hemos hecho. Lo sentimos mucho.

Eso era algo de lo que Angel se ocuparía más adelante, pensó al empezar a moverse por el embarrado lateral de la montaña. Se agarró a un árbol que seguía en pie y estiró el brazo hacia Regan, que se agarró a sus manos. Tiró de ella hacia él.

Tras él, unos cuantos Guardianes la pusieron a salvo.

–Tú eres la siguiente –le dijo a Chloe.

Cerca, otro árbol se derrumbó y el suelo se movió bajo ellos. Chloe gritó.

–Estoy aquí –le dijo Angel–. No iré a ninguna parte. Tú sube por el árbol y yo te agarro.

Chloe asintió y se movió unos centímetros hacia él. Angel se inclinó todo lo que pudo, pero no fue suficiente.

–¡Toma!

Sintió algo contra su espalda. Una cuerda. Se la ató alrededor de la cintura y notó cómo se tensó cuando los demás la sujetaban. Se estiró hacia Chloe de nuevo y esa vez logró agarrarla.

Ella se aferró a él como un monito. Angel dio un paso atrás y sintió cómo tiraban de ellos unos metros.

–Vamos, Chloe –dijo con firmeza Denise Hendrix al tenderle la mano–. Te tengo.

Chloe la agarró. Ahora solo quedaba Taryn.

Angel se ajustó la cuerda a la cintura y avanzó hacia ella. El suelo se movió y ella gritó cuando el árbol al que estaba agarrada crujió y se dobló. La noche era oscura y las linternas no llegaban hasta allí. Él solo podía ver formas más que detalles, pero sabía que Taryn estaba mirándolo.

—Taryn —dijo lentamente—. Taryn, escúchame.

Porque el árbol al que estaba agarrada se lo iba a tragar el río de un momento a otro. Iba a tener que soltarse y agarrarse a él. Iba a tener que confiar en él.

Se sintió abatido. No podría convencerla. No tan rápido. No con la horrorosa experiencia que había vivido en el pasado y de la que no se había recuperado. Su padre le había tendido la mano y la había dejado caer.

El agua seguía subiendo. El ruido era estremecedor y veía objetos pasando flotando. Sintió las primeras oleadas contra sus pies. En cualquier momento la corriente arrastraría al árbol y a ella con él.

—Taryn, tienes que confiar en mí —dijo frustrado, aterrado y consciente del peligro.

—Me vas a sujetar, ¿verdad?

Él asintió. Y mientras se preguntaba si podría lanzarse hacia delante y agarrarse, fue ella la que se lanzó hacia él. La agarró justo cuando el árbol se partió por la mitad y cayó al remolino de agua.

—¡La tiene! —gritó alguien—. ¡Tirad!

Taryn nunca había sentido tanto frío en su vida. No podía dejar de temblar y no la ayudó nada tener la ropa empapada y embarrada. Por muchas mantas que la gente le echaba encima, sabía que no entraría en calor hasta que llegara a casa y se diera una ducha caliente.

La gente seguía acercándose para preguntarle si se encontraba bien y ella asentía mientras no dejaba de contar a las niñas de la arboleda. Ocho, se dijo. Todas las niñas se encontraban bien.

Angel estaba cerca y cubierto de mantas. Después de asegurarse también de que todas las niñas estaban allí, no dejó de mirarla.

Los padres de Regan y la madre de Chloe ya les habían

dado las gracias unas tres veces. Y mientras que los adultos parecían impactadísimos por lo sucedido, las niñas no dejaban de hablar sobre su aventura.

—El agua ha subido súper deprisa —estaba diciendo Chloe—. Hacía mucho frío y estábamos asustadas, pero Taryn nos ha protegido y Angel nos ha salvado.

No hacían más que sonreír, pensó Taryn sabiendo que ella jamás olvidaría el horror de darse la vuelta y ver que habían desaparecido dos niñas. Durante el segundo que había tardado en procesar la información, el riachuelo se había convertido en un río salvaje y había crecido unos seis metros.

—Estoy deseando volver el año que viene —les dijo Regan a sus padres.

Chloe sonrió.

—Y yo también.

—Necesito una copa —murmuró Taryn.

—Yo también.

Angel la rodeó con un brazo y la llevó hacia su todoterreno. Ella comenzó a decir que su coche estaba allí, pero entonces se dio cuenta de que había perdido el bolso en la riada. Había desaparecido junto con las llaves del coche, las de la casa, el carné de conducir y sus trajetas de crédito.

Se detuvo.

—No puedo entrar en mi casa.

—Yo te abriré.

—He perdido mi bolso, mi cartera.

—Todo son cosas que se pueden reemplazar.

La llevó hasta el todoterreno y ella vaciló antes de subirse al asiento del copiloto.

—Voy a estropearte el cuero del asiento.

Angel la agarró de los brazos y la zarandeó suavemente.

—¿Crees que me importa eso?

La intensidad de su expresión la hizo respirar hondo.

–No.
–Bien. Pues ahora sube.

Condujeron hasta la casa de él, recogieron ropa, y de ahí se dirigieron a casa de Taryn. Angel usó unas herramientas con las que tardó unos treinta y cinco segundos en abrir la puerta.

–Estoy impresionada y, a la vez, no me sorprende lo más mínimo –dijo ella al tirar las mantas junto a la puerta y quitarse las botas empapadas y llenas de barro. Después vinieron sus calcetines hechos polvo.

Angel cerró la puerta, soltó su bolsa y se quitó las botas y los calcetines. Recorrieron el pasillo hasta el baño principal. Ella abrió el grifo de la ducha y fue desnudándose mientras el agua se calentaba.

Tuvo la precaución de no mirarse al espejo porque prefirió no ver qué aspecto tenía. Aún estaba temblando y un poco mareada. Impactada. Aunque no era para menos.

Entraron en la ducha juntos. Hasta ese momento, ella nunca le había dado importancia a la segunda alcachofa, pero ahora la abrió para que los dos estuvieran bajo el cálido chorro de agua. Angel agarró el champú y se echó un poco en la mano.

Le lavó el pelo y después se lavó el suyo. Se enjabonaron mutuamente y se limparon el barro. En cierto momento del proceso de aclarado, ella se dio cuenta de lo resbaladiza que él tenía la piel y de que tenía las manos posadas en sus pechos.

Se giró parar mirarlo y vio deseó en sus ojos. Al alargar los brazos hacia él, Angel se acercó un poco más.

–Podría haberte perdido –le dijo él antes de besarla.

Sus lenguas se entrelazaron y él deslizó las manos por todo su cuerpo, excitándola ahí donde la tocaba. Taryn sentía su erección contra su vientre.

Lo rodeó por el cuello y él la levantó contra la mojada pared de azulejos antes de adentrarse en ella. Taryn lo rodeó por la cintura con las piernas y se aferró a él mientras Angel la llenaba una y otra vez.

La sujetaba por las nalgas y hundía los dedos en sus curvas. El agua caliente caía sobre los dos a la vez que el calor aumentaba dentro de Taryn. Con cada caricia, estaba más y más excitada y, al mismo tiempo, era consciente de la montaña de emociones que la invadía. Alivio, impacto, gratitud y terror mezclados con deseo sexual. La combinación amenazaba con abrumarla. Estaba cerca, pero no segura de poder llegar al final. No segura de querer. Perder el control ahora sería...

Su orgasmo la invadió sin avisar. El placer la recorrió y gritó. Angel siguió llenándola mientras sus barreras emocionales se derrumbaban y ella empezó a llorar.

Angel esperó a que hubiera terminado de temblar para terminar, la bajó al suelo y la abrazó hasta que el agua empezó a enfriarse.

Un cambio de ropa, un secado de pelo rápido, un brandy y un cuenco de sopa después, Taryn se sentía más ella misma. Estaban sentados en el sofá viendo el canal de reformas y decoración, el más normal que se le había ocurrido. Pasaba de la medianoche, pero no tenía ni pizca de sueño. Seguía demasiado inquieta.

Angel estaba sentado a su lado, rodeándola con el brazo, y ella tenía la cabeza apoyada en su hombro. Había dejado de temblar y estaba empezando a sentirse como si el impacto se estuviera disipando.

–¿Mejor? –le preguntó él.

–Sí. No sé cómo pudiste trabajar en el ejército y pasar tanto estrés día tras día.

–Te acostumbras.

Ella levantó la cabeza y lo miró.

–¿En serio?

Sus ojos grises se arrugaron ligeramente cuando sonrió.
—No. Nunca te acostumbras, pero cada vez se te da mejor fingirlo.
—Al menos no he vomitado.
Él se rio.
—Siempre he admirado tu criterio.
Ella se rio, pero al instante esa sensación de diversión se desvaneció.
—Nunca en mi vida he pasado tanto miedo.
Angel le agarró la mano.
—Has sido valiente y te has mantenido en el juego.
—Hablas como los chicos.
—Lo digo en serio. Podrías haber tenido un ataque de pánico y no ha sido así —la miró fijamente—. Para serte sincero, no creía que fueras a soltarte del árbol.
Y ella sabía lo que quería decir.
—No creías que fuera a confiar en ti lo suficiente.
—Eso también.
Era curioso cómo en ese momento no había pensado en su padre. Había entendido lo que estaba pasando y había sabido que solo tenía una oportunidad de escapar. Por eso había saltado y Angel la había agarrado.
Sabía que él habría hecho lo mismo por cualquier otra persona, pero le gustaba pensar que por ella había estado un poco más preocupado. Se acurrucó más a él.
—Quiero llamar a Bailey y a los padres de Regan para ver cómo están las niñas.
—Buena idea. No me puedo creer que bajaran por el camino en lugar de quedarse en el aparcamiento.
—Lo sé. Regan quería su pulsera —le acarició el pecho—. Solo pensar en lo que ha pasado me aterroriza.
—Podrían haber muerto —dijo él con rotundidad.
Taryn sintió la tensión en el cuerpo de Angel y tuvo la sensación de que estaba pensando que todos podrían haber muerto.

—No vas a regañarme por haber ido a buscarlas, ¿verdad?

Angel la besó.

—No. Hiciste lo correcto.

—Pero en la próxima reunión sí que vamos a tener una pequeña charla sobre lo que significa seguir instrucciones y ser sensato.

—Eso está claro. Y también vamos a hablar de cómo actuar en caso de emergencia —él le dio un achuchón.

—Tengo que decir que esto hace que no me apetezca ir de acampada con el tipo de LL@R. Espero que no esté esperando ir al mismo camping.

Angel se rio.

—No irás allí. Pasará mucho tiempo hasta que se pueda volver a utilizar como zona de acampada. Incluso cuando ya no haya agua, estará todo hecho un desastre. Además, una vez la zona ha sufrido una riada, la gente tiende menos a querer ir a allí a pasar la noche.

—Seguro que Fool's Gold tiene otras zonas para acampar.

—No pareces muy ilusionada con la idea —dijo con tono de broma.

—Ya, y que lo digas.

—Las arboledas querrán acampar otra vez el año que viene.

—Qué bien —murmuró.

¡Y con la cantidad de bosque que había alrededor del pueblo! Aunque tampoco le preocupaba mucho porque si había ayudado a Angel con la arboleda era porque él estaba ayudándola a desenvolverse en la acampada con el cliente, pero el año siguiente ya no tendrían esa situación.

Darse cuenta de ello resultó perturbador. Le gustaba estar con las niñas. Las reuniones siempre eran divertidas y disfrutaba con los distintos proyectos que llevaban a cabo. Le gustaba la idea de que la arboleda estuviera junta durante más de un par de meses. Podrían formar un gran proyecto de servicio a la comunidad. Y no es que socializar con los cachorritos no hubiera sido divertido, pero la próxima vez podrían encontrar algo que tuviera que ver más con la vida en el pueblo.

Sin embargo, ella no tendría nada el año siguiente, nada ni con Angel ni con su arboleda. Porque no habría un año siguiente para los dos.

Ambos habían dejado muy claro lo que querían de una relación y ninguno estaba buscando más que algo temporal. Él se había sentido retado y ella intrigada por la situación. No eran jóvenes y estúpidos, no estaban buscando enamorarse.

Y, sin embargo, ella se había enamorado. En algún momento en el que no había estado prestando atención debía de haberle entregado su corazón. Tal vez por eso le había resultado tan fácil confiar en él y darle la mano. No había tenido nada que perder.

–¿Estás bien?

Ella asintió y se echó atrás para observar su expresión.

–Te quiero. Y no lo estoy diciendo por lo de la riada. Me di cuenta de la verdad antes de que jugaras a ser mi héroe –le sonrió–. Esto no entraba en las normas ni debía pasar, pero ha pasado. Te quiero, Angel. Quería que lo supieras.

Lo observó fijamente, no segura de qué vería en su rostro. Esperaba que él entendiera lo mucho que eso significaba para ella. Nunca antes había estado enamorada, y mucho menos, había pronunciado esas palabras. No esperaba que se las devolviera en ese mismo momento, pero tal vez podría darle alguna pista.

Sin embargo, Angel no pareció muy contento con la noticia. Durante un segundo algo oscuro brilló en sus ojos y entonces su rostro quedó completamente frío. Fue como mirar una estatua.

Finalmente, Angel sacudió la cabeza.
–No –y eso fue todo. Simplemente no.
Taryn se quedó helada, aunque ahora la sensación era mucho peor que la de antes. Porque ese frío venía de dentro, no de fuera, y sabía que jamás volvería a sentir calidez. Se ordenó no reaccionar ante su rechazo, no decir nada. No suplicaría.
No, ni cuando él se levantó, ni cuando salió de su casa sin decirle ni una palabra más.
Se quedó sentada en el sofá con el canal de decoración de fondo. Y, por segunda vez en menos de un par de horas, se dejó vencer por las lágrimas.

Capítulo 19

Taryn salió de la Oficina de Tráfico de Fool's Gold y tuvo que admitir que vivir en un pueblo tenía sus ventajas. Tenía un permiso temporal que guardar en su cartera hasta que le enviaran el permanente. Después de haber arreglado sus tarjetas de crédito el día anterior, lo de la Oficina de Tráfico había sido sencillo. A excepción de su brillo de labios favorito y su espejo compacto de Hello Kitty... bueno, sí, y también de su corazón... había podido sustituir todo lo que había perdido en la riada.

Habían pasado dos días. Dos días en los que la gente no había dejado de preguntarle si se encontraba bien ni de alabar su valentía. Había intentado decir que no había sido valiente, pero nadie había querido oírlo, y por eso había dejado de intentar explicarse. Lo bueno era que si se mostraba un poco callada o angustiada, nadie iba a sorprenderse tras lo sucedido; asumían que seguía afectada por ello y, gracias a eso, aún no había tenido que dar explicaciones sobre Angel.

No lo había visto desde que él se había marchado de su casa y tampoco había recibido noticias suyas. Y no es que se hubiera esperado verlo, pero parecía que su corazón era tonto e iluso, pensó mientras se dirigía al bar de Jo, donde iba a reunirse con sus amigas para almorzar.

Sonrió a la gente que la saludó por la calle y al entrar en el bar vio que Dellina, Consuelo e Isabel estaban esperando. Noelle llegó justo detrás.

–¿Qué tal? –preguntó Noelle mientras se dirigían a la mesa–. No me puedo creer lo que te ha pasado. Debe de haber sido aterrador.

Sus tres amigas se levantaron y la abrazaron.

–¿Estás bien? –le preguntaron al unísono.

Taryn les sonrió.

–Estoy bien. Todos salimos ilesos. No quiero repetir la experiencia, pero todas las Bellotas con las que he hablado lo están llevando bien.

Se sentaron.

–Larissa no puede venir a almorzar –les dijo–. Jack la ha enviado a un seminario sobre lesiones deportivas. No es fisioterapeuta, pero se mantiene al tanto de las últimas informaciones en ese terreno –sonrió.

Jo llegó y les tomó nota de la bebida, les explicó los platos especiales, y volvió a la barra.

Isabel le dio un codazo a Consuelo.

–Estás resplandeciente, ¿lo sabes, verdad?

Taryn miró a la diminuta chica morena; Consuelo estaba feliz y bronceada. Tenía la sensación de que había algo más que unas vacaciones de dos semanas en un paraíso tropical.

–Kent y yo lo hemos pasado genial en nuestra luna de miel –dijo con una tímida sonrisa–. Hemos hablado mucho sobre nuestras vidas y lo que queremos.

–¿Un bebé? –preguntó Noelle enarcando las cejas.

–Hablamos de ello, pero hemos decidido que vamos a adoptar. Estamos interesados en niños mayores, hermanos que no quieran que los separen.

Taryn se quedó asombrada.

–Eso es mucha responsabilidad.

–Lo sé –Consuelo sonrió–, pero creo que podemos con

ella. Hemos hablado con Reese sobre ello y está emocionado.

—Es una gran noticia —dijo Isabel—. Felicidades.

—Gracias —Consuelo miró a Taryn—. He oído que celebrasteis una fiesta mientras estuve fuera, el intercambio de ropa.

—Sí —Taryn se dirigió a Dellina e Isabel—. Las dos hicisteis un gran trabajo.

—Gracias —respondió Dellina—. Fue muy divertido. Creo que deberíamos celebrarlo dos veces al año. La gente ha sido muy generosa con las donaciones. Al final reunimos casi mil dólares para el refugio de mujeres.

Taryn estaba sorprendida.

—Es genial.

—Sí —dijo Noelle—. Me encanta lo que me llevé a casa. Creo que podríamos celebrarlo en otoño y en primavera. Ya sabéis, para prepararnos para la temporada. Tengo un abrigo de invierno del año pasado en un estado fantástico, pero no quiero llevarlo otro invierno más.

Isabel asintió.

—Una de las cosas que me van a encantar de trabajar en la boutique, en lugar de en la tienda de novias, va a ser la posibilidad de vestir de forma distinta. Con la ropa de diseño puedo seguir las tendencias. En la tienda de novias no podía ponerme nada que destacara mucho.

Dellina sonrió.

—Cansada de llevar tu vestido negro.

—Sí. Y tampoco podía ponerme nada mono para no eclipsar a las novias. Me vestía como si estuviera yendo constantemente a un funeral.

—Vestida para la comodidad —le dijo Consuelo.

—No todo el mundo puede tener pantalones militares y camisetas de tirantes como atuendo de trabajo.

Taryn escuchaba la conversación. Qué agradable, pensó. La ayudaba a relajarse y olvidar el agujero que tenía en el corazón. Estaba pasando minutos enteros sin pensar en Angel, y esa era una novedad muy bien recibida.

–Voy a ponerme en contacto con el refugio –dijo Noelle–. Quiero enterarme de las posibilidades que hay para trabajar como voluntaria.

–Eso es una buena... –Dellina se detuvo a mitad de la frase y se giró hacia Taryn–. ¿Qué? ¿Qué pasa?

Taryn la miró.

–No tengo ni idea de qué estás diciendo.

Dellina sacudió la cabeza.

–No, pasa algo. Algo grande. ¿Qué ha pasado? –tocó el brazo de Taryn–. Tengo hermanas y sé cuándo una mujer se está guardando información importante –se mordió el labio inferior–. Es malo, ¿verdad? Puedo verlo en tus ojos.

Taryn no estaba segura de qué era más desconcertante, si que pudiera estar perdiendo su fachada de acero o que Dellina pudiera ser vidente.

Isabel miró a Taryn.

–Tienes razón –su rostro se suavizó a medida que la preocupación llenaba sus ojos–. Cuéntanos. ¿Estás bien? ¿Estás mala o algo?

Noelle arrugó la nariz.

–No me entero de qué está pasando –dijo gruñendo–, así que o nos lo cuentas o me voy a sentir como una estúpida.

–Yo también –farfulló Consuelo.

Taryn pensó en intentar mentir para salir de la situación, pero no estaba segura de ser capaz. No, cuando se sentía hundida emocionalmente.

Se aclaró la voz.

–Es Angel –dijo en voz baja–. Hemos... hemos roto.

–¿Por qué?

–Imposible. Estabais genial juntos.

Dellina siguió observándola.

–Te ha hecho daño.

Taryn se encogió de hombros.

–He roto las reglas. Los dos lo dejamos claro. Era una aventura, no una relación. Eso era lo que queríamos los dos. Pero me he enamorado de él y cuando se lo dije...

Los ojos se le llenaron de lágrimas y se le hizo un nudo en la garganta. Tuvo que respirar por un segundo antes de poder continuar.

–Se marchó –terminó–. Han pasado un par de días y no lo he visto desde entonces.

Las cuatro se acercaron y la abrazaron.

–¿Estás durmiendo? –le preguntó Noelle–. ¿Puedes comer? Tienes que mantenerte fuerte para no caer enferma.

Isabel le dio una palmadita en la mano.

–¿Quieres que le diga a Ford que le dé una paliza?

Consuelo resopló.

–Él solo no podría con Angel. Los dos conocen demasiado bien sus estilos de lucha. Pero Ford y yo juntos podríamos machacarlo –miró a Taryn–. ¿Quieres que me ocupe? Porque lo haré.

Taryn se secó una lágrima e intentó sonreír.

–Por extraño que os vaya a sonar, es la oferta más bonita que me han hecho en la vida. Gracias. Os lo agradezco. Sois todas fantásticas.

Se mordió el labio inferior e hizo lo que pudo por no perder el control.

–Es duro porque en ningún momento se me ocurrió que pudiera llegar a enamorarme de él. Pensé que era más fuerte que todo eso.

–Amar a alguien no te convierte en débil –le dijo Consuelo–. Al principio puede parecerlo, pero no es verdad. El amor es complicado y te vuelve loco, pero al final te da poder.

–Y en este caso, es un desastre –murmuró Taryn.

Vio a las otras mujeres intercambiando miradas sin tener idea de qué estarían pensando. Lo único que tenía claro era que estarían a su lado si las necesitaba.

—Os agradezco el apoyo —añadió—. Pero tengo que arreglar esto yo sola. Por favor, no le digáis nada a nadie. No estoy preparada para hablar de ello.

Isabel arrugó la nariz.

—¿Estás segura? En Fool's Gold existe una especie de tradición cuando hay una ruptura.

—¿Qué clase de tradición? No quiero ser reina del festival ni nada por el estilo.

—Se celebra una noche de chicas —le dijo Dellina—. Todo el mundo se reúne en una casa con bebida y comida basura. Nos emborrachamos e insultamos a los chicos.

Taryn se contuvo para no temblar. Eso significaba hablar de lo sucedido y preferiría no tener esa conversación nunca.

—No estoy lista para eso —dijo firmemente—. En serio, por favor, no se lo contéis a nadie —estaba demasiado humillada como para que la información se hiciera pública tan pronto.

—Avísanos si cambias de opinión —le dijo Noelle—. Tenemos formas de hacer que lo olvides.

Taryn hizo lo posible por sonreír ante el gracioso comentario.

Perder a Angel había sido horrible, pero encontrar amigas era una de las buenas cosas que le habían pasado desde que se había mudado al pueblo. Con el tiempo se recuperaría y seguiría adelante.

Todo lo sucedido le había recordado que el amor era un desastre y que confiar en los hombres te arrastraba al dolor, y esa era una lección que jamás se permitiría olvidar, nunca más.

Después del almuerzo, Taryn se marchó del bar de Jo sintiéndose un poco mejor. Al menos ya no lloraba y el dolor del pecho se había reducido a algo que podría soportar.

Y todo se debía al hecho de estar rodeada de amigas. Eran buenas mujeres y les agradecía todo el apoyo. Al dirigirse al coche se preguntó cómo de distinta habría sido su vida si hubiera tenido amigas así antes, en el instituto, por ejemplo, aunque tampoco habría confiado en nadie lo suficiente como para contarles lo que le estaba pasando. Por otro lado, tal vez no era solo un problema de confianza, sino de vergüenza también.

Condujo de vuelta a Score y aparcó. Un Subaru abollado aparcó a su lado y de él bajó Bailey.

Taryn sonrió a la mujer.

–¿Cómo está Chloe? ¿Bien?

Bailey rodeó su coche y asintió.

–Está genial. Temí que la experiencia de la riada le provocara pesadillas, pero no ha sido así. Ni tiene miedo ni está mal –Bailey llevaba una camiseta y vaqueros. Se pasaba las llaves del coche de una mano a otra–. Taryn, quiero darte las gracias por todo lo que Angel y tú habéis hecho por ella. Estar en las Bellotas le ha permitido encontrar el camino de vuelta a la maravillosa niña que era antes. He estado preocupada por ella, perder a su padre fue terrible. ¡Se volvió tan callada y reservada! Hablé con su pediatra y me sugirió que le diera tiempo, pero que si en unos meses no avanzaba, tendríamos que probar con terapia. Estuve retrasándolo todo lo que pude, supongo que porque no quería que me dijeran que le pasaba algo.

Taryn podía entender su preocupación. Sobre todo cuando se trataba de una niña tan pequeña.

–Pero una vez que se apuntó a las Bellotas, todo cambió. Tiene amigas otra vez y ahora está hablando todo el tiempo.

–¿Demasiado? –preguntó Taryn con tono de broma.

Bailey sonrió.

–A lo mejor un poco, pero no dejo de decirme que no voy a quejarme –su sonrisa se desvaneció–. Cuando perdimos a Will nos quedamos hundidas. Era difícil tenerlo lejos de servicio, pero saber que no volvería jamás...

Taryn asintió.

–Lo siento –susurró sabiendo que su dolor no era nada comparado con el dolor de perder a un marido. Era una mujer dura y superaría lo de Angel sin que nadie llegara a saber que se había quedado hundida al principio.

–Te agradezco tu compasión, de verdad que sí, pero no pasa nada. Mereció la pena. Will fue un hombre muy, muy, bueno. Me quería y quería a Chloe. Éramos su mundo y las dos lo sabíamos.

Bailey se detuvo.

–Ver a Chloe feliz otra vez me ha ayudado mucho –se encogió de hombros–. Lo siento. Estoy hablando demasiado.

–No. Me alegro mucho de que pudiéramos ayudar. Chloe es una niña maravillosa. Tienes todo el derecho del mundo a estar orgullosa de ella.

–Lo estoy –se puso seria–. Después de la acampada, me ha mencionado que debería encontrarle otro papá.

–¿Angel? –preguntó Taryn sin poder evitarlo.

–¿Qué? No. Oh, ¿habías pensado eso? –sonrió de nuevo–. Es increíble, pero yo no podría con un hombre así. Es mucho más de tu estilo. Tú eres una mujer fuerte y poderosa y eso es lo que él necesita.

Esa valoración de los dos como pareja y de ella individualmente resultó agradable e inesperada a la vez.

–Pues hoy no me siento especialmente poderosa –admitió Taryn.

–Ya se te pasará.

Taryn se apoyó contra su coche.

–Entonces, si no es Angel, ¿hay alguien más?

–Creo que no, no estoy preparada para salir con nadie –agachó la cabeza–. Y tendría que perder unos quince kilos. Creo que preferiría comer galletas.

Taryn observó a Bailey y, por un segundo, le pareció ver un rubor en las mejillas de la mujer. ¿Era posible que Bailey tuviera a alguien en mente? Había dejado claro que no estaba interesada en Angel, lo cual era bueno, porque lo último que ella necesitaba ahora mismo era otro golpe.

–No necesitas perder peso. Eres preciosa.

–Gracias, pero las dos sabemos que eso no es verdad – Bailey se encogió de hombros–. Ahora mismo no me importa mucho mi peso. Tengo suficiente estrés en mi vida con la búsqueda de empleo –ladeó la cabeza–. No te he dado las gracias por el vestido.

Taryn se aclaró la voz.

–¿Te refieres a la fiesta? Yo no hice nada. Hazme caso, Dellina se ocupó de casi todo e Isabel del resto. Mi habilidad es delegar.

La verde mirada de Bailey se posó en el rostro de Taryn.

–Tú me compraste el vestido, Taryn. Lo sé. Si tuviera un ego más grande hasta diría que preparaste todo lo del intercambio de ropa para poder dármelo sin que pensara que era por caridad.

–Eh... no tengo ni idea de lo que estás hablando.

–Sí, claro que sí, pero puedes fingir si te hace sentir mejor. Eres una persona realmente buena. Gracias. Sé que jamás aceptarías dinero por lo que hiciste, así que voy a devolvértelo haciendo algo así por otra persona en cuanto tenga la oportunidad.

Taryn sintió lágrimas de nuevo. Bajo ningún concepto lloraría en el aparcamiento de Score, pero las palabras de Bailey la conmovieron.

–No fui yo –dijo con firmeza–, pero me alegro de que tengas el vestido para hacer entrevistas.

–Sí, y también tengo zapatos –Bailey sonrió–. Me he apuntado a un curso de ordenador para refrescar mis conocimientos. Es durante tres sábados y al final estaré familiarizada con las nuevas versiones de las famosas hojas de cálculo y los programas de calendarios. Después redactaré el currículo y me pondré con la búsqueda de trabajo.

–Para empezar con tu nueva vida.

–Sí –se detuvo–. Sé que oyes esto todo el tiempo, pero tengo que decirlo. Eres una inspiración, Taryn. Admiro todo lo que has logrado. Eres una mujer de éxito y con fuerza, pero con tu propio estilo. Quiero decir, mira tu vestido. ¡Es fantástico!

Taryn miró su Dolce & Gabanna de seda brocada. Era sin mangas y tenía un estampado floral.

–¿Esta antiguaya? –dijo con una sonrisa.

Bailey la abrazó.

–Sabes lo que te gusta y vas a por ello –la soltó–. Todas podríamos aprender de ti.

–No entiendo que mi ropa sea para tanto.

–Simboliza lo que eres. No te importa si estás en Fool's Gold o en Los Ángeles. Vas a ponerte lo que quieras y hacer lo que quieras y a vivir cómo quieras. Tienes estilo y eres buena en tu trabajo y una amiga fantástica. Cuando crezca, quiero ser como tú.

Las lágrimas volvieron y esta vez Taryn no intentó detenerlas. Sollozó.

–Es lo más bonito que me han dicho en la vida. Pero he de decirte que soy un completo desastre. Para que lo sepas.

–Todos somos un desastre, Taryn, pero tú siempre tienes un aspecto genial.

Taryn se rio.

–El estilo por encima de todo –se secó las lágrimas–. Me alegro por Chloe. Es maravillosa.

–Gracias. No puedo llevarme todo el mérito, pero yo también creo que es increíble.

Las mujeres se abrazaron. Por un segundo, Taryn pensó en crear un puesto de trabajo para Bailey en Score. El problema era que no necesitaban a nadie y sabía que Bailey preferiría encontrar un empleo de verdad por su cuenta. Existía una diferencia entre recibir un poco de ayuda, como un vestido, y vivir de un trabajo fingido.

–Avísame si puedo ayudarte a buscar trabajo –le dijo.

–Lo haré. Es más, te agradecería que me revisaras el currículo.

–Encantada.

Bailey se despidió y fue hacia su coche. Taryn entró en la oficina. Aún había un agujero gigante donde antes estaba su corazón, pero pensó que tal vez, quizá, había dado el primer paso hacia lo que sería un largo camino hacia la recuperación.

–Jamás pensé que pudiera pasar algo así aquí.

–¡Yo nunca he oído nada parecido!

–El agua subió muy deprisa.

–No podía dejar de gritar, y eso tampoco ayudó nada.

Angel ya había soportado demasiados abrazos y palmaditas desde que se había presentado en la reunión de los Guardianes de la Arboleda. Todo el mundo quería saber si Taryn y las Bellotas estaban bien y parecía que iba a tener que relatar los sucesos de la noche.

Finalmente, Denise logró que todos se sentaran.

–Tenemos muchos asuntos de fin de temporada que discutir. El próximo sábado se celebra el festival. Todas las arboledas desfilarán juntas. Una vez más Plants for the Planet será tan amable de donar las coronas que llevará cada una. Así que si necesitáis una nueva planta o queréis llevarle flores a alguien, por favor comprádselas a ellos y decidles cuánto les agradecemos su apoyo.

–¿Coronas? –preguntó Angel al Guardián que tenía sentado al lado.

–Sí, pequeñas coronas para el pelo –le dijo la mujer–. Tienen lazos cayéndoles por la espalda. Están absolutamente adorables. Cada arboleda tiene su color. A las niñas les encanta participar en el desfile y al final les entregan su abalorio de la familia y después pasan al siguiente nivel de la FLM. Y entonces hay una ceremonia de graduación para las niñas que salen de la organización.

—Gracias —dijo Angel pensando que tenía que leerse a fondo el manual del Guardián de la Arboleda. Pero cada vez que pasaba de las páginas de las Bellotas, encontraba algo que le hacía sentirse incómodo, como lecciones sobre el ciclo femenino.

Pensar en eso le recordó cómo se había reído Taryn cuando se lo había contado. Ella había señalado que tardaría en tener que tratar el tema y que, si llegaba el momento, ella se ocuparía. Pero ahora eso ya no pasaría. Porque ella ya no estaría a su lado. Se había asegurado de ello.

Había pasado cerca de una semana, pensó con tristeza. La había visto dos veces, pero estaba segurísimo de que ella no lo había visto a él. Y así era como quería que fueran las cosas. Fool's Gold era tan pequeño que de vez en cuando se cruzarían, pero preferiría que eso sucediera más tarde que pronto.

Pensar en ella le hacía preguntarse cómo estaría, si se encontraría bien. Eso esperaba. Quería que fuera feliz. Una parte de él quería que fuera feliz a su lado, pero sabía...

Lo invadió una fuerte sensación de anhelo. La echaba de menos más de lo que habría creído posible. Echaba de menos su risa, su sentido del humor, su afilada inteligencia. Echaba de menos cuánto quería a «sus chicos» y los aterrorizaba al mismo tiempo. Probablemente porque eso le recordaba a Consuelo, que para él era como su familia. Echaba de menos su atrevida forma de caminar, sus ridículos zapatos y cómo olía. La quería en sus brazos y en su cama y quería poder decirle que sí, que él también la amaba.

Pero no podía. Captaba la ironía: que hubiera podido salvarla de una inundación para luego dejarla plantada porque había cometido la estupidez de enamorarse de él. ¡Menudo héroe estaba hecho! La había hecho confiar en él y después la había castigado por hacerlo.

Quería decirle que lo había hecho por su propio bien, que no era una persona en la que debería apoyarse. No había sido capaz de proteger a Marcus y a Marie y estaba seguro de que tampoco podría protegerla a ella.

Pero se trataba de Taryn y sabía que ella le diría que era más que capaz de cuidar de sí misma, que no quería un caballero de la brillante armadura, quería un compañero. Alguien en quien poder confiar. Le diría que creía en él.

El problema era que él no podía creer en sí mismo. No lo suficiente.

La alcaldesa Marsha llegó a la reunión y habló con Denise antes de dirigirse a los Guardianes.

–He hablado con todos los padres –dijo–. Todo el mundo agradece lo bien que se manejó la inesperada riada. Sobre todo tú, Angel.

Todos los guardianes se giraron hacia él y Denise le sonrió como si hubiera hecho algo brillante.

–Volviste al peligro –continuó la alcaldesa– arriesgando tu vida para salvar a nuestras niñas –ahora su expresión se tornó en un gesto de dureza–. Espero que hables con Chloe y Regan sobre lo que significa seguir las instrucciones.

–Ya lo he hecho –le aseguró–. Y también vamos a discutirlo en la reunión de arboledas.

–Bien –la alcaldesa Marsha sacudió la cabeza–. La riada sorprendió a todo el mundo. No se esperaba que la tormenta se posara sobre las montañas. Fuimos muy afortunados. La situación podría haber sido mucho peor –suspiró con aire cansado–. No quiero pensar lo mal que podría haber ido todo. Tenemos que plantearnos en serio tener en el pueblo un grupo de búsqueda y rescate –les sonrió–. Pero vosotros no os tenéis que preocupar por eso. Gracias a todos. Manejasteis la emergencia extremadamente bien.

Y con eso, asintió y se marchó.

La reunión continuó. Angel tomó notas, aunque no dejaba de pensar en Taryn y en cómo le había fallado. Quería lo que ella le ofrecía, pero, al mismo tiempo, sabía cuál era el peligro que eso suponía. Era mejor para los dos que no pusiera también su vida patas arriba, que no le permitiera pensar que cuidaría de ella.

En su cabeza sabía que la tormenta y el accidente que le había arrebatado la vida a su mujer y a su hijo no eran algo que él pudiera haber evitado, pero su instinto le decía lo contrario. Su instinto lo advertía de que dejarse llevar por el corazón terminaría con la destrucción de una de las personas a las que más quería mantener a salvo.

Capítulo 20

Taryn asintió y el diseñador jefe pasó a la siguiente imagen.

–Las proyecciones de mercado dejan claro que la tendencia continuará durante al menos los próximos cinco años. Aunque los clientes pueden ser volubles, la empresa de investigación de mercado que contratamos tiene un índice de precisión del noventa por ciento. Al organizar la campaña podremos juzgar el éxito en puntos predeterminados y hacer los ajustes necesarios.

La presentación de Living Life at a Run había comenzado antes de lo previsto, aunque tal vez el problema era que ella seguía sin poder dormir, pensó al sonreír a Cole y sentarse en la mesa de reuniones. Jude encendió las luces.

Jack se levantó.

–Ya ves por qué tenemos a Taryn por aquí –dijo guiñando un ojo–. Podría estar pluriempleada y trabajar también como quarterback.

Cole, un tipo bajo con hombros anchos y fornido, asintió.

–Veo por dónde vas y me gusta.

Eso era algo, pensó Taryn con cuidado de no poner mala cara. Cole era una de esas personas que le caían mal. No le había gustado desde el momento en que lo había visto entrar en Score esa mañana, pero había trabajado con clientes que no le caían bien antes. Cole y ella no tenían por qué ser amigos.

La idea de pasar un fin de semana con él hizo que se le pusiera la piel de gallina, pero había sobrevivido a cosas peores. Además, los chicos estarían allí como parachoques y, gracias a Angel, podría apañárselas ya fuera haciendo kayak o haciendo senderismo. Siempre que no hubiera otra riada, estaría bien.

En cuanto esos pensamientos se formaron en su cabeza, los apartó. Pensar en Angel era un error. Podía perderse en esos recuerdos horas y horas y ahora mismo LL@R era su prioridad.

Cole la miró y miró a Jack.

—De acuerdo, genial. Ya me habéis demostrado que estáis a favor de la igualdad de oportunidades y todo ese rollo, pero ¿podemos olvidarnos del bombón y ponernos con la presentación?

Pronunció las palabras de un modo tan natural que, en un principio, Taryn estuvo segura de que las había malinterpretado. Kenny, Jack y Sam parecían igual de impactados. Pero cuando Cole agitó el dedo señalándola a ella y luego a la puerta, supo que había oído perfectamente lo que había dicho.

Empezó a levantarse. Antes de poder hacer mucho más, Sam, Jack y Kenny se levantaron a la vez y los tres se acercaron a Cole.

—Espero que no acabes de decir eso —dijo Kenny.

Cole se recostó en su silla.

—Venga, chicos, ¿en serio?

Sam sonrió, pero fue la sonrisa de un lobo a punto de devorar a un conejo.

—Por ella, por cualquier mujer del mundo —miró a Kenny y a Jack—. Sé que tenías muchas esperanzas puestas en esta campaña, pero nosotros no trabajamos con capullos.

–Exacto –dijo Jack–. Cole, vas a disculparte con Taryn y después te vas a ir.

Cole se puso recto en el asiento.

–¿Qué? ¿Estáis de coña? ¿Sabéis cuánto vale mi cuenta? Teníamos la tarde planeada. ¿Qué pasa con lo de jugar al golf con Josh Golden y Raúl Moreno?

–No va a pasar –le respondió Kenny–. Y ahora discúlpate con la dama.

Cole enfureció.

–Solo estaba llamando a las cosas por su nombre. Una mujer vestida así, con ese aspecto, ¿para qué iba a estar aquí?

–Está aquí porque es inteligente y competente y porque es la que lleva los pantalones por aquí, metafóricamente hablando –dijo Jack sin vacilar.

Cole pareció darse cuenta de que lo habían derrotado gravemente. Tragó saliva y se giró hacia Taryn.

–No se ofenda, señora.

–Sí, claro –le dijo ella–. Querías ofernderme porque eres un cretino misógino –se levantó–. Tienes cinco segundos para salir de este edificio o te los echaré encima.

Cole se quedó atónito, se levantó y, literalmente, salió corriendo de la habitación. Un segundo después lo oyeron gritar:

–¿Dónde está la salida en este sitio?

Y así se fue y ella se quedó sola con sus chicos.

–Qué asco. ¿Sabéis cuánto tiempo y esfuerzo hemos invertido en esta presentación? Admítanlo, caballeros. No vamos a tener clientes de este tipo, tendremos que conformarnos con nuestros mercados nicho. Sinceramente, no puedo volver a pasar por esto.

Sam se acercó a ella y le dio un cariñoso beso en la mejilla. Después la rodeó con los brazos y le dio un buen achuchón. Ella lo abrazó hasta que él se apartó. Kenny fue el siguiente. Él también la besó y la abrazó. Jack fue el último, pero él no la soltó.

—Era un capullo —le dijo Jack—. ¿Estás bien?
Taryn lo miró fijamente a los ojos.
—Lo estaré.
Porque su dolor de corazón no tenía nada que ver con el capullo que acababa de salir corriendo de las oficinas, y sí todo con el hombre de pelo oscuro que le había robado el corazón.
Se apoyó contra Jack y pensó por millonésima vez en que todo habría sido mucho más fácil si hubiera podido enamorarse de él. Pero no. Su corazón era muy complicado.
—Gracias —le dijo al dar un paso atrás—. Habéis estado geniales.
—No hay de qué —dijo Kenny.

Taryn llegó a casa, se cambió de ropa y vio pasar las largas horas hasta que pudo irse a dormir. El hecho de que no hubiera estado durmiendo no la ayudaba en nada; estaba agotada y, aun así, cada vez que cerraba los ojos veía a Angel.
Y lo peor de todo era que sabía por qué se había asustado. Le había dicho lo que les había pasado a Marie y a Marcus y ella sabía que se culpaba de sus muertes. Sabía que sus emociones oscilaban entre la sensación de que no los había protegido cuando debía haberlo hecho y la sensación de que amar a otra persona sería como una traición a lo que había tenido antes.
Quería decirle que sabía que siempre amaría a Marie, que amar a Marie era parte de lo que ella más amaba de él, que respetaba su pasado y su devoción. Pero él no la escucharía y, si lo hacía, no la creería.
Alguien llamó a la puerta. Por un segundo se permitió esperanzarse y esa esperanza revoloteó como una mariposa atrapada en su pecho hasta que abrió la puerta y vio a Kenny en el porche con un montón de DVD en la mano.

—Hola. ¿Soy el primero en llegar?

—¿El primero? —gruñó al darse cuenta de que estaba a punto de ser invadida—. ¿Qué pasa?

—Hemos jugado al baloncesto esta mañana, pero Angel no ha ido. Jack ha preguntado por qué y Ford le ha dicho que habéis dejado de salir —la mirada azul de Kenny reflejaba compasión—. Cuando dejas a un tío, no dejas de decir que es un cerdo, pero esta vez no has dicho ni una palabra.

—Hemos roto. No es para tanto.

Kenny entró en la casa y cerró la puerta.

—No. ¿Te ha dejado él? ¿Quieres que lo mate?

Kenny era más alto y más musculoso, pero Angel sabía cosas.

—Has visto la cicatriz de su cuello.

Kenny asintió.

—No querrás ser el otro.

Su amigo soltó las películas y apoyó las manos en sus hombros.

—¿Qué necesitas? ¿Estás embarazada?

Ella maldijo y se apartó.

—Ni se te ocurra proponerme matrimonio —eso ya había pasado y no quería volver a vivirlo—. No estoy embarazada.

—¿Quieres una sesión de sexo de venganza?

Ella contuvo un suspiro. Aunque la propuesta era agradable, él no lo decía en serio. Eran familia. Sería como acostarse con su hermana.

—Eres muy dulce al ofrecerte.

—Podríamos hacerlo. Estás muy buena.

Ella enarcó las cejas.

Él dio un paso atrás.

—Vale, vale. No va a pasar —se le iluminó la cara y añadió—: Pero podrías acostarte con Jack. Los dos os habéis acostado antes, ¿no?

—No necesito ayuda para echar un polvo, pero gracias.

Alguien más llamó a la puerta. Abrió y se encontró a Sam y a Jack. Sam llevaba bolsas de comida y Jack dos paquetes de cerveza y una botella de tequila.

Cinco minutos más tarde, todos estaban en el salón. Jack había puesto el primer DVD, que contenía lo más destacado de su carrera. Después vendrían el de Sam y el de Kenny.

La película comenzó y una voz llenó la sala.

—Los Stallions van perdiendo por tres y el reloj corre. McGarry está jugando con un hombro lesionado, pero todo el mundo sabe que si los Stallions van a llegar a las finales, depende de él. Estamos mirando el reloj. McGarry da un paso atrás y encuentra...

—¿Costillas? —le preguntó Jack al pasarle el recipiente abierto.

Ella estuvo a punto de rechazarlo, pero entonces se dio cuenta de que estaba hambrienta. Agarró una y una servilleta.

Sam y Kenny ocupaban dos sillones enormes y Jack se había sentado a su lado en el sofá. Ella ya se había tomado dos chupitos de tequila, así que era cuestión de tiempo que su dolor interno empezara a disiparse un poco.

Les había pedido específicamente a sus amigas que no le celebraran una de esas fiestas del tipo «qué capullo, tienes que reponerte». Pero parecía que al final iba a tenerla, aunque de un modo algo retorcido. Con su familia. Por otro lado, tal vez así era como debía ser.

—Son preciosas —dijo Olivia al abrir la caja de Plants for the Planet.

Angel estaba detrás de ella y bajó la mirada. Sí, ahí estaban. Coronas hechas de flores rosas diminutas con lazos a juego. Nueve. Las niñas estarían...

—Hay nueve. ¿Quién lleva la novena?

Al formular la pregunta, una voz dentro de su cabeza le dio la respuesta y alzó las manos de inmediato.

–¡No, de eso nada!

Char sonrió.

–Tienes que hacerlo. Eres nuestro Guardián de la Arboleda.

–No es para él –dijo Chloe–. Es para Taryn.

–¿Dónde está Taryn? –preguntó Sarah.

Angel sabía que discutir por la corona sería más sencillo.

–Taryn… eh… no va a venir a la reunión.

Kate frunció el ceño.

–Pero es la última. Tenemos que estar en el desfile.

Layla sacudió la cabeza.

–No va a venir. He oído a escondidas a mi madre hablando por teléfono –se mordió el labio–. Taryn y Angel se van a divorciar.

Ocho pares de ojos lo miraron con gesto acusatorio.

–No nos vamos a divorciar –murmuró Angel–. No estábamos casados –con eso no estaba mejorando nada, pensó adustamente–. Lo que quiero decir es que estábamos saliendo, pero ya no.

A Regan se le llenaron los ojos de lágrimas.

–¿Qué ha pasado?

–A veces las relaciones no funcionan –se sentía escoria. Y lo peor era que sabía que Taryn sabría qué decir mucho mejor que él–. Pero seguimos siendo amigos –añadió aunque fuera mentira. No eran amigos. No eran nada.

Esperó a que Chloe le gritara, pero la niña se limitó a darse la vuelta. Él puso la mano sobre su hombro.

–¿Qué pasa? –le preguntó con delicadeza.

Ella lo miró. Tenía la piel clara y le destacaban las pecas. Atrás había quedado la niña feliz y extrovertida en la que se había convertido.

–Hoy vamos a recibir nuestros abalorios de la familia –

le recordó Chloe–. Después del desfile. No puedes formar parte de una familia si no tienes a Taryn.

Había muchas formas distintas de responder, pensó Angel. Decirle que su relación con Taryn era cosa de mayores y que ella no lo entendería, explicarle que una vez había tenido una familia y la había perdido. Que no había podido mantenerlos a salvo.

Mientras miraba a Chloe, vio de nuevo la riada. Vio su temor y cómo se había aferrado a él. La había salvado. Habría muerto por salvarla, por salvar a cualquiera de ellas.

No había tenido la oportunidad de intentar salvar a Marcus y a Marie porque no había estado allí. No pudo estar allí a cada segundo. Era imposible. Y aunque hubiera podido, Marie no lo habría querido. Había querido vivir su vida y que él viviera la suya. Habían permanecido el uno al lado del otro por amor, pero ella no buscaba un guardaespaldas. Había querido un compañero. Y él lo había sido. Había sido un padre y un esposo.

—Echamos de menos a Taryn –dijo Olivia.

—Yo también –admitió él.

No había garantías, pensó de pronto. Ni promesas. Solo ese momento y lo que había logrado hasta el momento en la vida. Si fuera a morir en ese instante, lamentaría no haberle dicho a Taryn que le importaba. Lamentaría no haber admitido lo que llevaba tanto tiempo siendo obvio.

—Tenemos que llegar al desfile –les dijo a las chicas–. Ahora.

Les pasó las coronas. Cuando Chloe le entregó la novena, él suspiró y se la colocó en la cabeza.

Llegaron al desfile y se situaron donde les correspondía. La música comenzó. Angel caminó con las chicas, pero, mientras, iba buscando entre la multitud porque, independientemente de lo que había pasado, Taryn no se perdería el evento. De eso estaba seguro. Estaría allí y él tendría la oportunidad de hablar con ella.

Se preguntó si le habría hecho mucho daño. ¿Por qué no podía haberse dado cuenta antes? ¿Por qué no podía haber visto que era tan importante para él? ¿Que, en algún momento, mientras no había estado prestando atención, se había enamorado de ella?

Oyó un silbido y vio a Ford y a Isabel. Ford levantó el pulgar.

–Muy guapo, grandullón.

Angel sonrió. Ya se vengaría de él al día siguiente, en el gimnasio.

Vio a mucha gente que conocía, padres de sus Bellotas, familias del pueblo, a Montana con un par de perros de asistencia. A la mujer de...

Sintió un cosquilleo en la nuca. Se giró y allí estaba Taryn. Aún no podía verla, pero estaba ahí. Observó a la multitud a ambos lados de la calle y cuando vio a Kenny, a Jack, y a Sam, supo que la había encontrado.

–Vamos, chicas –dijo separándose del resto de arboledas y dirigiéndose a la acera. Las ocho Bellotas fueron tras él.

Al acercarse, los tres jugadores de fútbol formaron un flanco de protección. Angel supo que juntos podían hacer mucho daño, pero no le preocupó. Tal vez Taryn tenía a tres futbolistas cuidándole las espaldas, pero él tenía a ocho Bellotas y estaba seguro de que el corazón podía vencer a los músculos.

Se detuvo delante de los chicos, que estaban con los brazos cruzados sobre sus anchos torsos. Sus expresiones eran amenazadoras, al menos hasta que Chloe sonrió y saludó.

–Hola, Kenny.

El más alto de los tres le devolvió la sonrisa con timidez.

–Ey, chiquitina.

Taryn se abrió paso.

—No pasa nada, chicos —les dijo y al mirarlo a él añadió—: Angel.

Hacía casi dos semanas que no la veía. Estaba pálida y tenía ojeras. Siempre había estado delgada, pero estaba seguro de que había perdido un peso que no podía permitirse perder. Tenía la mirada cansada y la boca le tembló al hablar.

En ese momento vio lo que le había hecho y se sintió avergonzado. Taryn había sido un regalo inesperado y él la había derrumbado emocionalmente. ¿En qué había estado pensando?

—Lo siento. Taryn, lo siento. Me equivoqué. Me equivoqué tremendamente. Cuando perdí a Marie y a Marcus no dejé de decirme que si hubiera estado allí, podría haberlos salvado. Lo que no veía era que, aunque era verdad, no era real. Era imposible que estuviera con ellos a cada segundo.

La única reacción de Taryn fue un pequeño movimiento en la mejilla. Por lo demás, no hubo más y él no supo en qué estaría pensando. A su alrededor el desfile continuaba. La música bramaba por los altavoces y amigos y familia animaban a las niñas según iban pasando. Excepto en su esquinita.

—Me sentí culpable y perdido —continuó Angel—. Los amaba. Eran mi familia y se fueron. No pensé que pudiera seguir adelante. Pero lo hice. Llegué hasta aquí y empecé a recuperarme.

Aprovechó la oportunidad y le agarró la mano. Ella le dejó, aunque él seguía preguntándose qué estaría pasando detrás de esos ojos violetas.

—Y entonces te conocí —sonrió—. Eres increíble. Inteligente y decidida. Fuerte como... —se detuvo al recordar que las Bellotas estaban escuchando atentamente—. Muy fuerte. Me dejaste impresionado. Pensé que estaríamos bien juntos, pero jamás pensé que volvería a enamorarme. Aprendí la lección equivocada al amar a Marie y Marcus. En lugar de aprender que el amor es un regalo que hay que cuidar mientras se tenga, aprendí que no los había mantenido a salvo y que por eso nunca podría mantener a nadie a salvo.

Angel oyó un sollozo tras él y, antes de poder girarse para ver quién estaba disgustado, Kenny lo apartó y se puso de rodillas.

–Chiquitina, ¿qué pasa?

–Estoy bien –respondió Chloe con un sollozo–. A veces echo de menos a mi padre, pero Angel tiene razón. Lo quería, él me quería a mí, y eso es como un regalo.

Kenny acercó a la niña hacia él y la pequeña se abrazó con fuerza. Él le lanzó a Taryn una mirada con la que parecía decirle «por el amor de Dios, ayúdame», pero ella se giró hacia Angel.

–Me salvaste. Nos salvaste a Regan, a Chloe y a mí.

–Lo sé, y tuve miedo. Tuve miedo de perderte. Cuando dijiste... –se detuvo, consciente de que tenía público–. Ya sabes lo que dijiste.

–¿Le dijiste que lo quieres? –preguntó Olivia–. Mi madre dice que los hombres a veces tienen problemas con eso porque son emocionalmente inmaduros.

–Vaya, gracias –le dijo Sam.

Taryn contuvo una risa y miró a Angel.

–Cuando te dije que te quería, te entró el pánico.

–Sí –admitió–. Me sentí culpable y confundido. Quería estar contigo, pero ¿y si tampoco podía mantenerte a salvo a ti? ¿Y si teníamos hijos y les pasaba algo malo también?

Las niñas empezaron a susurrar algo. Taryn esbozó una sonrisa.

–Parad. No estoy embarazada, ¿está claro?

Chloe se apartó de Kenny.

–Me gustaría tener un hermano pequeño. Se lo he dicho a mamá, pero me dice que eso no pasará –se dirigió a Regan–. Primero tendría que casarse.

Angel maldijo para sí. ¿Cuándo había perdido el control de la situación? Así no era como había planeado confesarle su amor a Taryn.

La miró y supo que el control no era más que una ilusión. Que lo único que tenían era ese momento. Había sido un privilegiado por tener a dos mujeres maravillosas en su vida y ya era hora de que lo reconociera.

Se quitó la corona y se la puso a Taryn antes de darle la mano.

—Siento haberte hecho daño —le dijo mirándola a los ojos—. Siento no haber reconocido lo afortunado que soy por el hecho de que me quieras. Siento haber desaparecido sin explicación. No volverá a pasar.

—De acuerdo —respondió ella lentamente.

—Te quiero, Taryn. Creo que te quiero desde la primera vez que te vi.

A ella le empezó a temblar el labio inferior, pero no habló. Los ojos se le llenaron de lágrimas.

Él la abrazó y ella se acurrcuó contra él como si encajara a la perfección en sus brazos, como si ese fuera el lugar al que pertenecía. Le devolvió el abrazo y lo acercó más a sí.

—Te quiero —susurró él para que solo ella pudiera oírlo—. Para siempre. Y luego te lo pediré bien, de rodillas. Pero, para que lo sepas, quiero casarme contigo y envejecer a tu lado.

—¿Desnudo? —le preguntó ella en voz baja.

Él se apartó un poco y la miró.

—¿Me querrás desnudo cuando sea viejo?

Ella se rio.

—No. Mientras me pides matrimonio.

Angel esbozó una sonrisa.

—Eso sí que lo puedo hacer.

—¿Qué están diciendo? —preguntó Allison—. No puedo oírlos.

–Probablemente sea mejor así –dijo Jack–. Bueno, vosotros dos, ya basta de emociones por esta tarde. Separaos. Estas niñas tienen que desfilar.

Angel le tendió la mano a Taryn.

–Ven con nosotros.

Taryn sintió cómo el agujero de su corazón se llenaba por fin. No había estado buscando el amor, pero de algún modo el amor la había encontrado a ella. Los había encontrado a los dos. Tomó la mano de Angel y supo que, pasara lo que pasara, jamás se soltaría de él.

Echaron a caminar por la calle junto a las niñas.

Cuando llegaron al final del desfile, Denise Hendrix estaba esperando para entregarle un abalorio de madera a cada niña.

–El abalorio de la familia –dijo Angel.

Taryn se sacó del bolsillo su pulsera de cuero.

–Yo estoy lista para recibir el mío.

Denise los vio y sonrió. Cada uno agarró un abalorio y, antes de que Taryn pudiera colocar el suyo en su pulsera, él la besó.

–¿Sabes que he accedido a seguir con la arboleda?

–No me había enterado.

–Y voy a necesitar una ayudante.

–Sí, claro.

Le acarició la mejilla.

–Me gustaría que fueras tú.

Taryn suspiró feliz.

–Estoy segurísima de que eso podremos arreglarlo.

ÚLTIMOS TÍTULOS PUBLICADOS EN HQN

El señor del castillo de Margaret Moore

Siete razones para no enamorarse de J. de la Rosa

Cuando florecen las azaleas de Sherryl Woods

Hombres de honor de Suzanne Brockmann

Dulces palabras de amor de Susan Mallery

Juego de engaños de Nicola Cornick

Cuando llegue el verano de Brenda Novak

Inmisericorde de Arlette Geneve

Desde que no estás de Anouska Knight

Amanecer en llamas de Gena Showalter

Castillos en la arena de Sherryl Woods

En un solo instante de Carla Crespo

La leyenda de tierra firme de J. de la Rosa

Encadenado a ti de Delilah Marvelle

Una mujer a la que amar de Brenda Novak

La distancia entre nosotros de Megan Hart

www.ingramcontent.com/pod-product-compliance
Lightning Source LLC
LaVergne TN
LVHW030339070526
838199LV00067B/6351